王蒙精选集

王 蒙 ◎ 著

人民日报出版社
北京

图书在版编目（CIP）数据

王蒙精选集 / 王蒙著 . -- 北京：人民日报出版社，2024.9. -- ISBN 978-7-5115-8441-0

Ⅰ . I217.2

中国国家版本馆 CIP 数据核字第 2024JB6712 号

书　　名：	王蒙精选集
	WANG MENG JINGXUAN JI
作　　者：	王　蒙
出 版 人：	刘华新
策 划 人：	欧阳辉
责任编辑：	毕春月　张雨嫣
装帧设计：	新成博创 XIN CHENG BO CHUANG
出版发行：	人民日报出版社
社　　址：	北京金台西路 2 号
邮政编码：	100733
发行热线：	（010）65369509　65369527　65369846　65363528
邮购热线：	（010）65363531　65363527
编辑热线：	（010）65369521
网　　址：	www.peopledailypress.com
经　　销：	新华书店
印　　刷：	北京盛通印刷股份有限公司
法律顾问：	北京科宇律师事务所　（010）83622312
开　　本：	710mm×1000mm　1/16
字　　数：	218 千字
印　　张：	19.5
版次印次：	2024 年 10 月第 1 版　2024 年 10 月第 1 次印刷
书　　号：	ISBN 978-7-5115-8441-0
定　　价：	78.00 元

如有印装质量问题，请与本社调换，电话：（010）65369463

前　言

人民日报出版社的文友编辑了此书，称之为《王蒙精选集》，"精"字使我不安，如果我个人选编，我只能说是"思量集"，拔得高一点也可能说是"思考选"。

和许多写小说的同行不同，自幼我不分轩轾地喜欢文学与数学，喜欢形象思维与逻辑思维，喜欢艺术感觉也热衷于概念、抽象、分析、思辨。我激动于人物、故事、描绘、抒情与语言的活力，我也绝对激动于理性、知性、社会、政治的命名、命题、论证、质疑、判断，特别是自然科学、人文科学、社会科学的发现、创新、祛魅与迈开结实堂皇的大步。

《人民日报》在我国政治与思想范畴中的重要性、权威性、引领性与影响力是无须赘言的。半个多世纪以来，我在《人民日报》上发表了107篇署名（包括笔名）文字，在《人民日报海外版》上发表了47篇署名文字。这是我的重要体验，重要学习与努力作为，是对自身的鞭策与驱动。

我的书写劳动产品的主体仍然是小说创作，我的各种体裁的作品中都有思索与体会，某种学习与实践的启示与见识，也都有文学的语言与情愫以至趣味。我从而有荣幸在《人民日报》上常常与读者交流互动。

编友的选编首先是从《人民日报》上挑取，也从其他书刊报上有所择取，有文化、文学、文艺、文心、读书的记录汲取与联系实践的扩展，也有政论、理论、评论、小小的与不太小的立论，还有评介、回顾、提醒、消化与营养补充，有应时应景一事一地之题材与振奋，也有三观、潮流、风尚方面的守正与商榷与建议。还有切近鲜活的生活烟火与地气，有对于时代的号召与典范的呼应，也有可供参考的一得之浅见，有与广大读者见面的著文，也有谈话与受访的记录。书不厚，样式不少，时空间跨度不小，说明作者的笔触与编者的视野都有包容与丰富性。

人民日报出版社的选编对于作者是一个启发，是一个呼唤，是一个心有灵犀的默契，作者体会到了编辑出版方面主体性的宣示，有所感应与领会，很好，也很有意思，然后会听到阅读的批评与反应，何等好啊，谢谢。

王蒙

2024 年 10 月

目 录

前 言

记录一代人的火热青春…………………………… 001

彰显中华文明突出特性　推进中国式现代化……… 004

文学共享最情深…………………………………… 011

赓续文脉　书写新篇……………………………… 016

少年的歌声里，有我的誓言……………………… 019

老城新风记南皮…………………………………… 022

我们的日子，美好丰盈…………………………… 026

新时代文化繁荣发展之道………………………… 029

用淮剧艺术演活"执着者"……………………032

道通为一……………………………………035

镌刻下更美好的记忆………………………042

珍惜国家大剧院的荣光……………………044

旧邦维新的文化自信………………………048

着眼民族复兴伟业　推进文化发展繁荣……062

家风与家教…………………………………071

"三沙1号"…………………………………074

涵养时代的"文化定力"……………………078

文学中不变的东西…………………………081

"攻读"的日子哪里去了……………………085

曲终情未了…………………………………089

懂得文化　积极交流………………………092

话说泰戈尔…………………………………096

呼唤经典……………………………………099

歌声涌动六十年……………………………106

永忆新疆……………………………………120

兼容并蓄　多元发展………………………125

苏州赋……………………………………… 128

自由与失重……………………………… 132

"喜剧"与"幽默"……………………… 145

文学：失却轰动效应以后……………… 149

珍视读者的"信息反馈"………………… 159

雨中的野葡萄园岛……………………… 162

故乡行…………………………………… 167

关于《组织部新来的青年人》………… 176

如果没有中国，这世界太寂寞………… 183

"红学"是门大学问…………………… 187

守望老北京的文化记忆………………… 192

关心精神追求的高度与深度…………… 195

精神需要与文化引领…………………… 198

文化之强离不开文化高端成果………… 201

中华传统文化与软实力………………… 204

真知与共识　不是套话………………… 207

文风与话风……………………………… 210

平常心看待当代文学…………………… 213

为什么中国人那样爱国……………………216

让中华文化发扬光大……………………219

从文化的层面多与世界交流……………222

书要照读不误……………………………225

科学·人文·未来…………………………228

安　详……………………………………232

我们怎样选择……………………………236

所有的日子都来吧………………………239

文艺社科工作者的"四个坚持"…………243

寄希望于文化……………………………246

思想的享受………………………………256

对中国文化的信心与自豪………………274

焕发当代文学……………………………284

写作的时空与文学的想象………………287

天地人生…………………………………294

记录一代人的火热青春*

1945年8月15日，从收音机中听到日本宣布无条件投降的广播，不满11岁的王蒙与其他北京少年儿童沸腾起来，在那一刻，明白了什么叫国家，什么叫胜利。王蒙感动得热泪横流，下决心此生要为国家而献身。

紧接着是对抗日战争胜利后内战的担忧，是全北平的"反饥饿、反内战、反迫害"运动。这个少年王蒙，在对于国民党"接收大员"的绝顶失望中，于1946年春天，见到了北平军事调处执行部中共代表叶剑英将军的身边工作人员李新同志，然后与所在平民中学高中体育明星、地下党员何平同志建立了固定联系。1948年10月，经中共中央华北局城市工作部中学工作委员会委员黎光同志介绍，王蒙加入中国共产党。

我是差5天才满14岁时入党的，后来得知还有12岁入党的

---

* 本文刊发于《人民日报》2023年12月5日第20版。

少年。人民革命的高潮，表现之一是青少年踊跃参加革命。比如刘胡兰，生的伟大，死的光荣，15岁英勇就义成为共产主义烈士。那时从俄苏那边传过来一个名词，叫作"少年布尔什维克"，说的就是这些青少年共产党员。

我们很幸运，入党时，解放战争三大战役已经打响。我们面临的是人民革命凯歌行进的年代，是国民党反动派被摧枯拉朽、兵败如山倒，到处红旗飘扬，人民扭着秧歌、打着腰鼓、高唱"解放区的天是明朗的天"和"太阳出来了，满呀嘛满山红"的年代。

北平一解放，全体地下党员在北大四部礼堂开会，学唱《国际歌》。你才知道，国民党严酷统治下，北平的地下党员已经成千，其中不满20岁的，看来有1/3左右。大学中学，正是革命的摇篮、革命的培训班、革命的火种库。新中国成立以后，大中学生的革命化浪潮汹涌澎湃。大中学生的文艺生活、文艺宣传，形如鼎沸。大中学生的精神面貌，焕然一新。这种前所未有的景象中还包括苏联文艺的影响。《钢铁是怎样炼成的》《青年近卫军》受到欢迎，《喀秋莎》《共青团员之歌》传唱广泛，《幸福的生活》《乡村女教师》有的年轻人连看四五遍。

我们20世纪30年代出生的这一代中国青少年，赶上了从旧中国到新中国的历史节点，赶上了割地赔款、丧权辱国、"东亚病夫"、摇摇欲坠的中国变成生气勃勃、团结一心、旭日东升、战无不胜的中华人民共和国的历史转折。我们这一代青少年，有幸参与这伟大的历史过程，体验这一切的宏伟与激情，为中国的与世界的历史新变作证，记录和描绘不同时代的人们未必能得到的火热青春。

于是，有了19岁王蒙动笔写出的长篇小说《青春万岁》，与已有的世界各国写中学生的小说性质不同，它不是儿童文学，而是罕见的青春少年文学。在特别巨大猛烈的历史变革中，儿童可能缺少足够的童年，补偿给我们的是火热、雄强、值得呼喊万岁的青春。

这本书1956年已经开始在上海《文汇报》等报纸上有所选载，一直到1979年才正式出版。到2023年，出版44年了，本书还不断地再版着，摆放在当今青少年的书桌上或者装在他们的口袋里，受到各方面的重视。至于本书的序诗，不知被广大学生、演员、广播员、电视节目主持人朗诵、录像、网播了多少次与多少版——

"所有的日子，所有的日子都来吧，让我编织你们，用青春的金线，和幸福的璎珞，编织你们……"

彰显中华文明突出特性
推进中国式现代化*

习近平总书记在文化传承发展座谈会上提出中华文明所具有的五方面突出特性：连续性、创新性、统一性、包容性、和平性。这是一个重要的宣示。这是对于中华优秀传统文化具有的根本性意义的总括梳理与开拓引领，是建设中华民族现代文明的资源底蕴，是党的文化战略筹谋的内涵渊源，是对于中国当今道路、理论、制度与文化选择的追根溯源与深度阐释。

五方面突出特性的阐述，是一个整体，有着互文互补、互为因果的逻辑关系。连续性是深厚的品质，创新性是连续与发展的保证，统一性是中华文明的凝聚力与整合性，包容性是内涵的丰沛与创新的契机，和平性是我们的文明主题与对人类的贡献。

---

* 本文刊发于《人民日报》2023年8月29日第11版。

栉风沐雨　连续不断

中华文明的连续性，不是偶然的。

首先，从文化本身来看，中华文明提倡一种迎难而上、披荆斩棘、坚忍不拔的精神。从愚公移山、卧薪尝胆、精卫填海、刑天舞干戚、铁杵磨成针，至20世纪中国共产党人为了民族解放而抛头颅洒热血以及感天动地的二万五千里长征，都是罕有其匹。

其次，我们的文化强调实事求是、知行结合。士人治学，首要在于修齐治平、经世致用，"行远自迩，登高自卑"；同时，强调"脚踏实地""千里之行始于足下"。改革开放中，邓小平同志提倡"实事求是"，以"空谈误国，实干兴邦"的奋斗和"摸着石头过河"的探索，因应调整，带领中国人民走出了一条中国式发展前进的路径。

我们的文明中还有一种颠扑不破、辩证统一、灵活机动、祸福相倚、穷通转化的哲学与谋略智慧。中华文明提倡"惟精惟一，允执厥中"，既精诚于大道之行，又专注于术的精准运用，引领中华民族一次次转危为安、遇难呈祥。

源远流长的中华文明生生不息、自成体系，屹立于世界文明之林，这是中华文明的光荣与伟大。同时旧邦新命，一个古老的极具特色的大国，面对日新月异的世界变局，必然要承受动荡挑战、艰难困苦。我们拥有光辉的成就，也不乏多灾多难的锤炼；得到多方的敬意，也在近现代落后挨打，饱受侵略、宰割和耻辱；我们拥有悠久与丰厚的文化资源，也为科技的落后与国力的衰退而痛苦反思、艰难求索。

终于换了人间。历史经验与文化积累、中华精神与中华智慧，多方面地深入中华儿女心魂，成就了中国共产党人领导的人民革命、改天换地、建设社会主义、实现中国式现代化的理念与惊天功业，谱写了中华民族现代文明的崭新篇章。我们比任何时候都更接近实现中华民族伟大复兴的中国梦。

中华文化是中国的力量所在，是同心同德的凝聚力所在，是独立自主的尊严荣誉所在。一次又一次，正是中华文明以自己的仁爱、礼义、和穆的正道理念，经世致用的有效性与可操作性，多彩多姿的活力与吸引力，己所不欲、勿施于人的入理入情的说服力和感召力，化解了中华民族内部的纷争，阻遏了域外森林法则的野蛮与霸权暴力，成就了中华民族与中华文明的传承与兴旺、连续与发展，彰显了别具特色的东方文明的伟大存在。

创新注入持久活力

站在奔流不息的大河之滨，孔子发出过千年慨叹："逝者如斯夫，不舍昼夜。"《礼记》早就讲"苟日新，日日新，又日新"，《周易》上说的是"穷则变，变则通，通则久"。中国文化的根系中自来就有着求新求变的改革与创新意识。

守正与创新，是互为依存的两个方面。李白哀叹的"白发死章句"的腐儒，并非守正，而是守旧，是泥古；张之洞受教于鹿传霖的"厉行新政，不悖旧章"，从他主观上来说，是要守正而不守旧。但只有中国共产党最为彻底地实现了对于中华优秀传统文化的守正创新，领导着中国人民走上统一之路、复兴之路。创新是文明得以持续发展的最为重要的品质，是文化得以传承、发展的助推器。没有一代代志士仁人的勠力担当和智慧贡献，就没有中华文化的与时俱进、焕发生机。

又到了历史的关头。在改革开放取得巨大成就的基础上，面对新的国内国际局势，我们党勇于接受新事物，从未停止过创新的步伐。党的十八大以来，以习近平同志为核心的党中央在治国理政、从严治党、经济发展、科技创新等方面，都有新的政策、布局和策略，而且目光长远、视野宏阔，使中国共产党面貌一新，经济发展面貌一新，国防建设面貌一新，也使马克思主义理论在我国的实践为之一新，使我国人民的精神文化面貌为之一新。

有统一才有人民福祉

统一性是中华民族的信念所在。自古以来，国家分裂、山河破碎，自然没有安居乐业可言；反之，国家统一、多元一体、万众一心，则能创造最大的福祉。中国人对于统一的认知，把个人命运与家国命运紧紧结合在一起，成为一种根深蒂固的国家观与世界观。

中华民族历史上，凡是在统一大业中建立功勋的人物，往往被尊为可歌可泣的英雄，受到人民的拥戴与歌颂。南宋将领文天祥在国家分裂时写下"山河破碎风飘絮，身世浮沉雨打萍"的悲声;诗人陆游在临终之际留下了"王师北定中原日,家祭无忘告乃翁"的叮嘱;方志敏烈士在列强横行时发出"目前的中国,固然是江山破碎,国弊民穷,但谁能断言,中国没有一个光明的前途呢?"的呐喊。中国人民正是基于对国家统一民族不亡的集体认同,紧紧地团结在中国共产党所扛起的民族独立民族解放的大旗之下,形成了广泛的统一战线,方才取得了抗日战争与人民民主革命的伟大胜利。

中国是一个多民族国家,中国人早已形成这样一种思维模式:56个民族一家亲。我在新疆生活工作16年,那里有许多少数民族同胞,与8个国家接壤。我亲身感受到,新疆各族人民团结友爱,心向祖国,始终与内地人民保持着荣辱与共、风雨同舟的紧密关系,他们唯愿在中华民族这个多元一体的大家庭中,与祖国人民共同进步、共同富裕。

中华民族历史上,除了短暂时间和局部地区,没有排他性全国宗教信仰。一方面,古代民间有百样俱全的多神崇拜,朝廷与社会士人对之持尊重与包容态度,同时警惕它的极端化邪教化可能。另一方面,士人精英则注意于终极概念的研讨,提倡的是对于天地、大道、仁德的信仰,而不是人格神的灵验与做主。"未知生,安知死""六合之外存而不论"的超等智慧,使中华民族在相当程度上避免或弱化了宗教与政权的龃龉或合谋,也减少了不同宗教信仰间的火并混战。新中国成立以来所实行的宗教政策,与民族区域自治制度同样行之有效,促进了各种宗教与信仰和睦相处,生态和谐、社会稳定,同样证明了国家统一的人心所向。

再以汉字为例。汉字的多重信息特质，实现了不同方言在文字上的一致，大大有利于国家的统一。普通话以北方方言为基础，而北京地方话又由于兄弟民族的入主和民族杂居，吸收保留了不少北方民族的语言因素，丰富了北京地方话的词汇与发音，成就了中华民族共同创造普通话的佳话。

中华文明的统一是多元一体的统一，是中华文化罕有的凝聚力、包容性与整合能力的统一，是连续性与创新性的统一。如今我们推动的是全过程人民民主基础上的统一。这样的统一是经得住历史考验的，是难以撼动的。

兼收并蓄　开放包容

包容性体现的是一种以文化自信为基础，进一步打开学习发展空间的大气魄。"见贤思齐，见不贤而内自省"，我们的文明是善于学习、勇于拿来的文明。兼收并蓄需要足够自信，吸收消化需要创造的能力。

中华文化的包容性中还含有一种"仁爱""公正""与人为善"的胸怀。中国人懂得，自己好，也应该让别人好，"各美其美，美人之美，美美与共，天下大同"，才是正道。

中国改革开放的成功实践，就是中华文化包容性的最好体现。中国自从打开了向世界开放的大门，就再也没有关上。几十年来，中国人在引进、学习、消化、吸收的基础上，稳扎稳打，以中华文化赋予我们的智慧，再创造、辟新道，一步步跃上了新台阶，使中国成为世界第二大经济体，成为文化大国和科技大国。

和平发展　推动构建人类命运共同体

和平性，既是中华文化追求的目标，也是达到目标的手段。孔子讲"为政以德""道之以德，齐之以礼，有耻且格"。中华文明中有一种文化立国、文明治国、注重教化、建立礼义社会的理想。中华文化注重的是权力的合道性，是对于君子文明的提倡与对于权力的道德引导。

面临前所未有的世界变局，我们更加强调的是构建人类命运共同体。习近平总书记"一带一路"倡议的提出和实践，是中国对世界乱局做出的最好回应。我们提倡交流互鉴，不搞霸权，不搞团伙，强调多元互利双赢，中国已经成为国际公认的维护世界和平的重要力量。

我们今天讨论中华文明的突出特性，不是重温，不是复古，正是为了进一步创造，为了更大的发展，为了进一步推动中国式现代化，推动世界和平。我们的讨论，着眼于中华优秀传统文化与中国式现代化的接轨，着眼于中华民族现代文明建设，这样做的结果，应该使我们更加自信，更加珍惜，也更加坚定。

文学共享最情深*

　　下午刚过 3 点半，火炉里的煤就烧完了。室内温度加速变冷，全阅览室只剩下一个不满 10 岁的孩子。他戴着棉帽、耳朵套、御寒口罩、脖套，一心一意读书、满眼是泪，使工作人员——一位老奶奶、一位大叔叔无法下班。他们二人窃窃私语，在商量如何将孩子劝离。劝离也是为了保护孩子的健康，但是孩子读书的认真与投入，使他们无法张口。最后孩子也觉察了、明白了、理解了，他依依不舍地告辞，还说了"对不起"。两位工作人员笑着告诉孩子，"室温只有 11 摄氏度"。

　　时间是 1943 年 12 月，地点是北京西四北六条的民众教育馆。小学五年级的我，正在读法国作家雨果的《悲惨世界》。寒冷的大厅里，我的心在发热。书中被饥饿逼迫得偷了一片面包的"罪人"冉阿让从监狱里逃出，受到善德的保护和震撼，他燃烧

＊ 本文刊发于《人民日报》2023 年 4 月 24 日第 17 版。

起高尚的大爱，从此成为一个圣徒、一个绝对的利他者。

雨果应该是以文学的热情宣扬作家理想中的拯救与宽恕，而中国少年同时温习的是早已背诵下来的"恻隐之心""人之初，性本善"与中国化佛教的慈悲与顿悟。

很快，在画册《世界名人小传》中，我找到了雨果，偏偏画册中他的译名是"嚣俄"。那时的我已经发现语言符号的差异性与同一性关系了。

还有老师讲过的安徒生的童话《卖火柴的小女孩》。与当时的现实结合起来，这些作品强烈触动了一个孩子的神经——我萌发了对于阶级社会不公的痛感与反感。对来自法国与丹麦的这两位作家的作品，我从此觉得有了共鸣。

小时候，家里另有两本常被长辈谈起的书，一本是美国作家奥尔科特的《小妇人》，一本是意大利作家亚米契斯的《爱的教育》。《小妇人》中大女儿名叫梅格，小女儿名叫艾米，这是长辈们整天说来说去的名字，像是在说我们的邻居、我们的亲戚，这也是如今已89岁的我，留下的对于《小妇人》最深的记忆了。同时，我还记住了她们家的贫苦与天真、和睦与温馨。对于自小受到父母感情不和折磨的小王蒙来说，他相信，他对于社会、家庭、双亲生活方式的很多所见，是不对的、不人道的，是必须大变特变的。关于《爱的教育》，我不忘其中的许多章节，比如《六千里寻母》。我不忘此书对于礼貌的强调，不忘此书的循循善诱、至情至理。

历史革命大潮中，少年儿童的成长惊人。1946年春季，不到 12 岁的我，已经与中共华北局城工部所属北平学委的地下党员何平同志建立了固定联系。何平同志教给我的第一首歌是《喀秋莎》，"喀秋莎站在峻峭的岸上，歌声好像明媚的春光"；然后是《祖国进行曲》，"我们祖国多么辽阔广大，它有无数田野和森林"，在我的眼前出现了另外一个雄奇而又无限光明的世界。

于是，我读了瓦西列夫斯卡娅反映苏联卫国战争的《虹》、奥斯特洛夫斯基的《钢铁是怎样炼成的》。我立即记住了保尔·柯察金的伟大名言："人最宝贵的是生命，生命属于人只有一次……都献给了世界上最壮丽的事业——为人类的解放而斗争。"还有绥拉菲莫维奇的《铁流》与革拉特珂夫的《士敏土》。为了读它们，我去了文津街上的北京图书馆，那时必须掏出中学学生证，馆方才允许一个小孩进馆借书。

最感动我的是苏联作家法捷耶夫的《青年近卫军》。1949年前后，我一页一页地精读了此书的中文版。法捷耶夫把苏联青年的精神世界写得如此深刻细腻、美好迷人：指挥若定的16岁队长奥列格、娴静高雅的邬丽亚、活泼热情且玩弄外敌于手掌之中的刘巴、勇敢拼命的邱列宁……还有对他们被逮捕后精神层面的描写，对莱蒙托夫诗作《恶魔》的引用：天国的谪放者飞越过了 / 高加索群山的峰峦上空 / 卡兹贝克宛如金刚石棱面 / 在下面闪耀着永恒的雪峰……

我视法捷耶夫此书为圭臬、为经典、为心灵密码与赞美诗，反复阅读背诵，泪流满面。经他的手，哪怕有教条主义味道的文思，也能被他的博大才华与生活化、艺术化的文学激情以及高超的文学手段、深厚的俄罗斯文学传统所深化和激活。法捷耶夫的笔触能够化呆板为神奇，化条条框框为百分之百的感悟与生动。后来我常想，好书、好文学、好哲学都有一种免疫力，它们的深刻与真诚的抒写，它们的深厚生活与历史积淀，它们的一切应对，无往而不利。

1952年，我着重阅读列夫·托尔斯泰。《安娜·卡列尼娜》生气灌注、刻画精深、全面完整。它的代入感、在场感、钻心感、同情感、悲悯感与焦灼感，使我牵心牵肺、难分难解、人书两忘、人书合一。这样的阅读体验，在我看来，只有《红楼梦》能与之相比。《复活》的庄严，聂赫留朵夫的忏悔，托翁对于旧俄一切上层建筑的全面批判与否定令人震撼。

还有陀思妥耶夫斯基，怎么让你难受怎么写，他对社会人生的绝望感令你窒息。他反对暴力革命，而他的揭露与控诉却必然通向革命。邵荃麟翻译了《被侮辱与被损害的》，仅仅书名就可以被视为社会主义、共产主义的呼号呐喊。谁不是出于对被侮辱与被损害的底层人民的同情与不平，而献身革命事业的呢？

之后，让我入迷的是法国作家巴尔扎克。他拿着外科解剖刀和物理学放大镜，解剖人生、解剖社会，记录并描写千姿百态的人间悲喜剧，让我读得拍案顿足，目瞪口呆。宁失去英伦三岛，不能失掉莎士比亚，这是英国人珍爱文明与文化软实力的豪言壮语，我想法国人也会以同样的珍惜对待巴尔扎克和雨果。

而后，令我沉浸其中的是英国的狄更斯。他的《双城记》帮助我在跌宕起伏中稳住阵脚，保持光明的底色，沉稳面向大者、大势，面向党和人民的事业，面向光明似锦的前途。

有一种阅读，作者高大开阔、丰富强健、智慧深邃，帮助你、开导你、启示你、提升你。我以上所说都是如此。还有如美国的惠特曼，他的诗是奋斗、力量、劳作与创业的证词。

我学了一点点外语。我翻译过美国现代小说家约翰·契佛的短篇小说与新西兰的"新小说"。我阅读过英文版海明威的作品，还读过用阿拉伯字母或斯拉夫字母拼写的乌兹别克语长篇小说《纳瓦依》《花喇子模》《布哈拉纪事》等。我体会到多懂一点外语等于多几副耳朵、多几双眼睛的乐趣。

眼见改革开放以来中外书籍互译出版、互动互补与互文互证的发展，包括一些摩擦与碰撞出的火星，其乐何如！见贤思齐，与时俱进，中国文化向来重视拿来引进、本土扎根。人类命运共同体的构建，将与愈益发展的共同阅读、分享阅读、交换阅读、互鉴阅读一路前行。

结束本文时，我愿意提一下我手抄的波斯诗人莪默·迦亚谟的一首乌兹别克语诗作，译文大意是：空闲时候要多读好书／不要让忧郁的青草在心胸生长／痛饮美酒吧／哪怕是死亡的阴影渐渐靠近。

我把它译成中国式"五绝"：

无事须寻欢，有生莫断肠。遣怀书共酒，何问寿与殇。

有人说，迦亚谟是波斯的李白。好极了，这同样也是"德不孤，必有邻"啊！

赓续文脉　书写新篇*

习近平总书记指出："文艺的民族特性体现了一个民族的文化辨识度。"①包括《诗经》、楚辞、汉赋、唐诗、宋词、元曲、明清小说等在内的中华优秀传统文化，是中华民族的精神命脉。"不学诗，无以言""路漫漫其修远兮，吾将上下而求索""盖文章，经国之大业，不朽之盛事""文以载道""笔落惊风雨，诗成泣鬼神""寄意寒星荃不察，我以我血荐轩辕"……中华文脉深沉厚远，丰饶绚烂。作为当代文艺工作者，我们继承的正是这样的悠久传统。

我想起多年前，在河南开封清明上河园演出的一场晚会带给我的冲击。它以现代的科技手段与综合艺术媒介让北宋的巨幅名画动起来、活起来，传达着文化创造的热情。"东风夜放花千树。更吹落，星如雨"，晚会上一首以辛弃疾《青玉案·元

---

* 本文刊发于《人民日报》2021年12月17日第20版。
① 《习近平谈治国理政》第4卷，外文出版社2022年版，第326页。

夕》为歌词的合唱，让人看到中华文化跨越时空不曾褪减的魅力，引发多少诗心、史思、文情、艺梦！当时我就感慨："哪怕仅仅为了欣赏辛弃疾的诗词，下一辈子，下下辈子，仍然要做中国人。"

我们的文化传统是生生不息的传统，是与当下世界接轨的传统，是历久弥新的传统。我们的文化自信，必然包括了对中华优秀传统文化的转化创新。传统与现代、普及与提高、学习与消化、继承与发展，须相得益彰、互补互证。

在继承的基础上，写就古老文艺传统的新篇章，是当代作家责无旁贷的使命。我们有幸经历了中华民族的苦难和奋起、革命和建设、发展和变局，见证了一个又一个重要历史节点。经历和见证是我们的宝贵财富，书写和描绘是我们的光荣使命。这些年，作家与人民大众日益贴心，创作出来的作品也日益厚重，生动反映奋进新时代的光辉与壮美。党的十九届五中全会明确提出到2035年建成文化强国的远景目标。面对这一目标，我们每一个人思考和安排写作的时候，都不能掉以轻心。回顾传统、展望未来，更觉历史使命重如泰山。

新时代文学艺术的发展蓬蓬勃勃，热火朝天。一方面，体量的增加、传播的扩大、受众的开拓有目共睹，文化产业与消费市场的发达、文化选择的丰富与便捷值得欢呼；另一方面，我们还需要接受时间与人民的检验，衡量一个时代的文艺成就最终要看作品。精益求精，拿出无愧于我们这个伟大民族、伟大时代的优秀作品，当代文艺工作者还可以做得更出色。

时代与人民都在关注着中国的文化发展,关注着历史悠久的中华优秀传统文化的创造性转化、创新性发展,期待着14亿多人口大国文学新篇、文学巨著、文学大家的不断涌现。我们越是重任在肩,越要有愚公移山、精卫填海的精神,必须不折不扣地说到、写到、做到!

少年的歌声里，有我的誓言*

1948年10月10日，在北京什刹海附近约好的地方，负责"带"（地下工作时对联系工作的称呼）我的刘枫同志宣布，组织上批准我与另一位秦同学成为中国共产党候补党员（现称预备党员）。

是时，我差5天年满14岁。我在1945年底首次见到北平军事调处执行部的中共方面工作人员李新同志，并受到深刻教育。此后，我与自己所在学校的地下党员何平同志建立了固定的联系。作为没有组织身份的"进步关系"，在何平同志毕业离校后，我们转关系由刘枫同志带领。

1948年我与秦同学结束初中，考入位于地安门的河北省立北平高级中学。河北高中一直有党领导的学生运动传统，"一二·九"时是这样，解放战争中更是这样。1948年4月17

---

* 本文刊发于《人民日报》2021年7月7日第20版。

日,河北高中成立学生自治会时表演了解放区的《兄妹开荒》等节目,有30多位同学被逮捕囚禁迫害,党组织遭到一些破坏。我与秦同学的考入,提供了弥补损失、增益地下党工作的可能性。

我的入党时间大大超出了我自己的预期,我很庄重,也很激动。刘枫同志对我们进行了气节教育与用智慧战胜敌人的教育,并宣布我的候补期到1952年我年满18岁为止。

当然,在敌占区,在敌人疯狂镇压的背景下,我们没有宣誓的仪式,也没有书面的文件,我们只有一个心,打倒蒋介石,推翻反动政权,解放苦难中的国家人民和我们自己,创造全新的新民主主义、社会主义、共产主义未来。

那天,我步行回西四那边的家,一路上我唱的是冼星海、安娥的歌曲《路是我们开》:

> 路是我们开哟,树是我们栽哟,
> 摩天楼是我们亲手造起来哟,造起来哟,
> 好汉子当大无畏,运着铁腕去
> 创造新世界哟!
> 创造新世界哟!

这就是少年王蒙地下入党时的代誓词。我一遍一遍唱了差不多三公里。至今已经70多年过去了,但这歌声似乎依然嘹亮地回响在地安门、北海后门、东官房、厂桥、太平仓(现在是平安里)、报子胡同(现在是西四四条)这条路上,更回响在我的心里。

三公里的路上，墙上到处贴着"肃清匪谍"等白色恐怖标语，并且时有华北剿"匪"司令部的所谓执法队敞篷汽车驶过，整个车上的人全副武装。那时候的说法是，只要抓住了"匪谍"，此执法队有权不经审判就地处决。

这些背景与音响，构建了我入党宣誓的移动会场的战斗氛围。不用说，到了一个少年人这样宣誓加入中国共产党的时刻，"三座大山"的反动统治，也就崩溃在即了。

此前，在北大四院礼堂，我看过大学生们演出的《黄河大合唱》，我知道了诗人光未然与作曲家冼星海的大名，从而也看着简谱，学会了《路是我们开》。

在中法大学礼堂，我看过苏联对外文化协会放映的《列宁在十月》与《列宁在1918》。在北大孑民图书室与祖家街的北大工学院六二图书馆，我阅读了大量革命书籍。

党在北平的中学地下工作，最有声有色的当数河北高中。我与秦同学入党不久，遭到残酷镇压的河北高中便成立了一个新的地下平行支部。而解放后，我才知道刘枫同志的通用名是黎光，他是中央华北局城市工作部中学工作委员会的领导人之一，后来长期在中共北京市委工作。

路是我们开哟！从前辈共产党人算起，这条大路已经走了百年，中国特色社会主义大道越走越宽广。成绩越大，挑战也就越多，然而前途显见是光明灿烂的。创造新世界是艰难的，开路的成就感天动地。保卫与拓展、发展与壮大我们的事业，则是更加艰巨宏伟的任务。快把那炉火烧得通红吧，趁热打铁就一定能成功！

老城新风记南皮*

1934年我出生在北京沙滩，1岁多回到河北省沧州市南皮县潞灌乡龙堂村老家，直到5岁返回北京上幼稚园。1984年，长大后我第一次回南皮，家乡的贫穷、落后给我留下深刻的印象。我回到幼年生活过的乡村，看到了泛着盐碱白霜的田地，喝下了用含有硝碱的苦水泡的茶，读到了县志上的民谣："羊粑粑蛋，上脚搓……"我感觉有点透不过气来。

是时，我正开始写《活动变人形》，书里人物的家乡，会让我时时想起故乡南皮。"故乡"，是鲁迅小说的题目，它总使人泛起乡愁。南皮的名称起源于古代皮城，位于现南皮县城北张三拨村西约300米处。春秋时期（公元前664年），齐桓公北伐，在这里给军马修制皮革盔甲。南皮自秦朝（公元前221年）置县，历史悠久，涌现了许多俊杰。

---

* 本文刊发于《人民日报》2020年12月2日第20版。

新中国成立后，历史展开新的篇章。1970年修起京沪线上泊头/南皮火车站到南皮县城的沥青马路。只是那时候农民们常常徜徉在马路的中间，因为反正也没有几辆汽车在这里跑动。首次回乡，县城里出现了推着车卖肠子的小贩。县招待所重新修建，红砖平房渐渐有了新模样，县里出现了一些进口中巴车。几年后，次生盐碱化的问题解决了，家乡土地的模样改变了，乡亲们的饮用水不再咸苦，温室大棚也出现了。南皮的医院办得越来越好，吸引了全河北甚至是山东的患者来到南皮就诊。连胜酱菜做得愈发多样可口，汽车配件工业蓬勃发展，电灯泡成了出口产品。县财政力量开始增强，20年里增长了40倍。

2017年，全县脱贫摘帽。2018年，我又到南皮，家乡已经到处是高楼大厦，商店林立，车如流水马如龙。民营企业的商贸与文化服务中心，繁荣多样，硬件与服务方式向京津这样的大都市靠拢。2020年再回南皮，更是恍如隔世。亲爱的南皮已经焕然一新，换了人间。小小的龙堂村，500多户人家，有60多辆汽车。每天上下班时间，县城红绿灯路口，已经有点堵车了。

尤其使我感动的是南皮县城里建成三处大公园。各处新建筑、新公共活动场所与县里数万名居民的衣衫一样，整洁崭新。生活富裕，奔向小康，人人脸上映着阳光和笑容，再没有了曾经的那股子作难相。

2018年的一天，我清晨去了凤凰公园，今年又去了香涛（张之洞号）公园，沿着甬路，沿着栈道，沿着林带，沿着城南水系清澈的水波，经过亭榭桥梁，迎着朝阳，与县里早起晨练的乡亲们一道畅快地呼吸着、行走着、观看着、欣赏着。我感觉家乡在升腾，面貌焕然一新，变得幸福、富饶、美丽、生机勃勃！此外，还有姜太公钓鱼台公园、正大公园、老干部活动中心、青少年活动中心、体育场、图书馆、博物馆、张之洞纪念馆、民俗馆……这里有这么多的崭新的变化，这就是我的家乡。我为南皮肃立，我为南皮鼓掌。

南皮有了像样的工业：五金机电、纺织服装、玻璃制品三大产业群体初具规模。还有省级经济开发区、工业园，入驻200多家企业。虽然还比不上东南沿海一些先进市县、比不上那些富裕地区的著名城乡，然而南皮还是创造了从前没有梦见过的美景、没有见识过的绿地与建筑、没有享受过的高品质生活、没有想到过的发展图景。而这就是南皮，就是那个曾经到处是盐碱，人们食不果腹、衣不蔽体的古老南皮啊！

祖国处处是阳春。南皮是中国社会进步的一个缩影，这里有殷实的小康，有冒着热气的幸福新生活。我近期在南皮县城看了一家集生产利用太阳能、地源热能于一体的绿色节能环保企业，产品高端。先进的科技让我开了眼，我至今仍然需要费点劲去理解、去懂得、去学习提高。同时，传统文化的富矿在南皮被充分挖掘。这里有狮子舞、秧歌、剪纸、錾铜；有八极拳、太极拳、八卦掌等历史悠久的武术门类；还有民办红升文武学校：小学中学十二年一贯制，德育先导，文化基础，武术特色，年年在欧美巡回表演，20年培养了一级二级运动员500人，近千名学生取得武士段位。我观看了少年儿童学员们的武术表演，顶天立地、虎虎生风、风驰电掣、鹰飞鹞翻,令我叹为观止。

  虽然我的幼年只在这里待了有限的时间,我仍然牢记着家乡的梨树园,家乡的口音,家乡人对于河北梆子的迷恋,还有家乡人的执拗与豪迈,那种如火如荼的激烈,甚至,还有家乡曾经有过的贫穷与困窘。但是,我可爱可亲的家乡啊,你竟有了这样辉煌的今天,你也一定会拥抱无限灿烂的明天!

我们的日子,美好丰盈*

那是 1953 年 11 月,天气已经变凉,落叶已经满地,我开始了此生第一部文学作品《青春万岁》的书写。当时我刚满 19 岁,一上来就是长篇,不知道什么叫结构主线、人物典型、情节悬念、细节描绘,我的写作源头与写作信心只有一个,那就是对新中国的欢呼,对新中国的珍爱,对新中国的期待,对新中国的梦。

我幸福,我不仅是新中国的盼望者,而且从少年时代就成为地下党的一员,就努力去尽到一个孩子的力量。我拥有对于革命凯歌行进、对于北平市全体地下党员在国会街北大四院礼堂集会唱《国际歌》、对于扭着秧歌高唱"明朗的天"、欢呼解放军入城式的盛大节日与历史高潮的记忆,尤其是我的年轻的心中,充溢着天安门上毛主席宣布中华人民共和国成立,礼炮声声、兵车隆隆带来的刻骨铭心的振奋与自豪。我有与新民主主义青年团

---

* 本文刊发于《人民日报》2019 年 4 月 4 日第 20 版。

员（后来是共产主义青年团员）在一起捍卫新中国、清除反动势力、取缔"一贯道"、镇压恶霸黑社会的战斗篇页，我们还有引进大量解放区与苏联图书的春风化雨的体验。我们读《新民主主义论》与《论联合政府》，我们读《钢铁是怎样炼成的》与《卓娅和舒拉的故事》，我们参与了抗美援朝、保家卫国的全民宣传，我们组织了街头活报剧演出。我们歌唱歌颂革命的《信天游》，歌唱"庄稼人翻身啦"的《东北风》，以及冼星海、光未然的《保卫黄河》。我们更会唱"雄赳赳，气昂昂"与"天空出彩霞啊，地上开红花"！天是明朗的天，地是欢腾的地，国家是新生的、健康的、大步前进的国家！

对了，我在66年前开始写作《青春万岁》的时候，依靠的是时代光辉，是度过的新中国阳光雨露的"所有的日子"，是如沐浴着《白毛女》结尾所唱"太阳出来了"的温热。那是刘胡兰英魂得到告慰的胜利日子，是加班加点拼搏奋斗的日子，是人们万众一心的日子，是擦拭旧中国的耻辱与泪迹的深情日子，是眼看着北平街头垃圾迅速清理、已经崩盘成为废纸的"金圆券"变为稳定的高信用的人民币的高效日子，是交道口电影院、新街口电影院、什刹海游泳场与体育馆一座座建立起来的日子，是当时规模震撼的王府井百货大楼平地而起的日子，更是眼看着萎靡的、一盘散沙似的、走投无路与黯淡无光的中国人中国青年，变成信心百倍的社会主义劳动者、献身者、学习者、歌唱者与战斗者的日子……

所有的日子都来吧，我把你们写成了《青春万岁》。大半个世纪过去了,新中国的日子永远在激扬着我们,照耀着我们。在同一首序诗里我写道:"有一天,擦完了机器,擦完了枪,擦完了汗,我想念你们,招呼你们,并且怀着骄傲,注视你们。"这里的"有一天",说的是 20 年后、也许 30 年后,当时多半没有想到 50 年后……而如今相隔 70 年了,风风雨雨、奇迹发展、万紫千红,一切仍然是这样亲切与明亮,而我们的日子,美好丰盈不可同日而语,已经进入了新时代!

新时代文化繁荣发展之道*

习近平总书记在庆祝改革开放40周年大会上强调:"我们要加强文化领域制度建设,举旗帜、聚民心、育新人、兴文化、展形象,积极培育和践行社会主义核心价值观,推动中华优秀传统文化创造性转化、创新性发展,传承革命文化、发展先进文化,努力创造光耀时代、光耀世界的中华文化。"文化兴国运兴,文化强民族强。新时代文化建设要与中华民族走向强起来的伟大进程相适应,不断推动新时代文化繁荣发展,努力建设社会主义文化强国。

党的十八大以来,以习近平同志为核心的党中央带领全国人民坚持发展社会主义先进文化,加强社会主义精神文明建设,培育和践行社会主义核心价值观,传承和弘扬中华优秀传统文化,坚持以科学理论引路指向,以正确舆论凝心聚力,以先进文化塑

---

* 本文刊发于《人民日报》2019年3月22日第10版。

造灵魂，以优秀作品鼓舞斗志，爱国主义、集体主义、社会主义精神广为弘扬，时代楷模、英雄模范不断涌现，文化艺术日益繁荣，网信事业快速发展，全民族理想信念和文化自信不断增强，国家文化软实力和中华文化影响力大幅提升。

推动新时代文化繁荣发展，必须坚持以习近平新时代中国特色社会主义思想为指导，坚守中华文化立场，坚持为人民服务、为社会主义服务，坚持百花齐放、百家争鸣，坚持创造性转化、创新性发展。要针对新时代文化多样化发展的新特点，既弘扬社会主义文化主旋律，又包容积极健康的多样性，同时大力整治庸俗、低俗、媚俗问题，加强行业自律。

推动新时代文化繁荣发展，要善于汲取一切有利于增强文化生命力与文化软实力的新观念、新理论、新技术、新手段，如吸收借鉴自然科学与人文科学的前沿成果，积极开展学术方面的争鸣研讨等。善于向经典学习、向传统学习、向一切先进文化学习，见贤思齐，学而时习之，正是中华文化永葆青春的奥秘所在，我们要传承好、发扬好。

推动文化产业高质量发展，生产出更多广受大众欢迎的文化产品，是满足人民日益增长的美好生活需要、推动新时代文化繁荣发展的重中之重。既要重视拓展国内国际文化市场，更要重视提高文化产品的品位和内涵。为此，需要建立和完善监管体系，提高媒体的文化尊严与精神境界。

推动新时代文化繁荣发展，通过设立文艺奖项和文艺家荣衔、学衔等手段，强化对文化人才的尊重、引领、培育、凝聚，推动形成与中国悠久历史、国际地位相适应的文化人才阵容，不断攀登人类文化高峰。这不仅有利于倡导崇高信念、时代精神、学术研究与工匠精神、技艺传承，而且有利于培育为学荣耀与献身真理的热忱。要注重发挥文化的日常教化作用，特别是从青少年抓起，进行公民文明教育，包括文明礼貌、尊重他人、关心弱者、爱护公物、遵纪守法、包容理解等。注重促进自媒体等新媒体健康发展，扶正祛邪，杜绝网络乱象，抵制文化垃圾。大力提倡多读书、读经典，要悦读，更要苦读与攻读。

文化不仅表现为文物与名胜古迹、文化活动与文化服务、特定的产品节目，而且更多地表现为人民的素质与精神面貌，以文化人正是中华民族的优良传统。推动新时代文化繁荣发展，必须坚持以人民为中心的价值取向，让人民在日常生活与社会活动中体现出更多的中华文化精神、品格与魅力。文化以点滴浸润见成效。要运用一切文化手段，在教育源头上多下功夫，在日常细节上多加规范，在公民自我教育、自我完善的功能上多加发挥。长期坚持下去，社会就会更有章法，人民就会更加文明，中华文明就会呈现出更加美好、宏大的景象。

用淮剧艺术演活"执着者"*

剧作家友人罗怀臻编剧的淮剧《武训先生》在上演60余场后,来到北京演出。我颇有期待,也不无不安。一个叫花子办起三个"义务教育"的学堂,正如编剧者说:他"对知识有崇高的敬畏,对人生有执着的信念",他"用一辈子的时间践行一件事","将理想化成了生活",这难道不是令人肃然起敬的?

观众从武训独特得不可思议、伟大得近乎天使、离奇得几近荒谬、苦行得近乎圣徒、卑贱得又难以让人接受的生活历程中,仍然能感受到一种非凡的追求与坚韧,一种奉献的忘我与光明,一种苦难的火焰与熔铸,一种人生有成的安慰与升华。很简单,他想做的是一件好事,是一桩文化慈善事业,但他不是比尔·盖茨,他一无所有,只有赤手空拳,付出身体和生命去完成义举、善举。他为之牺牲了一切,他做到了!

---

* 本文刊发于《人民日报》2018年12月6日第24版。

这是一个匪夷所思的故事，是一个为文化教育而献身的文盲的故事，是一个励志成功的故事。当然，又是一个令人长叹的故事。

终于，2018 年 11 月，我看到了由上海淮剧团创排、罗怀臻编剧、韩剑英导演、梁伟平主演的《武训先生》。

戏剧开始表现青年武训与梨花的爱情，他们对于生活的期望，还有与小和尚了证的友谊，带着几分喜剧色彩，活灵活现呈在舞台之上。然后是武训和梨花由于不识字被财主张老辫诈骗与欺压，卖了力气反而一贫如洗，被逼卖地卖人，武训开始从他知之甚少而羡慕甚多的上学、识字、读书上，从知识与文化的重要性上，思考与谋划穷苦人改变命运的可行之道。靠行乞办义学，让不识字的穷人不再受识字的坏人欺负，他的想象力、神奇性、斗争性、大志与大勇，已经特异有加，远远超过常人了。

行乞生活中，他受尽侮辱欺凌，但是为了一个崇高目的，他甘受胯下之辱，以退为进，以弱胜强，以柔克刚，以不变应万变，他的思路与行事确有中华传统文化的某些特点。

舞台上苦肉计中的武训，令观众难受。这时他与有情而未成眷属的梨花相遇，对唱对舞，互诉衷肠，那种凄美与深情，痛心与互怜，令人哀叹；那种对被剥夺了的爱情的相思，也成为武训办成义学的驱动力量。他燃烧生命，如火如荼，追求文化，追求公益，令人唏嘘涕泣。梨花被迫委身的卫屠户以肉相赠，又表现了劳动人民的质朴，流露出创作者对于人性本善的珍惜，表现了生活中有希望的一面。戏曲乎，戏曲乎，《武训先生》的荒唐与痛苦，正是戏曲之"戏"也！

然后是全部辛苦的被窃。戏剧在表现张老辫的妻子、武训的姨母之时，将她的有情与张老辫的无耻加以适当区别，这个处理很有分寸。由于疏忽，武训在为姨母拜寿时被灌醉酒，致使张老辫盗窃他全部积蓄的阴谋得逞，这使武训几近精神崩溃。而在了证和尚的鼓励下，武训终于显示了他的顽强与坚持。佛家的悲悯与普度众生的情怀，到了武训这里，铸就了他百折不挠的意志。这时，戏剧进入高潮，武训的境界也提升到新的高度。

最后，看到义学院堂皇建成，观众已经热泪盈眶，此时发出的如雷欢呼与掌声是对于武训的赞叹，中华民族的劝善劝学传统终于得到彰显。而孩子们反复诵读的简单亲切的"人之初，性本善，性相近，习相远"，也点出了"大道至简"，总结了武训的遭遇与其时的社会人生。

在《武训先生》的演出中，我们看到创作者与武训相通的敬文化、倡教育、利他人之心，看到剧情的充实与多情，看到导演的生活化、理想化、戏曲化的功夫与对于其他剧种艺术的汲取与借鉴，看到淮剧的蓬蓬勃勃、生气灌注、趣味洋溢，看到演员特别是淮剧王子梁伟平的功底与台缘，看到舞台美术、背景、调度、灯光、效果、服装各方面的追求。我还从与罗怀臻先生的交流中得知，他将进一步修改，使武训的尊严与人性的善意进一步升华。我愿意为此戏鼓与呼，我祝愿淮剧《武训先生》锻造成为又一个当今的经典剧目，演下去，再演下去；完美下去，再完美下去，对得起武训，对得起淮剧，对得起时代。

道通为一*

——从传统经典看中华文化的特点

"道通为一"这句话来自《庄子·齐物论》,"故为是举莛与楹,厉与西施,恢诡谲怪,道通为一。"意思是说,细小的草棍和一个大柱子,一个丑陋的人与美女,宽大的、畸变的、诡诈的、怪异的等千奇百怪的各种事态,从道的意义上讲,都是相通而浑一的。与其他中国古代圣贤相比,庄子很强调"通"的概念,给人印象很深,颇值得思考。

我为何要找出这么一句话来谈呢?现在很强调传统文化,但传统文化的内容太广泛了。我曾听过一件事,一批教授去访问美国,美国的听众问,你们说中华文化博大精深,可以跟我们说说,怎么博大精深的吗?一位教授回答:博大精深,又博、又大、又精、又深,这怎么能说呢?这样的"不可说"未免令人哭

---

* 本文刊发于《人民日报》2018年7月17日第24版。

笑不得。我作为一个传统文化的学习者和爱好者，一直在思考，我们中华文化能否从整体上，从宇宙观、人生观、价值观和方法论上，概括一下？我们可以从哪些角度来谈传统文化？我抱着向读者求教的态度，来试着谈一谈。

中华文化的理想追求

首先，我认为，在中华文化中，最突出的理想是"天下为公、世界大同"。《礼记》里说，"大道之行也，天下为公，选贤与能，讲信修睦。故人不独亲其亲，不独子其子，使老有所终，壮有所用，幼有所长，鳏寡孤独废疾者，皆有所养。男有分，女有归。货恶其弃于地也，不必藏于己；力恶其不出于身也，不必为己。是故谋闭而不兴，盗窃乱贼而不作，故外户而不闭，是谓大同。"无论是过去，还是现在，我们对于世界大同的理想十分坚定。

中国古代的理想追求，还有一个是"无为而治"。"无为而治"是老子的话，但孔子其实也把无为而治看作一个很高的标准。《论语》快要结束的时候，孔子说："无为而治者，其舜也与？夫何为哉？恭己正南面而已矣。"能够做到无为而治的，不就是舜吗？舜也没有做什么事情，只是端端正正坐在北面，向着太阳，各种事情就都有条理地展开。老子说，"太上，不知有之"，为什么会这样呢？因为老百姓都非常自觉，一切行为都符合公德、符合他人利益、符合社会全体的利益，就好像一个人开车完全符合交通法规，那他就根本不用考虑哪儿会有交警。而权力存在的最糟糕状态是什么呢？老子说，"其次，侮之"，就是权力和被权力管制的人相互轻蔑。所以，老子设想了这样一种理想状况："功成事遂，百姓皆谓我自然。"事情办好了，老百姓都认为这是他们自己做的，是自然而然的。老子还有更深刻的一句话，"圣人无常心，以百姓之心为心"，这强调了权力的意图应与人民的意图保持一致。

尚德　尚善

中华文化的理论有一个非常有意思的循环统一机制。比如治国平天下，依靠的是文化、道德、仁爱，实行的是仁政，道德上有示范作用，才能得民心、得天下。它号召用道德、仁爱、善良等等来治理国家。而人的道德与善良从何而来？《孟子》里说，"恻隐之心，人皆有之；羞恶之心，人皆有之；恭敬之心，人皆有之；是非之心，人皆有之。"孟子强调，人性本来就是善良的。老子也说，"能婴儿乎？"这是老子对初心的提倡，要和婴儿一样天真无邪，善良纯真。古之圣贤认为，人性是善良的，人都会自觉地不做危险的事情，所以执政也需要宣传仁爱的政策，才能得民心，而民心就是天道，符合民心，也就是符合了天道。

在中国古代文化中，天是一个笼统而复杂的存在，对于"天"这个概念，孔孟喜欢从道德伦理上总结，而老庄喜欢从哲学上总结。总的来说，天既是超人性的神性力量，又是我们整个存在的总括。天即道，道是没有名称的，既是本体，又是方法；既是精神，又是物质；既是起源，又是归宿；既至大，又至小、至微、至精；既是正面的，又是反面的。所以天的概念，既是哲学的概念，又是道德的概念，还是通向信仰的准宗教概念。这样一来，中华文化就出现了一个景观，把修身、齐家、治国、平天下统一起来了；把天性、人性、为政、道德、信仰、终极追寻统一起来了。从这一点上说，我们可以理解，中华文化很大的关键就是崇尚道德、崇尚性善，可以说这是一种理论，也可以说这是一种信仰。当然历史上也有"性善"与"性恶"的争论，但在事实上，性善的观念长久以来已经被老百姓所接受，已经深入世道人心，所以某种意义上，它从思想变成一种信仰，中华文化的一个特点就是"诉诸天良"。

尚一　尚同

中华文化还讲求尚一、尚同。现在世界上很难找出一种文化像中华文化这样，有这个概念——通了之后要同，通就是同，同就是通。道通为一，就是多种角度说来说去，其实是同一种道理。尚一、尚同是因为中华文化追求一元论，同时追求一与多的统一。老子讲"天得一以清，地得一以宁""一生二、二生三、三生万物"，孔子说"吾道一以贯之"，孟子说"（天下）定于一"，中国人还爱讲"一即一切，一切即一"……看到了一，也看到了多，看到一与多的转换，强调掌握一以后，什么都解决了，所谓

"一通百通"。

孟子认为,实行仁义其实是很简单的,只要善良一点就可以了。实行仁义并不像挟泰山以超北海那样艰难,实行仁义就好像为长者折枝,只要把树枝撅下来就可以了。到了王阳明那里,强调知行合一,认为只要安了好心,就可以干好事。而在孙中山那里,又强调"知难行易",这是因为他看到,很多关键问题的解决,先是需要改变观念。有些外国人不了解中华文化的背景,就会得出一些偏离实际的判断,比如黑格尔对孔子的评价就比较低,他认为孔子说的事情都是常识以内的东西,甚至算是幼儿教育。但是黑格尔不知道,中国恰恰是把常识以内的事情看得很重,这也是化繁为简的思维方法。

中庸之道与穷通变化

中华文化很注重中庸之道。国家太大,治理需要依靠精英,这样的精英有一个特点,在孔子那里就是讲求"中庸",孔子说:"君子中庸,小人反中庸。"我称之为中庸理性主义,既不要过于峻急,也不要过于迟缓,应当恰到好处,掌握分寸,留有余地。《论语》最大的特点就是恰如其分。孔子说:"不义而富且贵,于我如浮云。"他鄙弃不义得来的富贵,但他只是说"如浮云",像浮云那样一晃而过,并没有说其他丑恶的词,这体现了孔子语言的分寸感。在孟子的时代,认为精英就当如"富贵不能淫,贫贱不能移,威武不能屈"的大丈夫。庄子是从另外的角度说的,他强调有至人、有真人。

中华文化很早就提出"化"的观点,《周易》说"穷则变,变则通,通则久"。什么事情碰到钉子,无计可施了,这就是"穷",穷就要变,变了才有出路,才可维持下来。到了庄子的时代,更喜欢用的字是"化"——与时俱化。"化"与"变"相比,有些悄悄发生变化的意思。所以,千万不要以为中华文化讲仁义道德、一和同、天下定于一、吾道一以贯之,似乎很呆板。其实中华文化一点儿都不呆板,比如中国人承认有多种多样的选择性。孟子说,"穷则独善其身,达则兼济天下",如果我没有条件,我就把自己管好了,如果我有条件了,我就为天下百姓与君王效劳。孙子说:"故善战者,立于不败之地。"充分理解战争的人,永远不会让自己变成殉葬者。孟子评价孔子,说他是"圣之时者",这句话是什么意思?就是说孔子生活的时代千变万化,民不聊生,国无宁日,孔子如果不随时调整自己,把握分寸的话,他早就灭亡了。

在中国,不同的思想理论可以想办法走通。老庄主张以退为进、以弱胜强、以无胜有。老子甚至主张,柔弱是生命的特色,坚强是死亡的特色。当然,这个说法我们是存疑的。但从侧面说明,中华文化从来都不是僵硬的文化。20世纪后半期,当社会主义国家纷纷进行改革的时候,西方的一些政要,比如撒切尔夫人、基辛格等人都对某些国家的改革不看好,而上述这些人却说,改革唯一可能成功的是中国,原因之一是中国有独特的文化,该坚持的继续坚持,该改革的就改革,化之于无形。全世界能够迈开这么大步子进行改革开放而又保持稳定局面的，只有中国。我们当然不能无原则地自我吹捧，但中华文化适应调整、变化的能力，统筹兼顾、面面俱到的能力，世界上罕有其匹，这也是中华文化重要的特点。

如今，我们更可以在中华文化传统和资源的基础上，按照当下中国和世界发展的时势，推动我们社会主义现代化建设，推动我们小康社会的全面建成，建设我们美好的生活，实现我们的中国梦。

镌刻下更美好的记忆*

读《人民日报》，给《人民日报》写稿子以及看到稿子刊登于报纸，是我生活难舍难忘的一部分。

1956年初冬，给《人民日报》投过一纸短论，《关键在于质量》，谈文学题材与内容的关系，用的"思芳"笔名，后来发表出来。

我不能不想起1957年春天《人民日报》关于我的"少作"《组织部来了个年轻人》①的整版文字，包括林默涵同志的保护性批评文章，然后是我的谦逊与正面的感谢与思考，最后是针对此前《人民文学》杂志编辑部对于作品的某些不妥修改而召集的座谈会的全文发表。

后来过了许多年，1979年底我得到约稿，写了短篇小说《说客盈门》，在1980年初的《人民日报》文艺版上全文发表。《人民

---

* 本文刊发于《人民日报》2018年6月16日第7版。
① 于1956年发表于《人民文学》杂志，原标题为《组织部新来的青年人》。

日报》是发表过小说的，20世纪40年代末连载过袁静、孔厥合著的《新儿女英雄传》，受到读者热烈欢迎。1951年还发表过马烽的《结婚》。到了1980年初，我的《说客盈门》新年伊始就在这张曾经可望而不可即的报纸上与读者见面了。世道正在更新，潮流正在激荡，它的意蕴是人皆有感的。后来，许多同志多次向我提起此作，特别是周扬同志多次对我说起吕正操同志对此篇的夸奖。

也不能不提到，1988年我在文化部岗位上用笔名写的两篇评论文章《文学：失却轰动效应以后》与《自由与失重》。它有所提醒，有所忠告，是有的放矢的。这两篇文字都以显著位置刊登于《人民日报》。

后来的一个高潮是21世纪初，我在《人民日报海外版》的《望海楼》栏目下连续发表20多篇文章，内容与我担任过三届政协常委有关。我还被聘为该栏目的特约评论员。

近两年与《人民日报》的交往日渐走向理论领域。2016年9月19日，我的有关文化自信的评论文章《着眼民族复兴伟业 推进文化发展繁荣》在理论版发表；2017年8月的《旧邦维新的文化自信》，占了文艺评论版的整版。这些文字的发表，都有很大影响，有不少朋友与我进行了接续的讨论。

逝者如斯，不舍昼夜。"我与人民日报"，这是个普普通通却又触动心魂的题目。在《人民日报》创刊70年之际，这个话题令人喜悦也令人感慨，令人肃然、浩然、沛然、跃然。我希望我与《人民日报》合作越来越通畅、越来越默契，镌刻下新的更美好的思想与文字的记忆。我希望《人民日报》与人民一道获得更大的成功。

珍惜国家大剧院的荣光*

2017年12月22日,国家大剧院将迎来建院10周年。响亮辉煌已10年,曾经有多少国家领导人和艺术家为它奔走呼吁并付出心血!国家大剧院的建成,是我国文化硬件建设的一个标志性进展,但如何在当代中国管理与运营好这个建筑上达到高端水准的剧院,之前我们尚无经验,对此曾经出现过畏难与悲观的论调。十载春秋,国家大剧院通过不懈努力,不负国家与人民的期待,受到人民群众的欢迎与喜爱,赢得世界的认同与尊敬,彰显了新时代中国的文化自信与文化自觉。

剧院,首先要吸引艺术家、吸引观众,这两个方面国家大剧院都做到了。它不仅是中国优秀民族艺术展示的平台,也是世界上最优秀的表演艺术的聚集地。当年国家大剧院未建成时,男高音歌唱家帕瓦罗蒂在北京演出,他在故宫听到用编钟敲出的《我

---

* 本文刊发于《人民日报》2017年12月14日第24版。

的太阳》时非常感动，他说想不到两三千年前中国就已经有了乐器，现在还能演出。当时北京只有几个剧场，可是现在，全世界都知道中国有了一个有模有样的国家大剧院。

国家大剧院把诸多国外一流演出请到了中国舞台上，很多旅居北京的外国人在他们自己的国家也很难看到这些一流剧目、一流指挥和一流演员。更重要的是，很多世界一流艺术家都以能来中国国家大剧院演出为荣。曾有人说高雅艺术不行了，没有市场了，可是国家大剧院的出现，却使高雅艺术红红火火，真是风景这边独好！

国家大剧院致力于优秀舞台艺术的弘扬、创作与发展。难忘它在开幕时演出的《江姐》，新疆各地不同风格的《十二木卡姆》与交响化的木卡姆演出，歌剧《山村女教师》的上演，纪念长征的歌剧《长征》的演出……短短10年时间，国家大剧院竟推出了70余部自制中外剧目，有些还相当优秀。再加上各种中国戏曲、话剧、外国经典名剧的演出，大剧院的剧目可谓数不胜数，实在难能可贵。

全球化与现代化，使人们的思维方式得到多方启发，文化思潮日益开阔丰富，出现了多样化的文化生态，也对我们的生活方式、语言方式、民族艺术形成一定冲击。比如一些批量生产的消费文化，冲击着主流文化、高端文化。文化是一个国家、一个民族的灵魂。现在，国家政策鼓励推出更多高品质的作品，推出叫好又叫座、对社会起积极作用的作品。但创作出真正让人享受的作品，很难，国家大剧院为此付出了很大努力。国家大剧院尊重艺术、尊重艺术家，搭建了一个艺术创造的平台，培养了自己的剧院文化。

我们的文化自信不是顾影自怜，也不是文化自傲。我们在文化上要有一个开放的态度。"古为今用，洋为中用"，我们要以国际最高水平的艺术演出，用全世界最巅峰的艺术成就来营养我们自己，然后长知识、长见识，更好地讲述中国故事。我们从外国请的节目数量，多和少不应该有固定标准，只要是经典的、精彩的、大众喜闻乐见的，体现核心价值观、提升审美水平的，都可以邀请来，来了就为我们所用，这正是我们文化自信的体现。国家大剧院邀请各国艺术家来，也是在扩大中国的影响，帮助中国讲故事，让世界各国都了解中国的文化软实力。

国家大剧院全方位地亲近市民，凝聚人气，普及高雅艺术，对推动文化发展厥功至伟。国家大剧院每年举办1000多场艺术普及教育演出和活动，现在已有"大剧院之友"20余万人，这体现了大剧院在文化普及和为人民服务上的强烈使命感。现在，越来越多的观众愿意买票来剧院欣赏高雅艺术，欣赏艺术的能力也大大提高了。有些人是真"识货"，遇到精彩的演出舍不得走，全场起立鼓掌，这说明我们的国民素质在提升，艺术已然融入了人们的生活。人民对美好的文化生活的向往，不是在逐渐实现吗？

国家大剧院有今天的成绩，和国家大剧院院长陈平的贡献分不开。我们很难找到这样一位文化管理者，他在基层工作过，当过文化馆馆长，也当过北京市的区长、区委书记，同时懂艺术、热爱艺术。他在《剧院运营管理——国家大剧院模式构建》中提出的"国家大剧院模式",不仅是中国特色社会主义的剧院管理模式,也是向世界表演艺术领域提出的相当完整的剧院运营管理"中国方案"。目前全国各地都在兴建剧院,运营管理好剧院剧场,关系到文化积累、精神培育、造福大众等政策与实践,这本书可以为中国文化产业供给侧改革与文化市场建设及开拓提供启迪。如果国家大剧院的经验能够被全中国的剧院借鉴,这也是时代之幸、艺术之幸。

文化自信是由内而外的自信,是有定力的自信,是有凝聚力感召力的自信。国家大剧院已经成为世界表演艺术领域中的重要一员,成为中国改革开放成功的标志,成为我们国家的文化符号。我祝福国家大剧院,相信国家大剧院能越办越好!

旧邦维新的文化自信*

文化自信：有底气的文化纲略

党的十八大以来，习近平总书记提出一系列关于文化建设的纲领性、战略性命题，尤其是文化自信的提出，具有极大的重要性与启示性，体现了理论坚定与文化勇气，需要我们更多地学习与探讨、发掘与切磋，需要我们沿着这个思路有所回顾，有所总结，有所分析，有所展开。

毛泽东同志早就提出："随着经济建设的高潮的到来，不可避免地将要出现一个文化建设的高潮。中国人被人认为不文明的时代已经过去了，我们将以一个具有高度文化的民族出现于世界。"① 邓小平同志也强调：物质文明建设与精神文明建设"两手抓，两手都要硬"。现在，随着中国的经济发展与面貌一新，随

---

* 本文刊发于《人民日报》2017年8月15日第24版。
① 《毛泽东文集》第5卷，人民出版社1996年版，第345页。

着实现中华民族伟大复兴的中国梦日益成为现实，也随着人们的文化饥渴与精神急需，迫切需要中华文化焕发出新的生命力，实现更大的繁荣昌盛、转化发展，实现国家民族人民精神资源的最大化，使我们的文化事业取得与中国的国力、历史与国际地位更相称的创造与成绩。

随着以文化复兴助推民族复兴的方针的确立，以文化支撑国家民族强盛的思想的引领，制度为本、传统为根、价值为魂的逻辑的阐述，一系列文化建设的理论与实践课题摆在我们面前。我们越来越体会到经济富裕的可望可攀、国防强大的可喜可期，而文化的昌明进步、成果丰硕、可亲可敬、可感可泣、直达人心，更是令有识之士壮心不已。

中华民族玉汝于成，检验了中华文化的有效性

何谓文化？广义地说，文化就是人化，是人类的创造、经验、成果积累的总和，而非自然原生态。文化说大也大，说小也小，小到看不见摸不着，大到无时无刻、无处不有。人类带来的一切物质与精神成果，都是文化。我们关切的一切，包括科学技术的发展、全面小康的实现、世道人心的优化、产品质量的完美、国际形象的塑造，无不期待着文化的培育与充实。马克思认为文化是"自然的人化"和"人的本质力量对象化"。中国传统的说法是"以文化人"，强调圣人以其先知先觉所言所行教化百姓，为民立极。毛泽东同志强调的是卑贱者最聪明，高贵者最愚

蠢,"人民,只有人民,才是创造世界历史的动力。"①

文化的价值在于它的有效性,即一种文化能够吸引凝聚人民,被长期广泛接受,并为接受此种文化的群体与个体提供更好的生活质量,提供更好的人与社会关系,提供人类和平与进步的前景,提供发展的成果与动力;同时能提供逢凶化吉、遇难成祥的应变、纠错与自我更新能力。中华文化历久弥新,百折不挠,艰难困苦,玉汝于成。珍惜与自信这样一个文化传统,对中国、对世界,对今天与未来都有巨大的意义。

我们说"文化是民族的血脉,是人民的精神家园",是因为中华文化从思想方法到日常生活,无所不包。同时它的基本精神、基本价值认同与思想方法、生活方式、风度韵味又是相当恒久的,自成体系的,经得起考验的。有过这样的事情,一位中国学者在境外大讲中华文化博大精深,外国听众请他讲讲如何博大精深法,我们的学者则以"因为博大精深所以不可说"而最终没说出所以然。这样的做法恐怕是不行的。因为博大,它有恒久的精神、思路、风度与发展空间。中华文化忠奸分野的观念,德才兼备以德为先的观念,沧桑盛衰聚散有常的观念,得民心得天下的观念,以及善有善报、和为贵、多行不义必自毙的信念等至今活在中国人民的心里。近百年来中国经受了前所未有的历史风雨,终能做出正确抉择,取得一个又一个令世界瞩目的可贵进展,往往是由于中华优秀传统文化在其中起着深层作用。当然,

---

① 《毛泽东选集》第3卷,人民出版社1991年版,第1031页。

传统文化曾经由于它落后于时代的种种"罪状"拖过前进的后腿，严重地苦恼过我们，最终却证明了它完全可以与时俱进，发展转化，帮助也护佑中华民族知难而进，迎头赶上。

应该看到，古老中华是以文化立国的。可能我们太认定自己文化的优胜性了，我们并不过分着眼于族裔之分与强力之用。同时，我们的文化富有此岸性、积极性、精英性、美善性与亲民性，我们追求的是自强不息、厚德载物、经世致用。因此之故，在最危难的际遇下，我们没有失陷于虚无主义、神秘主义、消极颓废、悲观厌世。

中华文化为政以德、修齐治平思想，性善论、天良论、良知良能论思想，形成了一种循环认同，具有从一而定、定之于一、一以贯之的特色。"道之以政，齐之以刑"不若"道之以德，齐之以礼"的思想与"圣人无常心，以百姓心为心"的思想，使天命、人性、民心、道德、礼义、王道、仁政、世道串联合一，乃是文化立国同时并不否定权与法、兵与政作用的纲领宣示。"修身齐家治国平天下"互为因果的说法，说明中华文化把政治、哲学、道德伦理、终极信仰、唯物与唯心全部打通。个人与群体、家与国、天与人、慎终追远与薪尽火传、自强不息与无可无不可、一的一切与一切的一、变与不变、混沌与清明……所有这些"浑一"，精神自足，颠扑不破。

中华文化更是早就认识到了过犹不及，不为已甚，物极必反，否极泰来，飘风不终朝、骤雨不终日的法则，这也正是自信法则，它同时进一步定下了反对极端、分裂、恐怖的中庸理性基调。中华文化强调"杀身成仁""舍生取义""知其不可而为之",同时又强调"以柔克刚""穷则变,变则通,通则久",民间的说法则是"识时务者为俊杰",即审时度势、灵活应变、善用谋略,给人以足够的适应能力与选择空间。

中华文化的这些基本观念,恰恰就体现了"自信"二字,是对道德与礼法的自信;是对人性、人心、人文、人道的自信;是对天道、天命、天地、民心即天心的自信;也正是古代中华传承至今,饱经风雨雷电,虽乃旧邦、其命维新的自信。自古而今,我们与野蛮自信、愚昧自信、暴力自信、迷信自信、金钱自信、神权自信、种姓自信等进行过斗争,最终,我们选择了文化自信!

中华风度令人迷醉,是我们眷恋的精神家园

中华艺文提倡"道法自然""造化为师""天地有大美而不言",讲究风骨、气韵、境界、器识,并将这些美学原则寄托于生活领域的各个方面。中华文化还得益于汉语汉字的形象性、综合性与浑一性,有它特殊的感染力、表情性与微妙性。中原文化的优胜与各兄弟民族文化的多元,推动中华文化不断扩容、融合出新、绵延不绝。

中华文化形成了中华风度。"富贵不能淫,贫贱不能移,威武不能屈"的大丈夫气概,"己所不欲,勿施于人"的相处之道,"为天地立心,为生民立命,为往圣继绝学,为万世开太平"的使命担当,高瞻远瞩,凛然大义,塑造了一代代中华民

族脊梁。与此同时，中华精英也有自己独特的生活方式，"穷则独善其身，达则兼济天下""邦有道则知，邦无道则愚"，动静咸宜，刚柔相济，儒道互补，乐山乐水，阴阳五行，琴棋书画，诗书礼乐，入山出山，方圆内外，大智大勇，素心内敛，进退有道，道通为一。

还有中华诗词、中华书画、中华戏曲、中华故事、中华园林、中华功夫、中华烹调、中华工艺、中华文物……这些祖宗留下的文化瑰宝，乐生惜生，代代相传，共同延续着中华价值观和中华智美，也为当代生活带来快乐，带来趣味。它们是中国人赖以安身立命的氛围与自珍自赏的美好心愿的对象化、具体化，也是中华文化与世界对话的特有媒介。中华文化为世界文化的丰富贡献了重要一极，它的魅力令人迷醉。

有一年笔者在河南开封清明上河园的晚会上，听到合唱曲以辛弃疾的《青玉案·元夕》为歌词："东风夜放花千树。更吹落，星如雨。宝马雕车香满路。凤箫声动，玉壶光转，一夜鱼龙舞。"在那样的场合，想起历史上有过的繁荣与美好，感动得热泪盈眶。笔者著文称："哪怕仅仅为了欣赏辛弃疾的诗词，下一辈子，下下辈子，仍然要做中国人。"此话引来不少读者共鸣，说读得涕泪交加，此之谓"精神家园"是也。

反省、革新与开放，正是传统文化生命力所在

"周虽旧邦，其命维新"，这样的诗句端庄诚挚、循旧图新。中

华文化是历史悠久的文化，也是饱经忧患的文化。我们经历了辉煌与艰难、停滞与突破、困惑与焦虑、危机与转机、纷纭与沉淀。尤其是中晚清以降，古老的中华遭遇了日新月异的西方工业文明，受到了严重的挑战与欺辱，付出了沉重的代价，也获得了醍醐灌顶的洗礼，终于由中国共产党带领人民走上了快速发展、通向现代化，同时符合国情、维护传统的中国特色社会主义道路。

是的，中华传统文化也有明显的不足、短板。不管多么好的文化传统，都怕陈陈相因。文化的多重性与复杂性使当下某些文化人对"文化自信"的提法感到困惑。他们非常了解历史上中国文人老生常谈的可悲。"鲁叟谈五经，白发死章句。问以经济策，茫如坠烟雾。"李白讽刺的读死书无用文人不在少数；"寻章摘句老雕虫……文章何处哭秋风？"李贺也为呆板的学风感到悲哀。原地踏步就必然会出现老化、僵化、酱缸化腐变，早在唐代，天才诗人们已经痛感到这个问题。元明以后，势头明显不济。到清代《红楼梦》中记载的荣宁二府的状况，暴露了其时中华主流文化已经捉襟见肘，难以应对多方危难。可以说，《红楼梦》正是中华封建社会走向没落、孔孟主流文化出现危机的一个缩影。而到1840年鸦片战争时，面对列强，中华文化呈现出全面深重的焦虑感与危机感。清末民初的文化大家王国维自沉，启蒙思想家严复也终入保皇一党，吸食鸦片而死，显现了文化危机的严重性。除了更新、革命、天翻地覆慨而慷，中华文化几乎已经无路可走，这才有了新文化运动对中华传统文化的反思与批判，与各种境外思潮特别是马克思主义的引进。只有不可救药的糊涂人才会在强调继承弘扬传统的时候反过来否定革命与新文化运动的狂飙突进。

新中国成立以后，新潮涌动，百废待兴，我们的文化生活仍然经历了曲折与艰难。终于在今天，我们获得了重提文化自信、继承弘扬优秀传统文化、实现转化与发展的空前历史机遇。

我们背靠的传统，曾经被激烈地批判和反思。那么，我们为什么还要强调以它为基础的文化自信？

这是因为，我们今天所说的中华传统文化，是一个庞大的体系，既有孔孟提出后被官方提倡的修齐治平、忠勇仁义；也有替天行道、造反有理，"舍得一身剐，敢把皇帝拉下马"的激越拼搏；还有"天之道，损有余而补不足；人之道，损不足以奉有余"的对阶级剥削压迫的指责。而这后者，正是马克思主义能够在中国的山沟里成长壮大起来的理据。

我们更有新文化运动时以鲁迅为代表的反思批判文化，那是知耻近乎勇的传统，是海纳百川的传统，是苟日新、日日新、又日新的传统。

也正是五四运动与20世纪中国志士与人民的呼风唤雨、倒海移山，表现了中华文化"喑呜则山岳崩颓，叱咤则风云变色"雷霆万钧的革命性一面，使中华传统文化经受了置之死地而后生的激扬历练，使中华传统文化得以挽救，得以激活。

还有以井冈山、长征、延安为代表的革命文化传统，也是浸润着中华传统文化发展起来的。毛泽东思想是马克思主义普遍真理与中国革命具体实际结合的产物，这个中国革命的具体实际，就包含着中华传统文化的许多方面。比如毛泽东同志提出的为人民服务、实事求是、愚公移山、以少胜多、出奇制胜、统一战线、批评与自我批评、支部建在连上，一直到"深挖洞、广积粮、不称霸"，无不闪耀着传统文化的光辉。

我们还有邓小平同志提出的改革开放、通向社会主义现代化的正在完善成熟起来的传统：面向世界、面向未来、面向现代化，全面准确理解毛泽东思想，实践是检验真理的唯一标准，发展才是硬道理，摸着石头过河，一国两制……这些思想都带有中华文化特色的智慧与品质，是将中国带进全新的历史时期的精神指南。

100多年来，尤其是改革开放30多年来，中国各界优秀人士、文化精英与广大民众，前仆后继，以极大的紧迫感奋斗图强，力求补上科学技术、大工业制造、国防自卫、市场经济、民主法制、改革开放的课，追上全面现代化、全面小康、全面富国富民的世界步伐。这种不甘落后的奋斗热潮也使中华传统文化有了勃勃进取的空前扩容和发展创新。

中华文化的生命力不仅在于它的古色古香、奇葩异彩、自成经纬，更在于它生生不息的活力，它的反思能力，它在多灾多难中锻炼出来的应变调适能力，它的"见贤思齐，见不贤而内自省"精神，它的水滴石穿的坚韧性，它的接纳与深思的求变精神，还有它屡败屡战、永不言败、"士不可以不弘毅，任重而道远"精神。

敢于从善如流,敢于走自己的路

有人问,百年来,衣食住行、生产生活、科学技术、名词观念,我们吸取了那么多外来文化,中国人是不是已经"他信"胜过"自信"了呢?

文化不是物资也不是货币,它是智慧更是品质,是精神能力也是精神定力,它不是花一个少一个,而是越用越发达,越用越有生命力,越用越本土化、时代化、大众化。它有坚守的一面,更有学习发展进步的一面,学习是选择、汲取与消化,不是照搬和全盘接受,"学而不思则罔,思而不学则殆",谁学到手就为谁所用,也就归谁所有,旧有体系就必然随之调整变化,日益得心应手。

文化也不是垄断性山寨性的土特产,它既有地域性,更有超越性与普遍性。任何一种文化都无须追求来源的单一、唯一、纯粹。如果用产地定义文化传统与文化内涵,国人吃的小麦、玉米、菠菜、土豆……最初都是舶来品,连中餐都不是绝对的"中"了。再看日本,先学中国,后学欧美,已经大大发展了日本文化。美国更是移民国家,文化土产有限,但绝不能说美国没有自己的文化。他山之石可以攻玉,古为今用、洋为中用,这样的态度正是中华文化历久不衰的原因所在。

20世纪七八十年代,当时各社会主义国家都掀起改革浪潮,但是那些了解中国的西方政要和学者,如撒切尔夫人、布热津斯基等,唯独看好中国的改革;未来学家阿尔文·托夫勒更是直言:

中国可以实现跨越,"我相信中国正在向着成为21世纪第一流的国家稳步前进"。他们赞赏中国文化独特的包容与应变康复能力。他们从以邓小平同志为主要代表的中国领导人身上,看到了坚韧灵活,看到了既独立又开放,善于以退为进、转败为胜。果然,中国的改革开放没有走苏联和东欧国家的亡党亡国之路,没有辜负革命先辈与国人的希望,也没有辜负国际人士的高看,取得了举世瞩目的成就。我们自己就更没有理由反过来嘲笑我们百余年来东奔西闯、披肝沥胆、改革开放、旧邦维新、发展变化的大手笔了!

　　文化一经吸收采用,必然与本土文化结合。马克思主义到了中国,发展成为毛泽东思想、邓小平理论、"三个代表"重要思想、科学发展观、习近平新时代中国特色社会主义思想,它们当然是中华文化而不可能是什么其他文化。孔子早就明白"三人行,必有我师""十室之邑,必有忠信",甚至孔子宣告,他与伯夷、叔齐、柳下惠、少连等不同,叫作"我则异于是,无可无不可",而孟子干脆明确孔子是"集大成"者,是"圣之时者",说明圣者也要追求现代化、当代化。

　　我们主张文化自信,不是说只有中华文化是优秀的。《礼记》早就告诉我们:"学然后知不足。"《尚书》的说法是:"满招损,谦受益,时乃天道。"我们从不认为自身足够完满。我们对全球各国各地的文化必须是"各美其美,美人之美,美美与共,天下大同"。但我们必须重视、珍惜中华文化长久而又丰富的历史存在,重视它为我们当代快速发展所奠定的基础。越是经济全球化,越是西欧、北美取得了人类文化某些优势甚至主流地位,我们越要加倍珍惜自己的文化成果,越要思考为何大异其趣的中华文化对人类发展的参照作用越来越大。我常说,拒绝现代化,就是自绝于地球;而拒绝传统,就是自绝于中华本土,自绝于中国国情,自绝于中国人民,自绝于更有作为的可能。

是传统的复兴,又是全新的开辟

强调文化自信,我们不应忘记,中国兴起的"传统文化热",不是汉唐明清人在讲文化自信,而是21世纪中华人民共和国人民讲文化自信;不是孔孟,也不是秦皇、汉武、康熙、光绪讲文化自信,而是中国共产党人讲文化自信;不是在甲午海战、北洋水师全军覆没或者庚子事变、慈禧太后西逃时的胡言乱语,而是在历尽艰难,中国终于成为世界第二大经济体、成为世界经济发展引擎、提出"一带一路"倡议、全面建成小康社会的新形势下的坚定认知。我们的文化自信,包括了对自己文化更新转化、对外来文化吸收消化的能力,包括了适应全球化大势、进行最佳选择与为我所用、不忘初心又谋求发展的能力。我们的文化传统是活的传统,是与现代世界接轨的传统,是以天下为己任的传统,是历久弥新、不信邪、敢走自己的路的传统。我们绝不妄自尊大,更无须自我较劲、妄自菲薄。

还有一种说法,认为文化是有机整体,所以取其精华去其糟粕是难以做到的。这种说法不无道理,但过于悲观。毛泽东同志强调对传统文化要剔除其封建性的糟粕，吸收其民主性的精华，习近平总书记多次强调中华优秀传统文化的创造性转化与创新性发展。那么，如何判断传统文化中的精华和糟粕？要点有三：一看是否有利于人的发展、社会的发展，二看是否有利于社会和谐稳定，三看是否符合人类文明共识。例如"二十四孝"，在今天绝对不可以不加区别地宣扬，"埋儿奉母"，发生在今天不是"孝"，而是刑事犯罪。除了这些明显的封建糟粕，还有一些借传统文化热而借尸还魂的落后的习惯和意识，这些都应被我们视为糟粕而加以摒弃。

近百余年来，中国志士仁人无日不在为使传统走出窠臼而苦斗，中国共产党人也一直在探索一条以传统为基石、以中华复兴为目标的道路。"一带一路"倡议的提出，既是传统的复兴，又是全新的开辟。这就叫继承弘扬，同时这就叫创新发展。

文化建设有它的复杂性、细致性与长期性，不能简单化、片面化，更不能急躁突进。现在我们还存在将传统文化的弘扬形式化、皮毛化、消费化、口号化、表演化、煽情化、卖点化、圈地化、抢滩化的苗头。在文化自信问题上，传统与现代、普及与提高、学习与消化、叹赏与扬弃、继承与发展，须相得益彰、互补互证、不可偏废。我们期待的是更多的针对文化课题的认真分析、讨论、推敲，期待从家庭教育、学校教育、社会教育等各个方面入手，把文化自信与提高我们的文化学养结合起来。

我希望当今有识之士共议文化，弄清中华传统文化世界观、人生观、价值观的基本思路与基本取向，弄通中华智慧与中华谋略的特色，打通传统文化与五四新文化，与马克思主义、毛泽东思想、邓小平理论、"三个代表"重要思想、科学发展观、习近平新时代中国特色社会主义思想的关系，还要结合实际工作，结合教育事业，更上一层楼，提升我们的文化事业与文化生活水准，提升我们的理论思考分析辨别能力，使我们的文化生产、文化消费、文化积淀、文化品格、文化精神不但得到推动与鼓舞，更得到丰富与提升，从而让我们文质彬彬，从容自信！

着眼民族复兴伟业　推进文化发展繁荣*

改革开放以来,我国经济快速发展,中国特色社会主义事业全面推进,我国国际地位大大提高。与此相适应,我们的文化视野不断拓展、文化自信不断增强。所有这些,为中华民族伟大复兴提供了前所未有的历史机遇。习近平总书记指出:"一个国家、一个民族的强盛,总是以文化兴盛为支撑的,中华民族伟大复兴需要以中华文化发展繁荣为条件。"这一重要论断,深刻阐明了中华文化发展繁荣对于中华民族伟大复兴的重要意义,也深刻阐明了中华文化发展繁荣的时代使命与责任担当。

推动传统文化创造性转化、创新性发展

中华文化化育着中国人生活、规范着中国社会,同时为中国

---

* 本文刊发于《人民日报》2016年9月19日第7版。

人提供了高远的理想。比如,"大同社会"的观念,体现了中华传统文化崇尚和谐公正的价值取向;"协和万邦"的观念,与我们今天所说的人类命运共同体思想息息相通;等等。中华传统文化的瑰宝在于它的文化理想与道德理想,在于它的大同思想与整体主义;还在于它的务实性与"此岸性",在于它的自强不息与"苟日新,日日新,又日新"的精神。

长期以来,中华文化的古老与丰富、"郁郁乎文哉"的繁荣与气概是中华民族的骄傲。但近代中国落后挨打、丧权辱国、割地赔款的屈辱,前所未有地打击了中华民族的文化自信与文化尊严。革命思潮从而兴起,如火如荼。五四运动与马克思主义的传入,掀起了"庶民革命"的高潮,也掀起了新文化运动的高潮,带来了马克思主义的中国化、世界先进文化的中国化,表现了中华文化自我调整、自我更新、迎头赶上的愿望与能力。毛泽东思想是马克思主义基本原理同中国革命具体实际相结合的理论成果,同时体现了马克思主义与中华优秀传统文化的有机结合。毛泽东同志指出:"随着经济建设的高潮的到来,不可避免地将要出现一个文化建设的高潮。中国人被人认为不文明的时代已经过去了,我们将以一个具有高度文化的民族出现于世界。"培育这种"高度文化",一个重要环节就是推动中华优秀传统文化创造性转化、创新性发展。

习近平总书记指出:"中国人看待世界、看待社会、看待人生,有自己独特的价值体系。中国人独特而悠久的精神世界,让中国人具有很强的民族自信心,也培育了以爱国主义为核心的民族精神。"20世纪后期,社会主义国家纷纷进行改革。但西方一些政要如英国首相撒切尔夫人与美国国家安全事务助理布热津斯基,都只看好中国的改革。他们明确指出,自己之所以看好中国,原因在于中国有着独特的文化。独特的价值体系、独特而悠久的精神世界,使中华文化不会成为其他文化的附庸,而能在独立自主的轨道上实现自我革新和发展。

当然,推动中华优秀传统文化创造性转化、创新性发展,决不能故步自封、闭目塞听,它离不开中华优秀传统文化与世界上其他文化的交流、交融甚至交锋。在这个过程中,应努力避免非理性的排外,或对自身全盘否定、对外来文化简单照搬。对中华优秀传统文化进行创造性转化、创新性发展,就是要实现中华优秀传统文化与现代化的对接,实现中华优秀传统文化对当代科学技术新成就的学习吸纳,实现中华民族传统的道德理想、文化理想与现代民主、法治、文明等理念的对接。

培育和弘扬社会主义核心价值观

社会主义核心价值观的提出,体现了中华优秀传统文化与现代化对接的追求与成果,从中可以看出近代以来100多年中华文化的前进足迹。富强、民主、文明、和谐,自由、平等、公正、法治,爱国、敬业、诚信、友善,这24个字继承了中华优秀传统文化讲仁爱、重民本、守诚信、崇正义、尚和合、求大同的传统,体现了新文化运动提倡的"德先生""赛先生",包括了我们党一直倡导的爱国主义、社会主义，凝结了改革创新的时代精神。对此我们需要深入研究和领会。

习近平总书记强调，把培育和弘扬社会主义核心价值观作为凝魂聚气、强基固本的基础工程。为什么社会主义核心价值观具有如此重要的意义？

其一，社会主义核心价值观是从中华优秀传统文化最强大的基因中生长出来的。在广大人民心中，长久以来保持着辨别是与非、善与恶、忠与奸、清与贪、诚与伪、美与丑的愿望与尺度。人心可用，传统可取。社会主义核心价值观正是对世道人心的"凝魂聚气、强基固本"。

其二，社会主义核心价值观包含了我们先贤向往的美好愿景，包含了从孔夫子到孙中山的一切志士仁人的奋斗理想，体现了中国共产党人领导广大人民进行革命、建设和改革的根本诉求，即实现中华民族伟大复兴的中国梦。

其三，社会主义核心价值观是中国特色社会主义事业的标志性成果。其文化意义在于，它是中华民族的、社会主义中国的，也是世界的；它是理想的，也是务实的。以社会主义核心价值观为价值导向和行为规范的中国人民，将为世界和平进步与人类幸福作出更大贡献，同时保持并弘扬中华文明的传统特色与精华。

其四，社会主义核心价值观植根于中国人民的切身利益与美好愿望，与中国人民的幸福追求、发展信心、上进愿望融为一体，是生活化、接地气的，是我们每一位公民尤其是青少年自身发展、价值实现与人生幸福的根本保证。

引领与整合文化思潮

习近平总书记指出:"没有先进文化的积极引领,没有人民精神世界的极大丰富,没有民族精神力量的不断增强,一个国家、一个民族不可能屹立于世界民族之林。"对于我们这样一个古老的东方大国而言,在快速发展与转型过程中如何有效引领与整合多样化的文化思潮,是需要认真研究和着力解决的重大课题。

第一,延续几千年的传统文化,尤其是道德文化与哲学文化,仍然有着强大的生命力,有着坚实的民心民意基础,但其中也混杂着一些封建糟粕。

第二,近百年的革命文化,以马克思主义为指导,以艰苦奋斗、英勇献身、联系群众、团结守纪等优良党风政风民风为标志,以井冈山精神、长征精神、延安精神、西柏坡精神等为代表,有着强大示范作用。同时,新形势下我们也面临质疑甚至否定革命文化的挑战。

第三,广义上的现代文化,包括市场经济、民主政治、先进的科学技术与教育模式,以及民主、法治、自由、人权等观念,可以成为社会主义先进文化的重要组成部分,但要辨析其中不符合我国国情的西方观念与制度,避免"食洋不化"。

我们的忧患在于文化发展的片面化与极端化。例如,现在还有人鼓吹"半部《论语》治天下",认为是革命破坏了中华文化。这样的人应该读读《红楼梦》《儒林外史》等。从这些纪实性的小说中可以看出,中华文化的危机早在明朝就已露出了端倪,其根源在于封建专制制度的腐朽没落。正是着眼于推翻封建专制制度的近现代革命，创造了中华文化的复兴契机，而绝不可以说是革命造成了文化危机。

同样，把社会风气方面存在的突出问题看成改革开放后果的所谓"撕裂"论，也是有害与浅薄的。没有改革开放，哪来的小康社会？哪来的社会主义先进文化自信？而把中国的出路寄托于西化，否定传统、否定革命，更经不起历史与现实的检验。

面对多样化的文化思潮，我们应发挥古老的中华文化智慧，总结中国共产党成立以来、新中国成立以来的文化建设经验，以革命文化、社会主义先进文化为引领，以中华优秀传统文化为资源，以现代文明元素为驱动，发展与提升大众文化，大力推进文化整合、文化创新。只有这样，才能塑造"郁郁乎文哉"那样一种优良文化生态。我们还应正视全面建成小康社会进程中文化生态的丰富性、多样性、复杂性，细心调查研究、妥善引领提高，包容倾听、规范管理，保持文化生态的健康、活力与平衡。

建设社会主义文化强国

文化发展繁荣是民族伟大复兴的重要组成部分；文化发展繁荣支持、推动着中华民族伟大复兴的历史进程。习近平总书记多次强调建设文化强国的重要性。强体现在哪里？其重要标志在于文化创新成果与人才阵容。创造中华文化新辉煌，坚守我们的核心价值体系和核心价值观，弘扬主旋律、传播正能量，提高国家文化软实力，牢牢掌握意识形态工作领导权、话语权，这些都需要创造更多的文化创新成果、培养大批创新型文化人才。

现在，我们越来越强调创新的重要性，这是一个经济发展与社会前进的历史课题，同时是一个文化课题。中华民族伟大复兴离不开人民精神品质的不断提高、文化创新创造能力的不断增强。只有一个文化创新势头良好的民族，才能有创造、有出息，能够对人类作出较大贡献。文化创新离不开教育发达、知识积淀、思想解放，也离不开包容大度、活跃有序的文化氛围。我们需要以海纳百川的视野与胸怀，汲取四海精华、五洲创意，不断推出高质量的文化创新成果。

文化成果的评价首先在于质量，然后才是数量。我们应特别珍惜高端文化人才、高端文化成果。谈到中华优秀传统文化，人们会很自然地想到孔子、孟子、老子、庄子、屈原、司马迁、张衡、祖冲之、沈括、李白、杜甫、苏轼、辛弃疾、施耐庵、曹雪芹等一座座"高峰"。今天，我们要实现文化发展繁荣，同样要形成新的文化"高峰"。我们需要当今时代的文化大家、文化领军人物，同时需要一大批蔚为"高原"的文化创新人才。只有这样，才能进一步凸显我们的文化阵容、文化格局、文化自信。

推动中华文化更好走出去

当今时代，经济全球化不断向纵深推进。这一不可阻挡的历史趋势，提醒我们应高度重视维护民族文化特质与人类文化的多样性。习近平总书记就如何正确对待不同国家和民族的文明、正确对待传统文化和现代文化提出：一是要维护世界文明多样性，二是要尊重各国各民族文明，三是要正确进行文明学习借鉴，四是要科学对待文化传统。这是我们开展对外文化交流的原则，也是我国文化建设的原则，还是我们向世界讲好中国故事、推动中华文化更好走出去的原则。

讲好中国故事、推动中华文化更好走出去，需要增强文化自信，勇敢直率地面向世界、面向实际，不回避、不心虚，一是一、二是二，开诚布公。中国就是中国，社会主义就是社会主义，进展就是进展，困难就是困难，共同价值就是共同价值，特色就是特色，没有什么可以含糊的。讲传统要同社会主义现代化对接，讲发展要同中华优秀传统文化与革命文化的自强不息、百折不挠精神对接，讲改革开放要同中国人的兼收并蓄、见贤思齐、尊重他人、和而不同对接。这样，才能把中华文化的魅力讲出来。同时，还要强调我们"百花齐放、百家争鸣"的学术民主、艺术民主，强调我们去粗取精、去伪存真的甄别力、选择力。

讲好中国故事、推动中华文化更好走出去，还需要懂中国、懂世界。身为中国人，懂中国是天经地义的，却不是与生俱来的。我们同样面临着向自己的传统、自己的文化学习的任务，面临着倾听生活实践交响曲的任务。作为当代中国人，我们还必须懂世界、爱交流、善沟通。

中国的发展与更美好的未来已经不仅仅是理想，而是正在不断实现的景象。实现文化发展繁荣、实现中华民族伟大文化复兴,光明在前、使命在肩。具有几千年文明史、100多年救亡史与革命史、60多年社会主义建设史与30多年改革开放史的中华文化、中华民族,必将迎来文化大发展大繁荣,必将迎来伟大复兴的荣光。

家风与家教*

有时候与一个人接触，很快就感觉到他或她的文明程度、道德自律、举止进退、做人修养，乃至人格人性。这些东西多半与家庭的影响、家学的渊源、家风的承继、家教的成果有密切的关系。有时候从媒体上看到一些国人在境外的不雅表现，乃至在政法节目中看到一些罪犯的愚蠢无知与无耻，也令人叹息痛心于他们家教的极端缺乏。

近年，社会上兴起了"家风"话题，也有媒体就这个话题采访过我。其实，相比"家风"二字，我更熟悉，抑或感觉更贴近现实的一个说法是家教。我小时候自恃聪明，出言狂妄，母亲每听到一次就教育我一次，经常连夜教育。有时候，我困得不行，我就说再也不敢骄傲，再也不敢胡吹牛，再也不敢瞧不起人了，向母亲保证以后，这才得以允许睡觉。

---

* 本文刊发于《人民日报》2015年12月4日第4版。

当然，我们那一代人经历了贫穷、战乱、动荡与种种苦难和匮乏，很多事情是生于和平年代的人没法想象的。国家穷，国民教育也不普及，我们的父母对教育孩子谈不上系统的理念。不过长辈总是能看出是非对错，看到你错了，就要苦口婆心地教诲你，直到你接受教育有所改正为止。

我想，家风的重要性在于它是家教的长短得失的体现，是家教的外化，而家教是自然而然、生动活泼、春风化雨地进行的。人们越来越认识到，在形成一个人的基本素质方面，家庭的影响与作用往往大于学校，童年的熏陶往往重于长大之后，从生活中、从家庭中得到的体悟，往往深切过从课本上所读到的东西。童年家中得到的真切、质朴、诚恳、实在的教导，不知不觉之中，形成了一个人的价值认知与价值底线，形成了一个人从生活习惯到选择趋向，从举止容色到是非标准的基本思路。而这些东西集合起来，就成为世道人心，成为风气共识，成为村规民俗，成为一个地区一个群体的文化素质。

我们国家正在日益重视对于核心价值的宣传教育。价值教育的关键在于理念与生活的结合，理念与内心深处的爱憎取舍的对接，在于言与行的一致，心与口的统一。家风与家教，对于形成美好正确的价值观，其作用是非常大的。北京市西城区教育工会组织师生员工共同撰写了《家风》一书，勤劳、质朴、诚实、阳光、深情、善良、奉献，乃至"温良恭俭让""仁义礼智信"等我们传统文化中重视的一些价值得到讨论与例证说明，文章写到的细节让人或莞尔或触动，充满真情实感，富有可读性。这对于弘扬家风文化、培育核心价值是很有益的。

在经济迅速发展的同时，人们越来越重视世道人心的问题。而人心的形成，很大程度上就是出于家教，成于家风。其实，每个家庭，每个中国的老百姓都是有一个尺度的，提倡什么，容忍什么，禁止什么，严惩什么，都有自己明确的标准。这对逐渐树立起人们能自觉接受的道德规范是有积极意义的。因此，核心价值的教育一定要进千家万户，进入童年人生。

"三沙1号"*

崭新的"三沙1号"在南中国海上雍容自信地行驶,隔着舷窗看到波光条条的海浪,曲折而又宽宏,温暖而又大方,深邃而又亲密。这样的航行是如此踏实。本来的日程是12月31日起航,2015年的新年在三沙市过。可那几天大风大浪,波涛汹涌,才把时间错后了5天。其实我也欢迎风浪加身的气势。我想走出舱室,我想走上七层高的阳光甲板,我想更多地享受南海的阳光和海风,还有许多同行朋友的欢声笑语,还有手机与相机的快门"咔咔"声。

这不是第一次。33年前我走过这同样的航程,只是那时的船没有这样的吨位,我搭乘的是海军部队补给淡水的运输船,同船的人不足这次的十分之一。那次我走了西沙所有的岛屿,跟其他人相比,我很好,在海上没有什么不适,不,我对南海的感觉

---

* 本文刊发于《人民日报》2015年1月19日第24版。

是亲近极了,可爱极了,兴奋极了。航海如步,上岛如归,南海如家,西沙就是咱们家。那么蓝的深海,那么紫的柔软与光的绸缎,那么亮与近的太阳,那么纵情的浪花,还有同样白的海鸥与飞鱼,那么好听的海水的淅淅沙沙的响音,我想起高尔基的词儿:"海在笑着。"我想补充:"海在唱着。"这次与我同行的有海军的老战士、著名的作曲家吕远,他是三沙市的荣誉市民,他写过《西沙,我可爱的家乡》。

时隔三分之一个世纪,南海、三沙让我感动得落泪。

那一次与这一次,醉人的、带着醇厚的浪花咸香的海风使我不由得想起刘邦的诗:大风起兮云飞扬,威加海内兮归故乡,安得猛士兮守四方!

云飞扬,云飞扬,果然,抬起头来,遍天云蒸霞蔚,大画笔,大气象,大陈列,大涌动,大布局。我们的心就像云霞一样自由、奔放,任意变幻又似互相照应,各自奔驰又似互相簇拥。那个夜行的晚上,偏又是望月,众人招呼着欣喜着。这一切,都在为"三沙1号"交通补给船南海首航列阵助兴,都在为我们的"三沙1号"梦想之舟挥旗布局。旅客登船的时候有三沙市铜管乐队铿锵吹响,到达的时候不但有乐队而且有鞭炮噼啪闪光。

《大风歌》一直在耳边唱响。难道这辽阔慷慨的气魄不与2200多年前的汉高祖刘邦相似?

此行的目的地是三沙市政府所在地永兴岛。这里有民国三十五年由当时的"国军"树立的"光复纪念碑",有解放军战士雕刻在悬崖峭壁上的"祖国万岁"字样,红色的字令人想起烈士的鲜血。有水警区树立的主权碑,有获得"天涯哨兵"称号的海军部队与各种军事设施。有市委、市政府、市人大的办公大楼。有医院、银行、邮局、超市、无土菜棚,有这几十年有效植造的绿化林带,其中不但有原有的抗风桐、羊角树,而且有专门引进的椰林特别是将军林,许多将军与各方面的领导同志在那里种下了椰子树。这里还有2014年度全国"双拥模范城市"的锦旗。有军用与民用码头。机场扩建动工仪式也于当日奠基。我参加了7位院士和专家受聘三沙市人民政府顾问的仪式,荣幸与惭愧地忝列其内。

这里有生活,有学习,有歌声阵阵。我在"天涯哨兵大学堂"讲的《学习与读书》,已经是学堂的第五十七讲了。这里有渔民渔船,有各种渔业的设施与器材。有军史展让人温故知新,有雷锋班随叫随到为军民服务。这里有一年到头不间断的体育比赛、军民联欢,有水警区部队自己创作自己演唱自己录制的DVD,其中有赞美三沙的歌曲与央视的专题报道。这里有来自全国的、省里的、各部门的关怀帮助支援的物品及车辆,这里集中了中华儿女的慰问与敬意。这里有征文,有自己出的书,有电视,有流量给你我他的手机服务,有南海水生动植物展览,特别是惊人的红白金色珊瑚、玳瑁、海龟、大大小小的海螺。有文物的发掘与研究,有乐队,有合唱团也有民兵。这里应有尽有,暂时没有的也正在引进建设添置。这里的生活,这里的存在,正在气势磅礴地丰富着发展着充实着与明媚着。

33年过去,换了人间!我当然没有忘记当年守岛建岛的战士与人民的辛苦，没有忘记当年的纯朴与简陋，也没有忘记人在西沙是怎样地思念着北京，遥想着天安门，神游着祖国的土地、天空与海洋。而人在北京也会梦见南海的波涛，惦念牵挂时时祝福南海的战士与人民。那时战士们常常吃不到新鲜蔬菜，只能用酸菜罐头来作菜肴，那时个人的通信与娱乐也受到许多客观条件的限制，那时除了珊瑚沙堆与鸟粪，除了简朴的兵营很少看到建筑，渔民也多数时间是生活在船上。现在呢，生气勃勃的高楼正一幢幢地矗立起来，三沙的小康生活正由咱们自己创造。同样，三沙的钢铁哨位仍然由我们执守。

重访三沙人未老，可真幸运。吕远同志说希望与我合作，我与同去的30名海南大学生座谈时说，吕远老师是不是先与刘邦合作一把？

上次来的时候，我说也许可以给刘邦的《大风歌》改几个字，可否是：大风起兮云飞扬，威加海内兮离故乡，自有猛士兮守四方！当然，那些战士都是为了守四方而远离故乡的猛士。此次来，是不是可以再加一段：大风起兮云飞扬，南海三沙兮日辉煌，神勇男儿兮乐海疆。

涵养时代的"文化定力"*

近200年来,中华民族经历了空前危局、剧变、重生和发展,中华文化经受了空前挑战、冲击、丰富与更新。温故而知新,在深化改革的今天,我们应该有更多的从容自信,更加重视对中华文化优良传统的珍视弘扬,使我们在精神文明建设的发展上更加主动、更加胸有成竹。

经济的快速发展大大改善了中华儿女的生活质量,但急剧的新旧交替、中西杂糅、鱼龙混杂,也使我们的文化生活、精神走向、价值观念时而出现困扰与失范、歧义与冲撞,乃至忧虑与紧张,这很正常也属必然。精神层面的文化建设,是个润物细无声的慢活,不可急躁。我们需要有足够的定力和稳健。

要做到登高望远、气度恢宏。传统文化中的确有不少封建糟粕,对此我们必须保持清醒;但也要看到,这种文化几千年来涵

---

* 本文刊发于《人民日报》2014年3月10日第5版。

养着、凝聚着亿万中华儿女，历久不衰，饱经忧患，深入人心。自强不息、与时俱进、仁者爱人、推己及人……这些精神都与现代性相通，也考验、培育了中华文化的开放性、吸纳性与消化能力，应变性与抗逆能力，自省性与自我调整能力。我们完全可以"择其善者而从之，其不善者而改之"。珍视民族传统，同时勇于面向世界、面向未来、面向现代化，进行新的选择、整合与创造。

要有一种从容的心态与通透的历史观，成熟、科学地对待各种社会文化现象。钱锺书先生说："东海西海，心理攸同，南学北学，道术未裂。"不同的角度、观点与渊源，不一定成为零和关系、对决关系，马克思主义本身就与人类已有的多方面文化智慧息息相通。今天，我们处在改革开放的深水区，需要广泛开掘汲取消化民族的与世界的智慧成果，使我们的文化精神与文化土壤更加宽阔丰饶，精神能量与文化根基更加深厚浩大，面对现实挑战更加应对有方、进退有据。

面对"盘子"越来越大、越来越多样的思想文化格局，我们在传统与现代、大众与高端、民族与世界、教化与娱乐、主导与多样、经典与时尚、争鸣与共鸣、市场与理念的一系列关系上，要有更加全面与均衡的思路和工作。由现象而本质，由历史而现状，才会认识得更加长远与深刻。

我们关心文化事业、文化产业、文化建设、文化形象与文化外交这些看得见的东西，同时要更多关心文化精神、价值观念与思维方式，这些才是文化的主导与内核。更加成熟地引领与服务文化生活，是实现国家治理现代化的一个重要标志。文化精神的特点在于它的长期积淀、深入民心,不能急于求成。这方面,口号与宣示的作用有限,非理性情绪化也于事无补,生活化与实践性强的启迪与感召会更起作用。我们应该因势利导,提倡更深入通透的学习,倡导对精神高峰的攀登、服膺真理的至诚,提高整个民族的认识能力、学习能力和自我完善能力,避免浮躁、肤浅、极端。

我们正在创造中国历史、影响世界格局。回首中华民族几千年的浮沉史、我们党90多年的奋斗史、新中国60余年的探索史、改革开放30余年的发展史,所有兴衰成败的经验,物质与精神的积累,已然成为我们宝贵的"家底"与"功夫",再加上日新月异的世界文明借鉴,我们完全可以比历史上任何时期更能沉下心态,走准步点,自信从容地推进全面深化改革的历史任务。

文学中不变的东西*

时代在变,生活在变,我羡慕今天的青年人,你们的物质生活与精神生活拥有更多的选择,更宽阔的可能,更好的条件。但也有些东西不会改变。我想说说文学中一些不变的东西。

文学本身碰到危机了吗

获取信息的便捷化与舒适化,究竟是在发展我们的精神能力还是相反呢?听听"好声音"、看看肥皂剧,果真能代替反复默诵与咀嚼、温习消化那些花朵般、金子般、火焰般、匕首与针刺般的言语、章节与名篇巨著吗?我们所说的信息,究竟只是一个数量的概念呢,还是具有深度与品质的追求?视听信息能取代学问、智慧、理念、心胸、情操与文学的全部内涵吗?

---

* 本文刊发于《人民日报》2013 年 9 月 25 日第 24 版。

不，那是不可能的。恰恰是语言符号激活了思维与想象能力，取得融会贯通，最大限度地调动精神资源，能够发展、延伸、突破已有的知识见解。只要语言文字没有消失，只要语言与思维的密切关联没有改变，只要语言文字与生活的密切关联还存在，文学的重要性就不会发生变化。

英谚云：宁可失去英伦三岛，不能失去莎士比亚。因为莎士比亚代表的是文化，文化是存在的根基与理由，有这种文化，就有这种凝聚力，就有追求与生活方式，就有这个民族的自尊心与自爱心。黄鹤楼现在已不在原址，建筑材料也不理想，但是黄鹤楼仍然吸引了那么多游客，原因在于崔颢与李白的诗。以为3D4D视听节目与网络音频视频能代替文学，那就是以白痴的聪明来取代文化与智慧。

文学的成败标准是什么

是什么，不必细说，我能理解不同的写作人有不同的追求：诗仙诗圣诗鬼、韩潮苏海、妇孺能解、一把辛酸泪、高屋建瓴还是自我拷问，我都按下不表。我这里要说的是，不能把发行量、版税收入看作唯一标准。

对于一个国家一个时代的文学成就的评价，文学史的特点是看高不看低。当然我们个人常常需要经历一个由低向高的过程。文学史盯住的是每个时期的大家名家经典作品，不会对各个时代都有的二三流作家多加注意。不要过于重视印数，不要过于相信炒作。传播是手段，不是目的，更不是价值。当然会有许多人以当下市场效益为最看得见的成就，我们不可能排除这样的写作者，他们对于发展文化产业与文化消费有其贡献。但是从长远看，从更重要的意义上看，文学是一个民族的精神花朵，是一个民族的品位与素质，是一个族群的精神史，是一个民族的乃至影响世界的智慧与胸襟。我们写作者要敢于看不起那些空心化、浅薄化、恶俗化、碎片化、单纯搞笑、单纯恶搞、咋咋呼呼迎合起哄的所谓作品。取法乎上，仅得其中。我们写诗的人心中应该有屈原、李白、杜甫、普希金，我们写小说的人心中应该有曹雪芹、蒲松龄、巴尔扎克与托尔斯泰，我们写戏剧的人心中应该有关汉卿与莎士比亚。

文学创作不要跟风

不要跟着那些似是而非的观点跑。要尽量维护文学这一行当的纯正风气。

其实所有的伟大作家都是独一无二、不可克隆的，鲁迅也是这样。一切都要与时俱进。经典作家经典作品不是当世定定的，不是被任命的，也不是销售排行榜哪怕是获奖名单所能全部反映出来的。要沉得住气，静得下心，什么事都有一个过程。鲁迅说，幼稚并不可怕，不腐败就好。

写得不好，不要怨天尤人。我很欣赏网上的一句话：凡是把自己没有写出好作品的原因归咎于环境的人，即使把他迁移到日内瓦湖边的别墅里,他照样——我说的是他更加——嘛东西也写不出来。

我们的生活中有许多人云亦云的胡说八道,我希望我们的青年同行珍重自己的头脑,不跟着起哄。一句话,除了潜心写作,干咱们这一行的人没有别的法门。

"攻读"的日子哪里去了*

回首往日,读书的感觉是多么甘美,读书的光阴是多么珍贵,读书的收获是多么清爽,读书的心境是多么丰满。

不能忘记9岁时候到民众教育馆借阅一本雨果的《悲惨世界》。冬天,当日"配给"(限量供应)的煤烧完了,馆内的两名工作人员因为我的贪读而不能下班,他们和颜悦色地与我商量,说由于室温直线下降,下次再来接着读好不好,而我沉浸在主教对冉阿让以德报怨的精神冲击里,我相信,人们本来应该是非常好,而我们硬是把自己"做坏"了。在寒冷与对别人的歉疚感中,我又读了11页。

不能忘记十来岁时我对于《大学》《孝经》《唐诗三百首》等的狂热阅读与高声朗读背诵,那也是一种体会,道理可以变成人格,规范可以变成尊严与骄傲,人可以变得更好。

---

* 本文刊发于《人民日报》2013年9月20日第8版。

不能忘记 11 岁时从地下党员那里借来的华岗的《社会发展史纲》、艾思奇的《大众哲学》、新知书店的丛书如杜民的《论社会主义革命》、黄炎培的《延安归来》与赵树理的《李有才板话》，那是盗来的火种，那是吹开雾霾的强风，读了这些书，像是吃饱添了力气，像是冲浪登上了波峰。

不能忘记十八九岁的时候对于大量国内外文学经典的沉潜：鲁迅使我深邃，巴金使我燃烧，托尔斯泰使我赞叹，巴尔扎克使我警悚，雨果使我震撼，契诃夫使我温柔，法捷耶夫使我敬仰……

而在艰难的时刻，是狄更斯陪伴了我，使我知道人必须经受风雨雷电、惊涛骇浪。

在"文革"期间，我仍然乐此不疲地偷偷阅读着阿拉木图、塔什干等地出版的维吾尔文、乌兹别克文，还有以上语种的斯拉夫字母版图书《纳瓦依》《布哈拉纪事》《骆驼羔一样的眼睛》，乃至阅读与背诵手抄本的波斯诗人奥玛尔·海亚姆的《鲁拜集》的乌兹别克文译本。

阅读使我充实，阅读使我开阔，阅读使我成长，阅读使我聪明而且坚强，阅读使我绝处逢生，阅读使我永远快乐地前进。

如今却也有忧虑，是不是现在的儿童，现在的青少年，不再像我们当年那样热衷于阅读了呢？

他们的生活与获取信息的手段是怎样的便捷、舒适与多样啊。不一定读书籍报刊，看看电视或者从网上下载的一些图片与搞笑段子，你已经知道某些国际国家大事与某些洋洋大观的书籍的大概了。不一定也不需要弄得太清晰,你只要有手机,已经知道哪个官员出了丑,哪个大人物要倒霉,哪个名家的家庭成员犯了事,还有哪样食品吃死了人。当然也知道了哪个鸟叔成了世界第一的舞蹈明星,还有哪个5岁的孩子出版了他或她的第一本诗集。

甚至越来越多的人没有认真读过书,只不过是看了一点视听节目,就已经觉得自己懂得了,大大败坏了对于经典作品的观感与品味了。

不止一人大声宣告纸质书籍的式微,文学的终结,小说的衰亡,语言符号在更加直观百倍的多媒体与信息量更大的网络面前的窘境了。不止一人用网上的浏览来代替专心致志的阅读,用虚拟的世界代替真实的体验与思考了。甚至连玩游戏、竞技、比赛也龟缩在电脑的显示屏前,可以数小时不离屏幕与键盘一步了。

然而,轻松愉快、马马虎虎的浏览当真能替代潜心认真的阅读——我们有时候称之为"攻读"的强心力劳动吗?听听歌曲音乐、看看千形万状的演员表演,果真能代替反复默诵与咀嚼那些花朵般、金子般、火焰般、匕首与针刺般的言语、段落、章节与名篇巨著吗?

不,那是不可能的,心理学家、教育学家、语言学家与生理学家都已经判定,没有发达的语言系统,是不可能有深刻丰饶的思想的。阅读主要是通过语言符号来激活人的思维与想象能力,最大限度地运用精神资源,取得融会贯通、发展充实延伸的最大化。而仅仅是浏览,是视觉与听觉的刺激,则容易停留在相对较浅薄的层面上。目前,世界各国,已经出现了一批万事通、万事晓、不查核、不分辨、不概括、不分析、绝无任何解析能力更无创意的平面信息型"能人"了。干脆说，离开了阅读，只有浏览与便捷舒适的扫描，以微博代替书籍，以段子代替文章，以传播代替学识，以表演代替讲解，将会逐渐使人们精神懒惰，习惯于平面地、肤浅地接受数量巨大、获得廉价、包含着大量垃圾赝品毒素的所谓信息，丧失研读能力、切磋能力、求真求深的使命与勇气，以至连讨论追究的习惯也不见了，苦思冥想的能力与乐趣也没有了，连智力游戏的水准也降到幼儿级别以下了。这样下去，我们会空心化、浅薄化与白痴化，我们的宝贵的头脑的皱褶将渐渐平滑，我们的"灵"的思辨思维功能将渐渐萎缩，而我们的大脑将只剩下海量获得八卦式的信息然后平面地记忆下来、转销出去的"肉"的能力。

眺望书籍的大海，我不过是岸边的一只小蟹，生也有涯，书也无涯。读书是享受也是追寻，是撞大运也是冒险，是精神的发展提升也是对于经验与自我的挖掘。读书是快乐的，从这本书想到那本书，从这一地的书想到另一地的书，从这一领域的书想到另一领域的书，例如从科学技术的书想到文史哲的书，那就像发现了新的大陆，新的海洋，新的天空一样，登高望远，心神俱旺，人生能有几次这样的欣喜！

阅读使人文明，如果常常读书，这是一幅陶然美景。也许明天早晨醒过来，有些父母见到儿子的第一句话不再是关于作业或者早点，而是关于全家正在热读的一本书，这简直像是一个美丽的故事啊。

曲终情未了*

与我相识 60 年，婚姻 55 载的芳走了。

在家中自设的灵堂里，我选了两首背景哀乐：一个是舒曼《童年情景》里的《梦幻曲》，一个是苏联歌曲、索洛维约夫·谢多依的《海港之夜》。

《梦幻曲》，为这个名称，它曾经受到我们的文艺作品的事出有因、察无正理的嘲笑。1984 年我率中国电影代表团到达当时属于苏联的塔什干，与参加塔什干电影节的各国代表团一起，参谒纪念二战烈士的"无名烈士墓"，当时属苏联的乌兹别克加盟共和国的乐队，在墓地圣火前演奏的正是此《梦幻曲》。它如思如诉，如忆如祝，如祷如泣，如升华如回顾。它自己构建了别一个庄严、多情、沉潜、高远、恒久的世界，其中任何一点声息都是饱满而又绵延，明澈而又深挚。它给我的感觉是"此情可待成

---

* 本文刊发于《人民日报》2012 年 5 月 30 日第 24 版。

追忆,只是当时已惘然",是"渭城已远波声小","天若有情天亦老"。

《海港之夜》是我与芳年轻时最喜爱的苏联歌曲之一,深情而又浪漫,其豪迈中的爱恋与温柔,忧郁中的向往与昂扬,都表现得非常充分。在芳的灵堂里播放这首歌,是对我们的青春年华的回忆,是对那个伟大时代的怀念,是对我们一生的基调的坚守,同样也不无酸甜苦辣与世事变迁、无常有常的咀嚼。

孩子们觉得这后一首歌如果只听一声两声、一句两句,似乎会让不熟悉的人所感莫名,过了两天,停止了它。在与遗体告别的时候,也只放了《梦幻曲》。

往事,生离死别(以上两组词在五笔字型中竟是重码),过去了,生活仍然前行,工作仍然继续,读书、学习、忧思与期盼如芳在时。只是我偶然会想到:到了我的那一天,我会挑选什么乐曲作我的告别之曲、终了之音、倾吐之语呢?

一点也不用犹豫,我要的是新疆伊犁地区维吾尔族民歌:《黑黑的羊眼睛》。

我永远不会忘记我与芳共度的那个艰难与火热的年代,那种困惑与美妙,那种感动与迷茫,那种亲密与信赖,那种希冀与等待,那种在人民中、在大地上的踏实,尤其是新疆各族人民从那时至今天的深情厚爱。

我深信,人民中间最重要的字是爱,是信任,是情义,是快乐与生机,是生活与日子,是共鸣与交融;不管它是否受到了什么样的病毒与瘴疠的侵染。

香港卫视就一个新疆题材的长纪录片对我进行采访，我说到我在新疆的生活，我说：

"新疆各族人民对我是恩重如山！"

回想我在新疆的日日夜夜，我流泪了。主持人与台长杨先生流泪了，几个年轻的女孩子——工作人员也沁出了泪水。

回到《黑黑的羊眼睛》上来，歌中唱道：

> 我的黑黑的羊眼睛啊，
> 我愿为你献出我的生命，
> 我深知这爱恋的痛苦焦灼，
> 我要为你献出我的一生……

在伊犁，人人唱《黑黑的羊眼睛》。在伊犁，尤其是冬天的夜间到凌晨，赶马车去煤矿拉取暖用煤炭给人们送温暖的马车夫深情地歌唱着《黑黑的羊眼睛》。我沉醉于这样的歌，我沉醉于这样歌唱的人们与歌曲的听者，我将以这样的充满爱恋与感恩的歌声，我将以对于爱、信任、情义与奉献的呼唤与记忆，以对于生活与爱情的直到最后一分钟的渴望与赞美，以这样的对于祖国、边疆、中华大地与各族人民的挚爱与祝愿来铺陈我的一生，来问候我的各族兄弟姐妹，来感念我的各族父老乡亲。

懂得文化　积极交流*

世界上任何一种有价值的文化，从来都不仅仅是在国门内起作用。文化的价值既在于它的民族性地域性，也在于它的人类性普遍性。世界各地的文化从来就是我中有你，你中有我，而又各具特色。

文化与物质商品不同，物质商品多半是一次性的，使用完了，需要再进口。而文化，引进了，为你所用，为你所消化吸收，丰富了你也武装了你。归属于你了，并从而有可能成为你协力创造的新的文化果实。近代外国人用火药、指南针、活字印刷术的水平，早已超出了当年输出这些科技的中国，也不会有多少人想着这是中国的出口。同样，中国引进了马克思主义，发展形成了毛泽东思想、邓小平理论、"三个代表"重要思想、科学发展观等，没有人会认为这是进口物资。从延安时代就时兴同志间

---

* 本文刊发于《人民日报》2011 年 11 月 25 日第 23 版。

见面行握手礼，谁会想到握手是礼节赤字？汉语拼音用拉丁字母，然而，它的用法只限汉语拼音。电影、话剧、芭蕾舞等艺术品种来自外国，但没有人认为《一江春水向东流》《雷雨》《红色娘子军》是舶来品。即使跳《天鹅湖》，由于中国演员的身材、气质情愫和文化背景的不同，其版本其效果也不可能全同于俄国的。我们不妨以日本为例：日本古代学我们，近现代学欧洲，如果讲赤字，它全是赤字。然而，不管怎么学，日本还是日本。而且，日本的勇于和善于吸收外来文化，恰恰是一种软实力。

对于文化来说，首先不是实力不实力的问题，而是它的有效性、质地性、成果的丰富性与深刻性的问题。一个文化的品质，在于它能否帮助接受它的人群与个人提高自己的生活质量，能否开阔人们的精神视野与发展人们的精神能力，是否具有足够的创造性、吸纳能力、发展能力、应变能力……我们说文化是软实力，其实就是说它在国际政治中有很大的作用，但不宜过分地强调它的政治作用，避免把文化交流政治化、急功近利化，甚而粗鄙化。我们需要强调的：文化是花朵、是魅力、是精神、是瑰宝、是记忆也是预见、是形象也是品格，是民族的又是人类的骄傲与财富。如此这般，也许比较靠后再说它是软实力更好。说得愈后，可能软实力愈强。

文化有极强的政治性，但毕竟比政治更宽泛与含蓄，更日常与普及，更潜移默化与点点滴滴。我们反对西方国家把与我们有关的各种问题政治化，但是我们不反对把某些政治性极强的问题适当地文化化，即从文化的层面多进行交流和讨论，尊重文化与世界的多样性。我们已经重视，而且必然愈来愈重视与各国的文化交流与合作。在这样的交流与合作方面，我们可以做到信心十足，大大方方。

我们重视与各国政府间的文化协定，重视文化交流上的政府行为，我们也许应该更重视民间机构与文化人个人之间的交流。境外有许多人喜欢强调文化的非政府行为性质，自然渗透、不带强迫性而被接受的性质。我们的文化交流方式，应该是政府主导，民间参与，尽可能通过市场以扩大受众的规模。尤其要避免因急于"走出去"而自贬身价，这样的做法，或可偶试于初期，却绝对不可以成例，也不可能真正收效。

我们的文化工作是马克思主义指导下的文化工作，是接受中国共产党领导的文化事业。我们的一切向世界推介中国文化的工作，都有利于建设中国特色社会主义事业。但这并不意味着我们要在文化交流中僵化地、灌输式地推广我们的指导思想、意识形态与社会主义核心价值观。文化与意识形态不能互相取代。我们不避讳并向世界正确地解说我们的意识形态原则与我们的传统文化的密切关系，从中论证我们的意识形态的合理性、合法性、坚实性。但是我们努力向世界介绍的，是我们的被意识形态指导，同时又推动着我们的主流意识形态的成熟与发展的文化成果和文化传统。当然，加强我们的文化交流工作，必定会有助于赢得理解与敬意，有助于让世界更加客观和公正地认识中国的真实情况与真实走向。即使推介的是几千年前的文物，也是由蓬勃发展的社会主义中国人民守护、整理、阐释的文化成果，是社会主义中国人民的爱国主义与尊重历史、尊重传统的最有说服力的证明。不能说推介古代的东西就丢失了主旋律。同样，积极有效地吸收国外的一切好的文化，化为中华文化的一个有机组成部分，有助于消除西方人士对我们的偏见、无知与误解。

  我们对外文化推介，面对的是世界各地尤其是西方世界的广大受众，当然要以受众能够理解的方式、熟悉的语言习惯做好我们的工作。这并不能说是迎合西方人，也无须为西方人没有接受我们的主流意识形态与社会主义的价值观而遗憾，或指责他们的对待中国的无知少知猎奇心理。外国人对中国感到好奇，我们欢迎。好奇比无视好，只有经过更多更有效的工作，才能尽快地超越人家对我们好奇的阶段。

话说泰戈尔*

文学作品中有大量对于社会的批判与对于人生消极面的痛苦呻吟。中国人早在古代就有"欢愉之辞难工,而穷苦之言易好"的说法,这是唐朝的韩愈在他的《荆潭温和诗序》里写过的。我也曾经说过,有雄辩的文学也有亲和的文学。前者容易激动人心,后者则十分难能可贵。

总要给大家说点光明的,并不是说文学全是黑暗。如果文学都是看完以后让人疯狂,让人失眠,让人自杀,那咱们做文学读文学的人怎么得了?文学里会有一些非常正面的东西强调人生的美和善,强调年华和日子的快乐,凸显人生的魅力和它的意义。例如泰戈尔。

印度大诗人泰戈尔的家乡在加尔各答,那个地方是共产党执政,到处插着镰刀锤头旗。但是加尔各答到处都是垃圾山,1999

---

* 本文刊发于《人民日报》2011 年 5 月 13 日第 23 版。

年我访问了泰戈尔的故居,那是一个大花园,是另一个世界。泰戈尔很同情穷人,但是他本人过着贵族的生活,这是事实。对于当地人来说,泰戈尔首先是一个会唱歌的人,他唱得非常好,其次才是一个诗人。在他的诗里面尽情地讴歌了生命、光明、欢乐、爱、仁慈、妇女、儿童,他写的《飞鸟集》《吉檀迦利》非常有名,我随便挑几句说说:

夏天的飞鸟,飞到我的窗前唱歌,又飞去了 / 秋天的黄叶,它们没有什么可唱,只叹息一声,飞落在那里。

印度人讲的英语是一种很特殊的英语,就像爱尔兰的英语一样,非常漂亮,非常文学化,以至于英国人有时候都很赞叹。
泰戈尔还写过:

世界上的一队小小的漂泊者呀,请留下你们的足印在我的文字里 / 世界对着它的爱人,把它浩瀚的面具揭下了 / 它变小了,小如一首歌,小如一回永恒的接吻 / 是大地的泪点,使她的微笑保持着青春不谢。

他还写道:

无垠的沙漠热烈追求一叶绿草的爱,她摇摇头笑着飞开了 / 如果你因失去了太阳而流泪,那么你也将失去群星了 /

跳舞着的流水呀，在你途中的泥沙，要求你的歌声，你的流动呢。你肯挟瘸足的泥沙而俱下么／你已经使我永生，这样做是你的欢乐。这脆薄的杯儿，你不断地把它倒空，又不断地以新生命来充满。

生命就好比酒杯，把酒倒进去，然后倒空了，然后又倒进去，又空了。印度人对生死的观点也有值得汲取之处，印度教有三座大神，第一座是生命之神，第二座是创造之神，第三座最根本的、最高大的是毁灭之神。这个哲学思想也是很有趣的。

这小小的苇笛，你携带着它逾山越谷，从笛管里吹出永新的音乐／在你双手的不朽的按抚下，我的小小的心，消融在无边快乐之中，发出不可言说的词调／你的无穷的赐予只倾入我小小的手里。时代过去了，你还在倾注，而我的手里还有余量待充满。

译介泰戈尔的作品的人当中，不能不提到郑振铎与谢冰心。冰心早期的作品，包括新诗《繁星》《春水》《寄小读者》等散文里，明显地受到泰戈尔的影响。有一些年轻人对冰心十分不敬，我相信他们不但不了解冰心，也不知道谁是泰戈尔，谁是纪伯伦，否则，仅仅就译介泰戈尔与纪伯伦一事，他们也会对冰心抱另一种态度。

呼唤经典*

我们的文化、文艺生活正在呈现出空前的繁荣和蓬勃生机。思想的解放，体制的改革，经济的成长，教育事业的发展与人民文化程度的提高，文化设施的全面建设，传播手段的突飞猛进，群众的积极与日益普遍的参与，对外文化交流的渐趋畅达，使我们的文艺作品与群众的文化生活从数量上、品类上、规模上、参与程度上以及选择的个性化上都是以往完全不能相比的。1949年至1966年，全国新出版的长篇小说只有200多种，而现在一年的长篇小说书目就达千种，加上网络上的新作，更是数不胜数。再如目前国内观众能够收视到的电视广播节目的丰富多彩以及广播电视的覆盖面，还有上网人数的增长速度，都令人叹为观止。

传媒在文化生活中影响越来越大，似乎是轻而易举地成功制造了大量文化与文艺明星，制造了各种畅销文化产品。明星与畅

---

* 本文刊发于《人民日报》2010年6月8日第24版。

销作品意味着大叠的纸币。网络新媒体的出现，改变了人们的许多习惯与观念。被西方思想家称为"沉默的多数"的大众，其中尤其是低龄大众，正在网络上发出声音，兴起波澜，越来越成了气候，甚至影响着舆论与社情民意的表达。

与此同时，我们缺少力透纸背的经典力作，缺少振聋发聩的文艺高潮，缺少学术创新与文化发现，缺少大师式、精神火炬式的文化权威。也经常听到大量的批评与责难的声音，认为现在到处是文化与文艺的垃圾，包括谩骂、造谣、生硬搞笑与各式胡说八道。

确实，人们的担忧是有道理的。市场的发达与大众的参与，传媒的发展与文化的多层次化是公民的文化民主权利得到落实的体现，也是现代化与小康社会的必然，它标志着有些过去无缘染指文化的群体，例如打工仔打工妹有了自己的文化诉求与文化享受，这首先是好事，我们不能怀疑与蔑视这样一个方向。同时，我们又不能不承认，文化的经典的产生有赖于个别的精英人才。人多势众的文化是热气腾腾的文化，也是泛漫汪洋的文化，它们必然是包含着大量低俗伪劣浅薄的货色。民族的文化瑰宝有赖于孔、孟、老、庄、屈原、司马迁、李、杜、曹雪芹这样的少量天才人物。人才当然离不开人民，人民是艺术与思想的母亲。同时人众不等于人才，数量在文化经典的诞生上所起的作用相当有限。文艺的泛漫化与经典的出现常常不是一回事，越是泛漫人们越是容易痛感经典的缺失。当然二者并非势不两立，淘尽黄沙应是金，四大奇书既是最普及的，也是最优秀的。湮没在泛漫的文化与文艺生活中的智慧奇葩与天才成果，终将永垂史册，成为民族的经典与骄傲。我们无须对泛漫的大众文化产业痛心疾首，但也不能对文艺生活的泛漫化所带来的问题视而不见。

对市场力量的片面接受正在使人们变得浮躁，一些文化产业事业人追求的只限于印数、票房、收视率、点击率，一些作品正在通过拳头枕头、陈腐迷信、八卦奇闻来促销谋利，使文艺日益消费化、空心化乃至低俗化，失去了思想与艺术的追求与积累。传媒的炒作与炒作背后的经济利益正在使文艺上高下不分，真伪不辨，黄钟毁弃，瓦釜雷鸣。急功近利的风气使本来大有希望的文艺人也在走捷径，宁要无知的起哄与人为的速成明星，不要伟大的经典，不要文学艺术与学术的深刻性、严肃性与创造性，更不要说文化创造上的艰苦卓绝与不应逃避的付出代价。低级趣味、思想品位上的零度化、牵强附会、互相模仿（如前几年的帝王戏与近大半年来所谓间谍剧的突然走红），各种强编胡凑、不合情理、信口开河的作品越来越多。相形之下，常常产生这样的印象：似乎好作品越来越少。

甚至学术上也令人担心，媒体的巧言令色会不会冲击真正的学问修养与功底？抄袭、枪手、拼凑、交易……学风的腐败为什么屡有传闻？在某种文化的幌子下，迷信巫术会不会借尸还魂，假冒伪劣的文物与民俗会不会大行其道？跟着发行量与收视率走的传媒手段应该怎么样负起对人民的责任？

商品经济的发展在给了文化生活有益的启发的同时，也带来了急功近利与浅薄浮躁。一些营销名词正在使一些出版、传媒、制作人、投资人、旅游公司与有关地区与部门头脑发热，例如包装、炒作、品牌、名片、时尚、热销元素，成为某些地方的发展文化事业的首要思考。而思想、艺术、真实、深邃、完美、智慧、才学、责任、激动人心与精益求精的"古典"的说法似乎正在被人忘却。各地拼命寻找与争抢自己的历史文化名人名著名事迹，为此不惜以一充十，编造故事，夸大吹嘘，制造假象，有人甚至称之为"先造谣后造庙"。而在打起名家名作名事迹这个招牌后，用热销商品与尚待论证的所谓本地文化古迹互相命名，新建一批可靠性与文化内涵近于乌有的人造文物，然后用殿堂、寺庙、公园、生态园、景点、纪念馆、祠堂的名义，搞餐饮游乐等三产，人们在先秦诸子的名义下吃喝洗浴按摩，请问这究竟是弘扬了还是亵渎了我们的文化资源呢？究竟是推崇还是滥用文化的名义呢？现在，甚至连新举办的大学也以当地的热销商品命名。这样下去，粗鄙的营销手段可能吞噬真正的文化品位。

　　也许这一类的问题有一定的普遍性，放眼欧美，我们也会有其人文成果不如达·芬奇、伏尔泰、巴尔扎克、托尔斯泰、惠特曼时期的感慨。历史与社会生活的逐渐正常化，使人们不再期待着文艺学术的呼风唤雨、电闪雷鸣、天翻地覆。在一些人痛砭当今缺少鲁迅式的大家的同时，我们不能不正视产生鲁迅的年代与当今的时代的大不相同。雄辩的悲情的旗手式的文化艺术也许正在向亲和的良师益友式的文化发展。我们难以期待历史的重复上演。

　　再者，一个时期的文艺生活有无经典、有无大师巨匠，有待于历史与时间的淘洗与沉淀，谁能急得？不论《哈姆雷特》还是《红楼梦》，不论《对话录》还是《论语》，其经典地位都是在作者死后许多年才确立的。满足人民的文化需求的方针——包括学习探索的需求与休闲消费的需求——这是不应该怀疑的。在经济发展的时期，有一个比较浮躁与嘈杂的过程，这我们也不能够完全避免。我们对当代的文艺生活不应该妄自菲薄，更无须痛骂诅咒——痛骂诅咒也未必有用。重要的是，我们必须保持头脑的清醒：

文化、文艺，不仅是"名片"，甚至其首要意义也还不是软实力，虽然软实力的提法意义重大，获得了普遍认同，值得认真面对与部署。文化，首先是对人类的物质与精神需要的满足，是对人类的生活质量的提高，是民族人心的寄托与凝聚，是心智与人性的拓展、积累、结晶与升华，是对真理的接近与拥抱，是人生的魅力、生活的多彩，是历史的庄严与世界的光明与温暖的源泉。一个有志于文化、文艺的人，尤其是一个文化文艺从业者，应该有自己的品位与追求，有自己的境界与底线，有自己的志向与抱负，不能停留在市场与传媒炒作的层面，不能停止在招牌与名片的层面。招牌、名片与效益，可能有助于文化生活的发展前进，也可能尚距离真正的文化传承与积淀十万八千里，甚至可能成为对文化传统的歪曲与贬低。问题在于你能不能有对文化的真正认识与敬爱。

即使是从事大众文艺、通俗与民间文化、科教普及等事业的朋友，也应该明白，要力图使自己的作品中包括更多更有意义的内容、更美好的形式而不是相反。同样的大片,《泰坦尼克号》与《阿凡达》"秀"出来的是爱、尊严、环境保护与对大自然与生命的尊重,而某些拙劣的作品表现的是空无一物,是拼凑一堆热销元素,展演愚昧与无知。我们不满意思想与艺术的趋零化,这是当然的。

我们的社会需要逐渐培养与建立权威的、强有力的思想、学术、艺术评价体系,靠的是参与者的道德良心、学术良心与艺术良心,靠的是评价者的对历史,对祖国、人民,对人类的责任感与独立思考,同样靠的是评价者物质上的自足与直得起腰来。一些学术与文艺团体,一些高等学校,一些研究机构,一批境界高蹈的专家,应该迎难而上,挺起胸膛,敢于好处说好,坏处说坏,拒绝一切实利的诱惑与干预,应该将学术与文艺上的黑金作业视为最大的丑闻与耻辱。

文章千古事,得失寸心知。历史证明,文化与艺术需要实践与时间的淘洗,大浪淘沙,真金火炼。文艺如水,自有清浊,文化如金,自有成色。任何人为的吹捧或贬低,哄闹与造势,在历史的长河面前,都显得无能为力,不管这种人为的折腾表现为什么形式。正因为人文领域的高下优劣不像体育或者实用技术那样好判断,因此良莠不分的现象就更加令人痛心。

对此,我们的社会舆论应该有自己的判断,自己的主见。我们的国家,我们的执政党也必然会有、要有,要尽到自己的责任,要心中有数,要有主心骨。尤其对那些确实具有重大学术与艺术价值,值得留给后世子孙的学术与艺术成果,对那些成就卓越、实绩斐然，但并不能急功近利地成功创收的学术艺术大师，要有更多的表彰、提倡与支持。市场再好，只是市场，传媒再炒往往也不过一时对人民币有效，对文化仍然无效。只有有了专家与社会的负责的与郑重的声音，传达出深刻与高远的思考，我们的文化文艺生活的价值认知才能得到校正与平衡。

党的十七大提出建立国家的奖励与荣誉称号制度的问题，这太重要了，我们热烈地期待着。世界各国，包括那些号称不管文化、连文化部门也不设立的国家，他们都有这样的由国家元首颁发的奖项。这样，就会大大地冲淡市场与传媒的主导作用，改变但知泛漫、不知经典为何物的有缺陷的现状。

中国是一个历史悠久的文化艺术大国、古国，我们潜力极大，我们任重道远，需要填补的空白太多太多。我们不但要考虑到现时，还要考虑到怎样向后世子孙交代，让我们在泛漫的文化大潮中，为给中华民族的文化经典添彩增色而殚精竭虑吧！

歌声涌动六十年*

新中国成立以后,各种革命歌曲,其中大量由民间曲调填上了新的政治鼓动内容的歌词,像浪涛、像春花、像倾盆大雨一样地到处汹涌澎湃。

其中有一首郭兰英首唱的《妇女自由歌》,给我以深刻的印象,歌者因为演唱此歌,在苏联主导的一次世界青年联欢节上,得了铜奖。

旧社会,好比是,黑格洞洞的苦井万丈深,
井底下,压着咱们老百姓,妇女在最底层……

是山西民歌的调子,伴奏让我想起晋剧,悲伤、郁积,像控诉,像哭,闻之怆然。

---

* 本文刊发于《人民日报》2009 年 8 月 26 日第 20 版。

——没有这样的彻骨的悲怆,就没有革命的搏击。

> 多少年来多少代,盼的那个铁树就把花开,
> 共产党,毛泽东,他领导咱全中国走向光明……

是突然释放的热情,是好不容易搬开了压在头顶上的石头,是成千上万的姐妹们由衷的笑脸,中国的女子有救了,历史从1949年重新书写。

就像另一首歌里所唱的:

> 铁树开了花呀,开呀嘛开了花呀,
> 哑巴说了话呀,说呀嘛说了话呀……

谁也没有办法否认这样的事实,这样的历史,这样的民心。情是这样的情,理是这样的理,激愤、期待,也充满信任。无怪乎据说一些老解放区的歌唱家聚会的时候,在酒过三巡以后,他们宣告:革命的胜利是从他们的唱歌儿的胜利上开始的。

我想起1949年至1950年苏联协助拍摄的文献纪录影片《中国人民的胜利》与《解放了的中国》,后一部影片解说词执笔人中方是刘白羽,苏方是西蒙诺夫。

也许你可以追溯到蒋的1927年的"四一二"血洗,也许你可以追溯到秋瑾与黄花岗烈士的就义,也许你可以追溯到1840年的鸦片战争,也许你可以追溯到窦娥冤、秦香莲、杜十娘直到

黛玉、晴雯、鸳鸯、金钏……也许还应该提到《兰花花》与《森吉德玛》，应该提到遍布神州的节烈牌坊与牌坊下的冤魂厉鬼。风暴与渴望孕育了几十年，几百年，上千年，点点滴滴、零零星星、血血泪泪，终于汇聚成了改变中国也改变世界的狂风暴雨。只有不可救药的白痴，才在全面小康着的中国冷言冷语："有那个必要吗？""代价太大了啊。""如果没有这一切，一直搞建设多好！"

民歌的力量

旧中国城市里的流行歌曲，尽管也颇有可取，如《马路天使》《渔光曲》里的插曲，但同时确实与旧社会一起透露出了土崩瓦解、鬼哭狼嚎、阴阳怪气的征候。例如1948年流行的《夫妻相骂》，女骂男："没有好的吃，没有好的穿，也没有金条，也没有金刚钻"，男骂女："这样的女人简直是原子弹"，邻居骂："这样的家庭简直是疯人院"。

而解放区唱的是"解放区的天是明朗的天"，"太阳出来了，满呀嘛满山红"，"东北风啊，刮呀，刮呀，刮晴了天啊，晴了天，庄稼人翻身啦……"

我始终认为这最后一首东北民歌，是土改歌曲，饱含着感情，也饱含着斗争的严酷。它使我一唱就想起周立波的获得斯大林奖金的作品《暴风骤雨》。当然，有的人读了周立波的小说会浑身寒战。正是暴风骤雨式的土地改革使千千万赤贫的农民走上了革命到底的不归之路。正是农民、工人、知识分子的全面革命化，成为中国革命的特点，也成为中国革命必胜的保证。

"庄稼人翻身啦"一句，离开了旋律调性，它是呼喊，是叫嚷，是霹雳电闪，它唤醒了阶级，带着拼却一身热血的决绝。

与旧的流行歌曲相比较，民歌风更刚健也更明快，更上口也更泼辣。20世纪50年代的我们，认定是共产党带来了云南民歌《小河淌水》与蒙古长调，还有四川的《太阳出来喜洋洋》。早在新中国成立前，是地下党接收了推广了并非共产党人的教授老志诚所整理的新疆民歌《阿拉木汗》《喀什噶尔姑娘》，使之成为平津学生大联欢的主唱歌曲。中华人民共和国的一大贡献是开掘了、辑录了也充分使用了如此丰赡的民歌民谣，开掘弘扬了我们的民族民间精神资源。

不知道这是不是意味着我的新疆缘分。在解放头两年的众多的欢庆解放的歌曲里，一首新疆歌儿令我如醉如痴：

　　哎，我们尽情跳跃在五星红旗下面，
　　我们快乐地迎接着美丽的春天，
　　太阳一出来赶走那寒冷和黑暗，
　　毛泽东给我们带来快乐和温暖……

你觉得这歌声不是从喉咙，而是从心底的深处、含着泪、又破涕为笑了才唱出来的。人民，只有人民，让我们永远记住人民的支持和信赖，期望和贡献。

这样的歌词与真情千金难换。

老式的唱片上，一面是此首歌，另一面是器乐合奏《十二木卡姆》的一个片段。十二木卡姆也是随着解放才兴旺发达起来的。

1951年，我从一张纸上学会了我此生的第一首维吾尔语歌曲，这张纸抄写了用汉语记录的维吾尔语发音的歌词：

巴哈米兹能巴哈班尼达赫依毛泽东（我们花园的园丁是伟大的毛泽东）

阿雅脱米兹能甲尼甲尼达赫依毛泽东（我们生活的意志是伟大的毛泽东）

无论如何，这样的歌词太可爱了，别具一格。次年，苏联艺术家访华演出，乌兹别克加盟共和国人民演员塔玛拉·哈依演唱了它，最后一句歌词是一串笑声：啊哈哈哈……她笑得十分出彩。与她笑得一样好的是哈萨克斯坦的哈丽玛·纳赛罗娃唱《哈萨克圆舞曲》。

事实如此，在民歌与流行歌曲较量的过程中，民歌大获全胜。在革命战争中，歌曲属于革命者，属于人民。对立面的窘态之一是无歌可唱。自古中国政治斗争中的失败者的遭遇就叫作"四面楚歌"。

我们要和时间赛跑

20世纪50年代初期,一首名为《我们要和时间赛跑》的歌曲打动了国人。一看这个题目,就充满了苏联味儿。古老的中国虽然有"与时俱化""与时俱进"的说法,却没有"与时间赛跑"的豪言。它的词曲作者是瞿希贤,老革命、老作曲家,我早就学会了唱她的"红旗飘哗啦啦地响,全中国人民喜洋洋"。胡乔木同志对她一直是念念不忘,他曾经约我在一个重要的时刻一起去看望瞿老师,因瞿老师不在北京,未能实现。

与此同时,我想起了一大批苏联歌曲。苏联的经济很不成功,政治也好不到哪里去,军事好一点,文学更好一点,歌曲相当成功,体育最成功。当然,这是带有戏言成分的随意之说。

瞿希贤的歌曲使我想起苏联的曾经相当发达的群众歌曲,例如《祖国进行曲》《莫斯科你好》,例如《五一检阅歌》,后者唱道:

> 柔和晨光,
> 在照耀着,
> 克里姆林古城墙……

雍容、大气、坚强、乐观,你想着的是五十路纵队阔步前进。新中国成立初期,"五一""十一"也有这样的群众游行。瞿的歌曲同样反映了这样的气势。目前仍然被许多歌者喜爱的《莫斯科郊外的晚上》，却给我不同的感觉。这首歌的出现，已经是中苏关系逐渐恶化的时代了。这首歌曲也不像其他歌曲那样富有意识形态的悲壮与锐利。至少对于我个人来说，《晚上》意味着的是某种衰退与淡化。

其实我最最喜爱的《纺织姑娘》的"在那矮小屋里，灯火在闪着光"，也没有什么斗争意蕴，但那毕竟是民歌，又是20世纪50年代初期传进来的，它给我的感觉是质朴与纯洁。而二战时的苏联歌曲，例如《灯光》，例如《遥远啊遥远》，更能穿透我的心，令我热泪盈眶。

李劫夫的歌儿

最受苏联群众歌曲影响的还是李劫夫。特别是至今有人演唱的：

> 我们走在大路上，
> 意气风发，斗志昂扬……

他的旋律有与《莫斯科你好》相衔接的地方。这是一个作曲家最先告诉我的。1965年我到达伊犁的巴彦岱公社，更学会了用维吾尔语唱这首歌：

> 达格达姆哟鲁芒哎米兹……

词与曲都很开阔雄强。一个作过这样的歌曲的人,"文革"中却卷入了他不应该卷进去的事情,他的晚年是并不愉快也不太光彩的,令人叹息。

他的"语录歌"应该说是勉为其难,自成一家,乐段仍然有它的优美与真情。虽然,看到天才的作曲家生产出来的竟然是这样的果实,令人不胜唏嘘。

他的同样一度脍炙人口的歌儿是《社会主义好》,社会主义好,这当然好。他的歌词"反动分子想反也反不了""帝国主义夹着尾巴逃跑了",相对天真了一些。世界和中国,历史与现实,都比歌曲复杂。至于当今的搞笑段子"帝国主义夹着皮包回来了",则是另一种头脑简单与判断廉价,如果不说是弱智的话。同时,幽默奇谈的简单化,标志着的正是历史的太不简单,是救国建国的道路的艰难与复杂。多么不容易呀!

歌曲与口号

在一个特定的时期,歌词变得完全政治口号化了,这当然很不幸。然而,歌曲总算还有一个好处,它仅仅有了标语口号式的歌词是不算完的,它还得有曲子,它的曲调仍然来自生活、来自音乐传统、来自人民、来自世界,也来自作曲家的灵感。即使政治口号中包含了虚夸与过度,感情仍然有可能引发共鸣,某种情结仍然有它的纪念意义与审美意义,而音乐,一首首歌儿的曲调,是相对最纯的艺术。

"公社是棵常青藤,……社员都是向阳花",这个歌儿民歌风味,非常阳光,非常诚挚,令人不忍忘却。我的妻子曾经抱着孩子面向阳光照过一张照片,一见这张照片,我就会唱起这首歌来。"革命人永远是年轻,他好比大松树冬夏常青",也很地道,理想简洁明丽。"毛主席来到咱们农庄",把人民的爱戴唱得多彩多姿。"共产党领导把山治,人民的力量大无边",这首歌唱"盘龙山"的电影插曲,令人想起那火热的年代。我们拼了命,我们发了热,我们是多么急于打造出一个强大富裕的新中国啊——欲速则不达。十年生聚,十年教训,到了新世纪,我们讲科学发展观啦!多少代价,多少曲折,仅仅有热情和决心而没有科学精神科学态度是绝对不行的啊。

《大海航行靠舵手》是一首成功的歌曲,泱泱大度,恢宏壮阔,乘风破浪,勇往直前,至今它的旋律仍然令人神往。至于它被利用到"文革"当中,或者说它的歌词中包含有宣扬个人迷信的政治上不正确的成分,责任只能由历史与时代担当。我希望,总有一天,能够荡涤掉某些歌曲上附加的累赘与尘垢,使我们的60年歌吟行进的过程连贯起来整合起来,而完全不必要搞几次避讳与中断。

正像历史不会是直线发展、金光大道一样,断裂与自我作古,也多半是孩子气的幻想。

关于样板戏

有20年无歌可唱。样板戏的说法小儿科，样板戏的唱词不无庸劣，如李玉和唱完"雄心壮志冲云天"，杨子荣接着唱"气冲霄汉"，一号人物都是跟天干起来没完。有些戏词比较好，如"垒起七星灶，铜壶煮三江""一路上多保重，山高水险""穷人的孩子早当家"等。唱腔则很有成绩，我特别喜爱江水英、柯湘、雷刚还有《海港》里的唱段。

京剧是我们的文化财富，"文革"扭曲了京剧包括现代戏已有的基础，民族戏曲与音乐传统由于它的根深叶茂、源远流长与群众的喜闻乐见，而具有一种抵抗（急功近利、假大空与瞎指挥）病毒、平衡"文革"污染的能力。文艺说到底仍然是文艺，你再将它们往路线斗争上拉，它们仍然不是诬告信，不是黑材料，不是野心家起事宣言。60年来的文艺经受了各种局面，经过了许多试炼，它存储了历史的鲜活，它留载了多样的喜怒哀乐，我们当然正视这一切过程与经验，我们却也不因为某些过程与经验的愚蠢与荒谬的方面就抛弃一切，更不可能回到1949年以前——例如张爱玲与刘雪庵代表的大上海。

大声疾呼地催生今天的鲁迅也与催生今天的曹雪芹或者巴尔扎克一样的是十足的外行话。江山代有才人出，各领风骚若干年。

文艺的生活性、艺术性、感情性、创造性与个人的风格性是常青的，也是常变化的。我仍然喜欢唱渐行渐远的"家住安源""听对岸，响数枪，声震芦荡""面对着，公字闸，往事历历……"同时这丝毫也不妨碍我接受舒曼的《梦幻曲》（原名《童年》），虽然后者曾经在我们的一出极好的戏剧里遭到纯朴的却是缺乏音乐熏陶的革命人的嘲笑。

绕不开的乡恋

新的历史时期的歌曲并不像原来人们喜欢讲的那样大喊大叫。原来新生事物有的需要或必然大喊大叫，有的则只需要、只能够潜移默化。至今没有一首歌曲叫作"我们一定要改革开放"，或者"改革开放就是好"，或者"现代化进行曲"。当然，也有内容比较全面和正规的《走向新时代》，而在《祝酒歌》中有歌词"为了实现四个现代化，甘洒热血和汗水"。

是的，进入了20世纪的80年代，我们的歌曲更丰富也宽敞，我们的节奏更从容也更正常，我们的生活更美好也更多样，我们的歌声更细腻也更微妙了。

李谷一的《乡恋》之所以引起注意，在于她打破了那时邓丽君的独霸卡式录放机的局面，不是靠引进港台，而是我们自己的歌手，带来了久违了的温柔、依恋、沉醉与喜悦。已经习惯了厮杀与冲锋号的人们，对于柔情似水会一时听不惯，以至充满警惕。往后几年苏小明唱《军港之夜》大受争议，有同志提出："水兵都睡着了，谁还来保卫祖国呢？"我乃戏言，文章作全就要唱：有的睡着了，有的值夜岗，吹响起床号，立马跑早操……

此后连续许多年常常听到对于歌星的责备与不忿。他们挣钱太多了？反正现时他们的收入是那时的几十倍，而现在责备的声浪远远比二三十年前小。甚至在第一届中国艺术节开幕式上，当听到用通俗唱法唱《十送红军》的时候，有一位同志不满地叫喊了起来。

不错，中国非常古老，同时中国非常年轻。中国有时候保守，中国又有时候求新逐异，一日千里。

歌曲创造了太阳岛

与《乡恋》差不多同时，郑绪岚的《太阳岛上》广泛流传。那种享受生活的情调那时颇为陌生，然而，生活的力量仍然是不可战胜的。直到20世纪80年代中期，我去哈尔滨的时候所面对的太阳岛，仍然只不过是自然形成的几个松花江中的沙洲。到了新世纪，太阳岛公园，太阳岛展览馆，已经仪态万方地又神气活现地出现在松花江上，成为哈尔滨的著名景点了。是这首歌早在20世纪70年代末期为公园工程立了项，是歌曲创造了生活。

乔羽作了许多优秀的歌词，他的《思念》却别具一格，"你从哪里来，我的朋友，好像一只蝴蝶飞进我的窗口……"有点抽象，有点忧伤，有点怀念，它什么都没有说，它又是什么都说了。

应该提到的歌儿太多太多。《在希望的田野上》《八十年代新一辈》，继承着过往的时政主题。而王立平的《红楼梦》电视剧插曲愁肠百结，情深意长。那年我到黄山，看到作为片头用的实景，一块巨石，想起大荒山无稽崖青埂峰，为之肠断……

歌声连结着世界

我必须承认，至少在唱歌的范畴，我已经落伍，人们在议论"80后""90后"，而我是"30后"。在我的孩子们成长过程中，我深深体会到，一个时代有一个时代的歌，我无法让他们与我一样地为那些老歌而涕泪横流，即使我费了九牛二虎之力将他们教会。当然也有积累和传承，会有百唱不厌的歌正像有百读不厌的诗篇。1986年至1988年，我参与了组织帕瓦罗蒂与多明戈的演唱会。我完全倾倒于世界级的男高音的辉煌音质。帕瓦罗蒂告别舞台以后不久就去世了，我相信，上苍降生他到这个世界就是为了歌唱。他为唱而生，离唱而去，他属于意大利也属于中国的听众。他们的到来丰富了中国人民的歌唱生活。

首次在北京亮相后十余年，世界三大男高音再来，已经是很昂贵的商业演出了。

我也看到了人们逐渐见怪不怪的通俗歌星的大行其道。我听到我的孙子在演唱粤语歌曲。我也一度热衷过"超女"的歌喉。我为刘若英的《后来》而感动：

后来，我总算学会了如何去爱，
可惜你早已远去，消失在人海……

在丰富的歌曲的海洋中我感到的是在在生机,处处迷雾。20世纪80年代当中我努力学着用英语歌唱《回首往事》的插曲,影片描写50年代的麦卡锡、塔虎脱时期美国文艺人中的左派人士的经历,由犹太歌星芭芭拉·史翠珊唱红了的这首歌曲,令人神往怀旧。影片结尾处是女主人公仍然在忙着征集和平签名,不由想起难忘的50年代,同时歌曲达到了高潮。而到了2008年,我以74岁的高龄,总算用俄语唱下了卫国战争时期的苏联歌曲《遥远啊遥远》,本来是要在2007年访俄参加中国年的书展活动时学会的,王蒙老矣,一首歌学了三个月。而早在1980年访问德国时,坐在莱茵河的游船上,萦绕在耳边的《罗瑞莱》,也是直到20多年以后,我终于在王安忆的先生李章帮助下查出来它的歌词全文:

> 谁知道很古老的时候,
> 有雨点样多的故事……

那么多美丽的歌曲,古今中外,召之即来,唱之牵动肺腑,思之如醉如痴,60年的歌吟,60年的合唱,60年的情怀,自信人生二百年,会当水击三千里,我们举杯!

永忆新疆*

我天天想着新疆。

60年前,在庆祝中华人民共和国成立的歌咏高潮当中,是新疆的那首歌儿使我流下了热泪:

> 哎,我们尽情地跳跃在五星红旗下面,
> 我们快乐地迎接着美丽的春天,
> 太阳一出来,赶走那寒冷和黑暗……

不,这不仅仅是喉咙里发出的歌声,这还是心语的释放,灵魂的期盼,焦渴与忧郁的扫除,这是真诚的呼唤。几千年了,几百年了,远在新疆的维吾尔兄弟姐妹,等到了这一天,发出了毫无保留的信任与颂赞。

---

* 本文刊发于《人民日报》2009年8月17日第20版。

一年以后，在庆祝国庆一周年的晚会上，毛泽东和柳亚子的《浣溪沙》中，果然写道：万方乐奏有于阗……

如今回味起来，令人分外震动。

在我远远没有预见到我会与新疆难舍难分起来的20世纪50年代初期，我已经学会了唱出用汉字标志的维吾尔文歌曲：巴哈米兹能巴哈班尼达赫依毛泽东（我们花园的园丁是伟大的毛泽东）。

在数以十百计算的歌唱毛泽东同志的歌曲中，称毛泽东同志为花园的园丁的歌，只此一首。能不神往吗？

后来我有机会在新疆生活了16年，6年在伊犁巴彦岱乡（1995年撤乡建镇）劳动，2年在乌拉泊五七干校，8年在自治区文联从事编辑翻译等打杂的工作。

尤其是在伊犁劳动6年，住家8年，我努力学习维吾尔族的语言文化，我朗诵维吾尔语《纪念白求恩》，甚至于使一位房东大嫂误以为是广播电台的标准广播。我与各族农民一起聚会饮酒闲谈，妙语连珠，谈笑风生。我从维吾尔文本阅读了鲁迅的《呐喊》，高尔基的《在人间》，以及《纳瓦依》《圣血》《布哈拉纪事》《骆驼羔一样的眼睛》《我们时代的人们》《鲁拜集》等一大堆书籍与手抄本。我与维吾尔、哈萨克农牧民同席而眠，同桌而餐，有酒同歌，有诗同吟。我的并不识字的老房东与我研究，事情不可能老是像"文革"时期这个样子，他说，任何一个国家，三类人是不可缺少的，一是元首，二是官员，三是诗人。君王说法虽然陈旧，他老人家对于诗人的情有独钟倒也令人欣慰，何况是在"文革"时期?

我帮助过少数民族农民上房顶,我与各族农民工住在同一个地窝子里修建大湟渠。我们的大队书记阿西穆表示愿为我定居巴彦岱提供一切支持。伊宁市的维吾尔朋友帮助我料理了姨母的丧事。少数民族的女孩帮我照顾过在伊犁出生的女儿,我的女儿在还没有会站立的时候已经学会了随着娜依娜依的节拍用两臂做出舞蹈动作……死死生生,离不开民族的和谐与共济。

在五七干校,我与各族文艺工作者一起住宿、劳动、闲话、交流,称兄道弟,天南海北,吟诗作文,尤其是推敲探讨维汉语文的相互翻译。包括那时的背诵语录,天天学,我也都是参加了维吾尔文一组,变教条主义与个人迷信为学习兄弟民族语文的大好机遇。即使在"文革"这种非正常的形势下,多民族的团结和情谊,仍然留下了最最美好与深情的记忆。

自 1979 年至今,我的工作岗位与住家离开新疆已经过去了 30 年了,这期间,我重访新疆 9 次,重访巴彦岱 6 次,我不放过任何机会与新疆的兄弟民族同胞接触。在担任文化部长期间,我在一次联合举办的活动中主动要求给时任民委主任的司马义·艾买提同志充当维吾尔语翻译。在北京街头,即使碰到一位卖馕或烤肉串的新疆老乡,我也要与他们搭讪一番。我经常到北京的新疆餐厅用饭。我的"金婚"活动也是在新疆饭店举行的。

新疆留给我的有艰难,有曲折,有沉重,同时也有青春,有友谊,有新鲜的知识与多彩的生活经验,尤其是从不同的民族文化与风习中获得的灵感与启示。世界是多么广大!祖国是多么辉煌！文化是多么多彩！人心应该有多么包容！在新疆的记忆令我激动，令我回忆起人生最最珍贵的一切，超过个人遭际的是真情，是善良，是质朴，也是共同的命运与共同的心田。我永远感念祖祖辈辈生活在伟大祖国西陲的各族友人，是的，谁也离不开谁。

这不是，今年夏天，中国作协与新疆维吾尔自治区党委宣传部联合组织了作家看新疆、写新疆采风活动，并同时举行我写新疆作品研讨会。那么多白发苍苍、银须冉冉的各族作家学者辛辛苦苦地来参加研讨，并给了我那么多鼓励，我确实惭愧莫名，感激无地。新疆的各族兄弟啊，老王的一分劳作与亲情，得来的是十分百分的深情厚谊，老王还得加倍努力。

2009年7月1日，来自各地的作家们到了我劳动过的伊犁巴彦岱。在乌孜别克族老友满素尔·艾山家中，一批原来一起抡过砍土镘、吃过奶茶也喝过伊力特的老农与我见面。他们一见我，就与我热烈拥抱，抱头痛哭。维吾尔人的习惯是见到许久未见的亲人时，互相抱头痛哭，以悼念在分离的日子辞世的亲属，也算是抒发长久分离所带来的思念之苦，并感激上苍对自己与对方的护佑。一行作家同行无不为之动容。

来自全国各地的作家无不对新疆赞不绝口。那拉提草原与唐布拉山谷，在作家们的心中留下的是天堂般的景色，是青草树木野花溪流雪峰与牛羊骏马的无限生机。伊宁市的观感，最难忘的是"马的"（出租马车）的铜铃叮当与各族市民的载歌载舞。喀什噶尔的大清真寺与香妃墓，以及古老的民居更令众作家感到神奇而又丰富华美。乌鲁木齐的大巴扎和米拉吉餐厅连锁店，不但可以购物旅游美食,更让你沉浸在多元文化的丰赡与喜悦之中。整个新疆在前进,在变得更加繁荣与幸福。

就在作家们一部分业已离去,另一部分即将离去的时刻,发生了令人震惊的"7·5"事件。严重的事态当然堪虑,邪恶的势力令人发指。但是,我仍然相信,各族人民的团结友谊是不可以被破坏的,祖国的恢宏与统一是不可以被削弱的,制造分裂与仇恨的图谋是不可以得逞的。我们想念着如此可爱的各族人民,我们惦记着新疆的安危哀乐,我们爱新疆,我们坚信博格达峰下的天空应该明朗,从额尔齐斯河到伊犁河、塔里木河、叶尔羌河直到尼雅河的土地应该充满欢乐与信心。

新疆是我的第二故乡,新疆是我的人生的纪念,新疆是我的快乐与坚毅的源泉,永忆新疆,何悲白发,宽宏天地,情满神州,新疆,请接受我永远的祝福!

兼容并蓄　多元发展*

　　文化的多元性是世界丰富多彩的一个重要体现。世界的经济政治的全球化、一体化、数字化与标准化的进程越是迅猛，同时，人们（个人、集团、民族或是国家）越是会强烈地要求保持自己的身份，自己的性格，自己的价值系统与生活方式，自己的独立性亦即保持文化的多元性。

　　多元的即不同的文化之间，既有差别性又有共同性。人们需要认识它们的共同性，更需要重视它们的差别性。以强势文化作为衡量一切文化的尺度，特别是以强势文化的价值系统与思维方式作为剪裁取舍一切文化的唯一标准，以世界文化的主宰自居，从而在事实上消灭弱势文化，它必然引起弱势文化的激烈反抗。

　　一种文化拒绝接收任何新的东西，拒绝接受人类文化特别是价值系统的共同准则；采取人为的封闭战略并且与外部世界持对

---

* 本文刊发于《人民日报》2001年9月21日第7版。

抗的态度来保持自身的独立与自足，结果导致此种文化的衰微直至灭亡。这是文化关门主义或文化保守主义。

只看到不同文化间的冲突，看不到它们的互补、交流、融合与相互促进，强调文化之间的对立，如宗教与种族战争，怀着各种偏见，扩大不同文化之间的误解与敌意。这是文化沙文主义。

为某种野蛮、愚昧、反人性的精神现象或行为辩护，如恐怖主义、极端主义、邪教、集体犯罪等，完全否认多元文化之间的某些共同价值准则。这是极端的文化相对主义。

理想的模式是多元文化之间的对话交流，求同存异，相互学习，相互理解，各自发展与共同发展。

多元的文化有先进与落后的差别，也有共同的价值准则。先进文化的代表者应该理解所谓先进的相对性，同时应该知道强势与先进、弱势与落后之间并无必然的关联。只有承认自身远非尽善尽美和大有缺陷，承认对话与交流的双向性才有可能与"他者"进行对话与交流。而落后文化的困扰者只有承认自身文化的不足与亟待变革发展，同时保持应有的自信与尊严，才有可能更有效地汲取外来的先进文化并发展自身。不论什么样的文化传统，承认先进文化的有效性与优势，接受人类文化特别是价值系统的共同准则，如和平，种族与性别平等，承认差别与互相尊重，社会公正，基本人权的各个方面，人际关系上的诚信与推己及人，即已所不欲勿施于人等，是保护与发展自身所珍视的文化性格的基础。不能以文化的多元性为理由来为违反人类准则的言行辩护。

不同文化之间的交流与相互影响能够给各自的文化带来新的挑战与机遇，能大大丰富各自的文化，减少误解与敌意，促进各自文明与人类文明的共同发展。任何单一的文化，在发展到自以为几乎尽善尽美的同时，都会遭遇巨大的危机：僵化，保守化，自足循环形成的陈陈相因与停滞不前，排他性，丧失活力等。这个时候，恰恰是他者文化的撞击与挑战，造成了自身文化推陈出新的契机。

苏州赋*

左边是园，右边是园。

是塔是桥，是寺是河，是诗是画，是石径是帆船是假山。

左边的园修复了，右边的园开放了。有客自海上来，有客自异乡来。塔更挺拔，桥更洗练，寺更幽凝，河更闹热，石径好吟诗，帆船应入画。而重重叠叠的假山，传至今天还要继续传下去的是你的匠心真情，是你的参差坎坷的魅力。

这是苏州。人间天上无双不二的苏州。中国的苏州。

苏州已经建城2500多年。它已经老态龙钟。无怪乎初次造访的时候它是那样疲劳，那样忧伤，那样强颜欢笑。失修的名胜与失修的城市，以及市民的失修的心灵似乎都在怀疑苏州自身的存在。苏州，还是苏州吗？

苏州终于起步，苏州终于腾飞。为外乡小儿也熟知的江苏四

---

* 本文刊发于《人民日报》1988年11月17日第8版。

大名旦香雪海冰箱、春花吸尘器、孔雀电视机、长城电风扇全都来自苏州。人们曾经担心工业的浪潮会把苏州的历史文化与生活情趣淹没。看来，这个问题已经受到了苏州人的关注。还不知道有哪个城市近几年修复了复原了这么多古建筑古园林。在庆祝苏州建城2500年的生日的时候，1986年，苏州迎来了再生的青春。1500年前的盘门修复了，是全国唯一的精美完整的水陆城门。环秀山庄后面盖起的"革文化之命"的楼房拆除了，秀美的山庄复原，应令她的建造者的在天之灵欣慰，更令今天的游客流连忘返，赞叹不已。戏曲博物馆、民俗博物馆、刺绣博物馆……纷纷建成。寒山寺的钟声悠扬，虎丘塔的雄姿牢固，唐伯虎的新坟落成，苏州又回来了！苏州更加苏州！

当我看到观前街、太监巷前熙熙攘攘的人群，辉煌的彩灯装饰的得月楼、松鹤楼的姿影，看到那些办喜事的新人和他们的亲友，听到他们的欢声笑语，闻到闻名海内外的苏州佳肴的清香的时候，不禁为她的太平盛景而万分感动。当然还有许许多多的麻烦、冲撞、紧迫、危机与危机的意识，然而今天的苏州，得来是容易的吗？会有人甘心再失去吗？

不，我不能再在苏州停留。她的小巷使我神往，这样的小巷不应该出现在我的脚下而只能出现在陆文夫的小说里，梦里，弹词开篇的歌声里。弹词、苏昆、苏剧、吴语吴歌的珠圆玉润使我迷失，我真怕听这些听久了便不能再听懂别的方言与别的旋律。也许会因此不再喜欢不再会讲已经法定了推广了许多年的普通话——国语。那迷人的庭园，每一棵树与它身后的墙都使我倾倒，使我怀疑苏州人究竟是生活在亚洲、中国、硬邦邦的地球上还是生活在自己营造编织的神话里。这神话的世界比真的世界要小也要美得多。她太小巧，太娇嫩，太优雅，她会使见过严酷的世界，手掌和心上都长着老茧的人不忍得去摸她碰她亲近她。

一双饱经忧患的眼睛见到苏州的园林还能保持自己的威严与老练吗？他会不会觉得应该给自己的眼睛换上纯洁的水晶？他会不会因秀美与巨大这两个审美范畴的撕扯而折裂自己的灵魂？他会不会觉得自己和这个世界已经或者正在或者将要可能成为苏州的留园、拙政园的对立面呢？他会不会产生消灭自己或者消灭苏州这样一种疯狂的奇想呢？

更不要说苏绣乃至苏州的佳肴美点了。看到那一个个刺绣女工的惊人的技艺和耐心，优雅和美丽，我还能写作和滔滔不绝地发言吗？能不感到不好意思吗？还有勇气或者有涵养去倾听那些一知半解的牛皮清谈、草率无涯的胡说八道吗？在苏州待久了，还能承受那些乏味、枯燥与粗野的事情吗？

苏州的刺绣，沉静的创造。苏州的菜肴，明亮的喜悦。苏州的歌曲，不设防的温柔。苏州的园林，恬美的诗情。苏州的街道，宁静的幻梦。而苏州的企业和企业家，温雅的外表下包含着洋溢的聪明生气。这一切都是怎么发生怎么留存的？她怎么样经历了那大起大落大轰大嗡多灾多难的时代！

苏州是一种诱惑，是一种挑战，是一种补充。在我们的生活里，苏州式的古老、沉静、温柔已经变得越来越陌生。而大言欺世、大闹盗名、大轰趋时的"反苏州"却又太多了。苏州更是一种文化历史现实未来的混合体。苏州是一种珍惜,是一种保护,对于一切美善,对于一切建设创造和生活本身的珍惜与保护。也是一种反抗,是对一切恶的破坏的无声的反抗。虽然,恶也是一种时髦,而破坏又常常披上革命的或忽而又披上现代意识的虎皮。我真高兴,我有缘再访苏州。我们终于能够平静下来,保护苏州,复原苏州,欣赏苏州,爱恋苏州了。我们终于能珍重苏州的美,开始懂得不应该去做那些亵渎美毁灭美的事情。在历史的惊涛骇浪和汹涌大潮当中,在一个又一个神圣的豪情与偏狂的争闹之中,在不断时髦转眼更替的巨轮与浪头之中,苏州保留下来了,苏州复原了,苏州在发展。苏州是永远的。比许多雷霆万钧的炮声更永远。

自由与失重*

——我们要不要、要什么样的文艺价值观念？

除去对我们怀有恶意的偏见和因为自我膨胀的偏执狂而否定一切的人，大概都会同意，尽管远非尽善尽美，这十来年，从整体上说，是我国历史上一个相当空前的文学艺术创作活跃的时期。至少近百年来，如果不说是数千年来的话，我国作家艺术家还没有赢得过像这10年这样的广泛的创作自由。

我们曾经对文艺家的劳作的价值，执一种十分明确却也是相当狭隘的功利主义态度。革命时期，中华民族与中国人民处在生死存亡的血战关头的时期，革命的含义是绝对的、至高无上的、具有无限权威的。当中国人民、中国革命还处于血泊中的时候，革命利益，几乎是判断一切人一切事的唯一的价值标准，也是判断文艺现象的唯一价值标准。叫作革命的功利主义，一种苏式的

---

* 本文刊发于《人民日报》1988年4月26日第5版，原载1988年4月16日《文艺报》。

说法叫作"时代的威严命令"。这样的价值取向很集中、很神圣也很绝对,即使偏狭也偏狭得大义凛然,振振有词,不由分说。

这种"威严命令",进一步派生出一系列对文艺的简单化看法。如认为文艺写什么便是提倡什么,写什么便是承认什么的典型性——代表性,提出什么问题便需要回答什么。这基本上是一种宣传标准和教科书标准。

由此可见,如果说我们在做现代文学史的时候冷落过像沈从文、像徐志摩这样的颇有成就的作家诗人,那实在不足为奇,实在曾经是理所当然的。

新中国成立以后,我们仍然沿袭了、强化了这样一种"革命功利主义"的价值观念。我们的文艺家好像是零售摊档,总的货源,叫作总的精神、总的思想情感和对生活的估价、对文艺的追求,来自上边,大家差不多都是从一个最有威信最掌握情况最高瞻远瞩的方面来批发的,货路大同,售法小异。虽说路子不宽,倒也方向明、目标清、语言一致。甚至连出问题、"犯错误"也常常会大同小异,走到了一条道上,因为"货源"一致。就像同吃了一条江里的不洁的毛蚶,便得了传染性的肝炎一样。

从一个合理的(曾经具有神圣的合理性的)开端,一条道走下去,当革命已经取得了胜利,人民的生活与对文艺的要求无比地广阔化了的时候,坚持把文艺继续搞成政治斗争的工具,变本加厉地把文艺搞得又紧张又狭窄,又急功近利,最后是怎样的恶果,已经无须再多说了。

这十来年的情况是怎样地不同了啊!当然,也有一些热烈地介入政治、干预政治、执着地将文学活动作为宣传自己的政治主张、实现自己的政治追求的手段的作家碰到了这样那样的麻烦，得到了来自政治的这样那样的反馈——这个问题如何处理得更好，本文暂不涉及。多数作家艺术家的活动，则完全是各行其是，各显其能。我们已经不再是从统一的货源批发来再零售的摊档，而是自产自销的独立生产经营实体了。再打一个比方，过去，我们各自驾驶着自己的艺术之船，走在一条已经为你开凿好（至少被认为是已经开好开通了）的唯一正确的运河中。都希望自己走得好一些快一些，但都是一条道，而道是既定的，不需讨论。但现在呢，呼啦一下，我们已经进入了汪洋大海，人类多方面的精神现象的汪洋大海，民族的与世界的、古典的与现代的文艺之海，包括各色人等和各个方面的生活的汪洋大海，包括各种思潮和互不相同的文艺价值取向的汪洋大海。

　　看啊，有的追求现实主义；有的干脆搞起超现实主义、先锋派，这种过去会认为是大逆不道的事情现在发生了，而且"老走红"了；有的强调纪实、新新闻主义；有的荒诞、变形、魔幻。有的优雅多情，有的干脆把粗鄙作为一种审美追求。有的坚持追求真、善、美，有的则提出"审丑"的主张与"审美"相辅助，认为假、恶、丑经过艺术心灵的创造加工可以成为艺术的要素。有的追求和谐、平衡、清晰，有的则引纳不和谐、不平衡、模糊为美学范畴。有的追求畅销"票房价值"、曲高和众、雅俗共赏。有的干脆说有一个知音就行。有的追求国内得奖，有的追求洋奖，以致有人讥之为中国作家的"诺贝尔情结"与电影家的

"奥斯卡情结"。有的要求反思、要求端正方向，并对文艺现状提出严肃的批评。有的对这种批评根本不屑一顾，一味要求突破禁区，再突破、再再突破。有的狂想狂呼"走向世界"，有的断言新的文艺聚焦是"残忍"。有的提倡贴近生活、与生活"同步"。有的提倡"空灵"，与生活拉开距离。有的刻意求新，痛感愈求新就愈容易发现"洋已有之"因而发作"撞车恐惧症"。有的则斥所有创新探索为异端，呼吁"重炮反击"。有的干脆形容说，创新好比一条疯狗，追得文艺家狂奔。有的声言要建立新的理论体系，本体论与方法论体系。有的声言不要体系。有的号召保卫已有的体系传统。好不热闹煞人也！

　　对于"左"的框框条条，已经很破除了一阵子。现在不论在思想上、艺术上、美学追求上，我们的路子确实是无比宽阔了，多样化了，同样也可以说是混乱化了。虽然也有为之痛心疾首者虎视眈眈，时刻准备重整文坛，使我国的文艺重新走上"十七年"的笔直的轨道，但恢复统一批发与既定航道殊非易事。各种旗号也已经很来劲了一阵子，虽然实绩远不如吵吵得热闹。现在，是不是可以或者应该提出一个问题来探讨一下呢？在汪洋大海之中，我们将树立怎样的新的价值观念？我们究竟有没有目标，有没有航道，有没有价值取向的大致标准？自由的文学艺术是不是无目标、无取向、无价值标准的文艺？是不是个人的心血来潮便是一切？是不是洋奖便是一切？还是另外有个什么客观的规律？自由状态与失重状态是不是一回事？我们的文艺会不会——还是已经开始进入了失重状态，亦即失去了目标、失去了对自己的引力的状态？我们的文艺家会不会还是已经进入了失重状态？如果处于失重状态，也就失去了上下、高低的区别，也就不存在文艺价值的客观公正判断，而"攀登艺术高峰""提高艺术质量""克服创作危机"等等全都失去了意义，其最终结果是艺术非艺术的界定的失却，是艺术本身的失却，是艺术家本身的失却。

中国的现当代史是严肃的也是严峻的。我们的文艺家曾经承受了那么多生活的压力，包括政治的压力、环境的压力与物质匮乏的压力，积累了那么多经验、思索、情感，形成了那么大的内压力，这样，当"四人帮"终于被粉碎，党的十一届三中全会带来的新的生活终于开始的时候，他们曾经多么真诚、多么热烈地吐出了自己的积愫啊！而现在呢？进一步需要的是什么？追求的是什么呢？不是许多人在茫茫然吗？

如果是前20年，当询问文艺工作者为什么搞文艺的时候，大概会众口一词地说：为了人民、为了革命、为了祖国。而现在呢，有些人宁愿回答"为了（赚点钱）混两包烟抽"，"由于从小数学考不及格"，这是怎么回事？能够慨叹"世风日下，文心不古"吗？另外，也还有一些模模糊糊的，不无可疑的词语出现在文艺批评的价值概念当中。如"现代意识""现代感""多义性""张力""走向世界"等等，姑不论这些词语的科学性、准确性与深刻性的欠缺，即使我们一致通过地接受了这些词语，也仍然构不成我们的文艺的主心骨。它们虽然给文艺家以某种启迪与推动，能改变文艺的某些"面貌"，却不能决定我们的文艺的灵魂。

从"混烟抽"的调侃中，不难看出对于千篇一律的政治口号的反感。然而，如果我们的文艺的价值标准当真只是"混烟抽"，那将会出现怎样的小痞子文艺啊！当然，也不要太过于执。包括这样说的人，如果真是为了"混烟抽"，大概不会来搞文艺的。在街上卖糖葫芦不是比搞文艺更"来烟"吗？

这里，笔者不揣冒昧，愿就我国的社会主义的、充分自由的文艺的价值取向问题，提出一些个人的浅见。

首先，自由的文艺不是失重的文艺，不是无价值的文艺，不是"混烟抽"的文艺，也不是模仿新潮的文艺。而是力图丰富人们的精神世界、扩展人们的精神视野、提高人们的精神品位、开发人们的精神能量、活泼人们的精神生活的文艺。当然，人们愈来愈不愿意从文艺中看到它的创作者的说教的面孔、专门端正别人的方向的面孔、毫无新意的教师爷的面孔。但也不会有多少人总是愿意不断地看那种苍白的、歇斯底里的、空虚因而百无聊赖、有时甚至干脆是无赖的面孔吧？看这种面孔难道需要有劳文艺吗？

我们的文艺总该是真实的，而不是虚假的；不是粉饰太平的也不是随着文艺家的肝火与固执而骂倒一切的；不是某种简单化的理念的图解。这种真实包括客观的真实与主观的真实，即使采用非写实的创作方法，仍然应该符合主观真实的原则，即应是既真诚又充实的，是有真货色的。不论表现欢乐还是痛苦，总该是真欢乐，真痛苦，而不是东施效颦的矫情，不是某种趋时的造作——不论是作先进状或作颓废状，作正统状或作解放状。障眼法可以用之一时，长了就会令读者观众走开。

我们的文艺应该是深刻的。真诚的与充实的东西才谈得上深刻,但真实不见得都深刻。至少在今天,在社会主义的初级阶段,在还有那么多文盲与半文盲的中国,文艺家能够讳言、反对、逃避我们对于建设精神文明的责任吗?在反对假、大、空,反对伪理想主义、"左"理想主义的同时,我们能够提倡文化犬儒主义和文化颓废主义吗?我们能够不要求文艺家对生活包括社会生活与人们的内心生活认识体验得比他们的读者、观众更深刻而不是更肤浅吗?我们能够不要求文艺家提高自己而不是降低自己的文化精神素质,并从而帮助人民提高自己的文化精神素质吗?

这就是说,我们的文艺仍然是有理想、有追求、有热情的。不是冷血的漠然,不是无病呻吟,不是自暴自弃,不能仅限于无意识的发泄。政治理想、社会理想、道德理想与美学理想,哪怕仅仅是对过更好一点、更富裕也更文明、更合理一点的生活的愿望,不也是一种理想吗?也许我们曾经多次在过分的理想主义的驱使下做过蠢事,碰过壁,也许我们上过伪理想的当,但我们毕竟在革命理想的照耀下走了那么长的路。如果完全没有理想,我们的生活会是什么样的呢?我们还有什么奔头、什么力量呢?在一条规定好了的小河道里开船,是不幸的。在汪洋大海里失去目标和航线,难道是幸运的吗?足不出户,心不"逾矩",是不幸的。永远过太空中飘飘悠悠的失重生活难道是幸运的吗?在生活的外部压力、外部严峻性大大缓解了之后,不是有的作家的作品大大地逊于刚刚复出时期的旧作,甚至于除了信口开河的胡扯写不出言之有物的东西了吗?(请不要误会我呼吁外部加压)这时候不是更需要一种内在的压力、动力吗？我们的内压力便是我们的理想。有理想才有艺术家的焦灼，才有艺术家的良心，才有艺术家的痛苦，才有艺术家内心的不熄之火。重建理想！这是我们的文艺家的神圣使命！而在理想这两个不大不小的字（笔者不想强调是两个大字）面前，从"混烟抽"到"走向世界得××奖"，是多么寒碜啊！一个讲到了理想而不感到任何激动、不安乃至是困惑的人，还能有什么样的从事人类的崇高精神活动——艺术创造的原始动力，或者时髦一点，叫作"内驱力"呢！

我们的文艺还必须坚持创造的原则。"必须坚持"这一类的字眼，已经很不行时了，笔者却不得不用。创造是什么？创造就是进取，创造就是开拓，创造就是寻求新的精神领域与精神境界，创造就是精神解放与精神力量。创造不是单纯的模仿，不是盲目的模仿，不是抄袭偷换，不是强求一律，不是简单地趋时迎合，不是九斤老太式的抱残守缺。既不是一味地为出新而求新，又不是一见到新东西、一见到超出自己的狭隘经验范围与有限的学术范围与智商水平的东西就大张挞伐，就大发神经。

我们的文艺是愉悦人们心灵的文艺，它带来的是审美的喜悦，它要求着审美的价值。当然，愉悦并不仅要求糖球，为了愉悦而只接受糖球，这是人们上小学至少是进高小前的事。酸甜苦辣，浓淡鲜陈，乃至从盆景到匕首和机关枪，都可能是令人愉悦的。缺乏愉悦价值的既不是严肃的文艺也不是探索性的文艺，而只是那种形式莫名其妙而实际又空洞无物的超次品。审美价值的问题，我们能够回避吗？

下面，我们进一步需要讨论一个极易引起混乱的老问题了。那是关于文艺的思想性的问题。文艺的思想性，不是一个由某个领导部门或长官外加的观念，不是指一部文艺作品在多大的程度上图解了吻合了最时髦的宣传口径。外加的思想性要求对于一个诚恳的艺术家来说确实是一个灾难。他们曾经处在两难的处境中，为了接受与完成外加的思想性要求，他们变得难于动手，甚至不得不牺牲、压抑自己的具有创造性的真知灼见，扑灭自己的灵魂之火，钝化自己的艺术感觉，百倍沉重地艰巨地去寻求这种外加的思想性要求与真实的生活体验内心体验的契合点。而如果他们尽情地发挥自己的艺术才智，燃烧自己的内心，驰骋自己的形象思维，就不知会在什么地方什么程度上抵触或超出了那种外加的思想性要求，这种要求又恰恰是文艺家由于自己的政治信念与人生抉择所由衷地愿意接受的。艺术家愈有才能，这种两难处境就愈严重。可以想想所谓"何其芳现象"，即一个作家思想上"提高"了艺术上反而上不去了的现象。再想想从柳青到浩然曾经是怎样真诚地却又是艰巨地用自己的艺术创造来讴歌农业合作化吧。还有苏联的法捷耶夫，他根据斯大林的意见修改那激动人心的《青年近卫军》……更不堪提的是一直发展成为"三突出""主题先行"的强横又粗鄙的伪思想性、恶的思想性要求了。目前，有些文艺家怕听思想性，不是没有原因的。

这些不无沉重的回顾将会导致什么样的结论呢？思想性的范畴本身就是一个"左"的教条主义范畴吗？我们可以用无思想性，用百无聊赖、随波逐流，乃至颓废病态的思想性来取代已经遭到普遍厌恶的假大空的思想性吗？现在不是已经有一些这样的苗头了吗？

否。真正的艺术家具有善于用艺术来思想的头脑和灵魂。不管艺术家本身是否自觉，是否善于用逻辑和语辞进行表述，有哪一件真正有价值的文学作品、音乐作品、美术作品、戏剧作品、影视作品表达着、意味着思想的空白、思想的浅薄和低下呢？反过来说，哪一部真正有价值的作品，能离开独特的、富有创见的、深邃的乃至是强有力的思想呢？价值观念本身，就是思想。而人类的一切被理性所支配的活动，一切社会性的活动，无不具有一定的追求、目标，即一定的价值取向。自由的行程并不是无路的行程。行程的自由是珍惜选择最佳的道路的权利，而不是放弃找一条最好的道路的权利。自由的存在并不是失重的存在。存在的自由是建立在为我们提供存在的一切条件的地球上的，绝对地摆脱了大地对我们的吸引即重力，得到的唯一自由只能是灭亡的自由，即使是热衷于强调非理性心理因素的重大作用（对此，是不能否定的）的文艺家，他们仍然是相当清醒自觉地引导自己进入艺术创作的癫狂状态，并从而追求入圣超凡的艺术效果，曲折地表达自己的人生价值观的。如果说，在摒弃了假大空的与外部强加的伪思想性之后，现在确实出现了一些格调低下、精神境界低下的无思想性即恶思想性的作品，这算不算言过其实呢？

思想性的追求离不开爱国主义包括文化爱国主义。离不开一种深厚而又开阔的对于我们生于斯养于斯老于斯的大地、对于我们的多灾多难的历史、对于我们的人民我们的独特的文化积累的深情。哪怕这深情含着苦味。哪怕这深情含着火一样的反省和自我批判而不是打扮出一副自吹自擂的愚忠愚笑的可掬憨态。不论怎样走向世界走向太空真空,从整体说来,我们并没有发展到为火星为外星云系而憔悴的份儿。我们首先关心的,我们的喜怒哀乐离不开的是脚下的土地和肩上的历史。民族虚无主义可能是一时的愤激,也可能只是由于幼稚与浅薄,不论摆出怎么先进的架子。我们可以进行各式的探索和摸索各样的路子,但如果不去拨动埋藏在我们的人民心灵深处的最动情的一根琴弦,如果肆意无视蓄意践踏这根琴弦,即爱国主义的琴弦,只能受到历史的冷落与惩罚。

  思想性的追求离不开社会主义人道主义。对人的爱,对人的尊重,对人情人性的深切体味与揭示。哪怕揭示人性中最丑恶最见不得人的东西,不是为了展览,不是为了炫耀,更不是为了欣赏,而是为了这种丑恶而深重地痛苦,为洞察和克服这种丑恶而衷心地喜悦,为理解与宽容某些丑恶而深深地叹息。这正是同样表现了丑恶,有的作品表现、传递了精神力量,使人震惊,使人深思,使人得到庄严的启示,而另一些作品只能让人恶心的根本原因所在。这就是社会主义人道主义的力量的证明。这就是归根结底我们无法对那些愈来愈热衷于在作品中铺陈污秽、玩弄异性、强化病态直至仇恨世界与人生的货色认同的原因。探讨这种人道主义的启蒙性与局限性,指出它并非新潮当然可以,但丝毫不影响其有效性与迫切性。饥饿者首先需要的是食粮而不是泻药,尽管食粮是古已有之,而新牌泻药是最摩登的新货洋货。这个道理似乎不必阐释。饥饿者为了向过食者"看齐"而跟着人家吃泻药，不知道算悲剧还是喜剧。而社会主义人道主义，正是我们今天急需的精神食粮。

思想性的追求离不开历史的进取精神，即对一切推动历史前进的思想与实践的肯定，即一种有为的精神、负责的精神、先天下之忧而忧，后天下之乐而乐的仁人志士精神。这是因为具有悠久的文明历史的中华民族，如今看来发展得太缓慢了、落后了。推动历史前进运动，是整个中华民族的当务之急。我们无法，根本没有可能更没有必要学西方的时髦去怀疑和否定历史前进运动。由于自身的状况，由于科技、生产、社会运行机制的发达所带来的对于人的全面压力，西方一些大作家正在用阴冷的笔调来写来嘲弄抨击发达、发展、富裕和技术进步。人家有人家的处境、人家有人家的理由。用不着说人家腐朽没落，更用不着抄人家的配方。用一种粗略的、非正式的（带玩笑性的）话来概括，或者可以说西方现代文学的基本主题是活得腻味，是物对于人的压迫，是从信息到"性"的超量爆炸。而我们的国情我们的实际完全不同，我们处于社会主义的初级阶段，我们的经济还不发达，我们的爆炸是人口爆炸，其他方面不是过剩，而是全面短缺匮乏，至少是紧张。因而全面非正式的概括不是生活得腻味而是活得艰难。艰难固然不好，但艰难使我们无法颓废，难以孤独（有几个人住得上独间房子呢？），顾不上腻腻歪歪。艰难使我们的一切有利于社会发展的行动意义明确，使我们的奋斗既充实又悲壮。这里要说的是，对于尚生活得十分艰难的人大讲你活得如何腻味,对不起,你找不到知音,你极易引起反感。至于关上门超前地咀嚼活得腻味的先进经验,请便!保留几朵活得腻味的花草研究研究,无妨。

所有这些提法都是粗浅的、大致的,目的是引起讨论,目的是在走出了教条主义的小胡同以后仍然能够成为生活的主人、艺术的主人,而不是被广阔的艺术空间、失重的太空所吞没。我们需要不需要,可以不可以找到新的支点,新的凝聚力与吸引力,新的使命感,从而使我们在自由起来的同时重新亲切起来热烈起来与崇高起来呢?文艺创作毕竟不仅仅是类似打喷嚏、嗽嗓子的一种"内在需要",一种绝对的随意性、随机性——其实是肤浅性和幼稚性。我们大概不能够总是不知道从哪里出发,也不知道到哪里去吧?我们大概也不能一个又一个地消失在浅薄的自我陶醉与自我重复中吧?或者变得一个又一个地漠漠然冷冷然起来?变得装疯卖傻、神经起来?请回答。

"喜剧"与"幽默"

仁者悲,智者喜。

悲的基础是同情,是善,是火。

喜的基础是超越,是明,是水。

喜是悲的升华,是悲的超度,是悲的极致。而悲,是喜的核心。

悲从中来,是有深度的悲。

喜从中来,喜从悲来,是有深度的喜。

喜是额头的慧眼,喜是洞穿的预见,喜是对于世界的把握与完成。

误会,是悲剧与喜剧的一种普遍有效的形式。有时,误会便是戏剧性。把衷心读成哀心,把猎人读成腊人,便有点可笑;强不知以为知,既可笑复可悲。当然这都是浅层次的喜与悲。把风

---

* 本文刊发于《人民日报》1988年2月16日第8版。

车当成敌人，把奸贼当成亲信，这是深一层的误会，因为这误会不是局部性与偶然性的，这误会是一种认真的谬误，是悲剧性的喜剧。

都追求成功，但常常遭到失败；都抱怨别人，却不知自己同样受到抱怨；都费尽心机，殊不知其中只有极小的一部分才是有作用的。这种深刻的误会，便是一种深刻的悲剧、喜剧、悲喜剧。

失度，是另一种普遍适用的形式。

都知道文学的夸张，艺术的夸张是喜剧的格局。却不想一想，人生中有多少非文学非艺术的夸张，比文学的与艺术的夸张更夸张，也更文学并且更艺术。

比如遗失，丢了东西便着急地寻找，这是正常的，不是戏剧。丢了一角钱便捶胸顿足满地打滚，便有些喜剧味道。欣赏这种喜剧又有点残酷的意味了。

比如夫妻吵架打捶，只要没发展成彻底破裂，旁观者便总觉得带有喜剧色彩，总觉得为一点小事不必动那么大肝火，更不宜浪费眼泪。

所以说，喜剧感常常是一种清明感，一种分寸感。

也是一种距离感。与一切谬误、误会、失度保持距离，与自己的局限性保持距离，与自己的私心私欲保持距离。

浅的幽默是一种小儿科的游戏。比如耍贫嘴，比如出洋相，比如故意打岔。

一点也不耍贫嘴，一点也不出洋相，一点也不自娱娱人并且动辄责备别人贫嘴的人却也令人敬而远之，甚至觉得有些可怕。

干吗这么一脑门子官司?

幽默感是一种距离感,却又是一种亲切感,是对群众的良知良能的认同。

嘲弄,比批评性的幽默、讽刺,要深刻得多。它是一种传神的勾勒,是机智也是学问和经验。

然而被嘲弄者也嘲弄嘲弄者。世人读《阿Q正传》莫不为鲁迅对阿Q之嘲弄所折服。但阿Q也嘲弄城里人切的烧鱼的葱丝不合规格。如果阿Q会写剧本的话,他又将怎样嘲弄他的读者和观众呢?

常常有一种误解:认为悲剧比喜剧更有深度。

是这样的吗?《阿Q正传》的故事当然可以写成一个悲剧,写成对于封建社会迫害农民的控诉,令人悲愤,令人泪下。然而,能有那样深邃和丰富的内涵吗?

更深刻的喜剧既是嘲弄又是辩护,既是嘲弄别人也是嘲弄自己,既犀利尖刻又宽厚慈悲,既骄傲自信又谦逊克己。是机智的笑,又是赞叹的笑,是开怀的笑,又是会心的笑。

喜剧常常具有一种轻松感,即使表现着最不轻松的题材。比如,关公战秦琼,以及其他一些韩复榘的故事。

做到这样的轻松并不容易。缺乏自信的人怎么弄怎么难受,轻松不起来。作威作福的人生怕不能吓倒一片,便要摆架子、撑面子,欲轻松而不敢。私欲重的人——小人——常戚戚,轻松得了吗?鼠目寸光,为鼻子底下的小利而苦斗的人也太不轻松了。

当然,也有另一种轻松。浑浑噩噩者,事不关己高高挂起者，丧失了最起码的责任感的游戏人生者也轻松。归根结底，喜剧的精神并不就是一切。谁知道呢？喜剧精神和悲剧精神都是需要的，后者是指一种我不入地狱谁入地狱的献身精神，认真精神，英雄主义精神。

喜剧精神是一种自我批评的精神，是一种健康的反省精神，是一种民主的精神。没有民主的自我批评，就没有喜剧。

喜剧又发挥着一种制衡的作用，用笑的手段平息着沉淀着躁狂的灵魂，所以它完全可能很深沉。

中国应该并且一定能够出现喜剧性的作品。她的经验太丰富了，她的对比太丰富了，她拥有喜剧的传统和喜剧的智慧，她拥有一个充满喜剧的世界。

文学：失却轰动效应以后*

  大概我们可以用"记忆犹新"四个字来回忆 1977 年《班主任》发表，1978 年《神圣的使命》发表——为此《人民日报》还发表过一篇署名"本报评论员"的文章呢——1979 年《乔厂长上任记》发表时的盛况。争相传诵啦，纷纷给作家写信啦，刊物销量大增啦什么的。就连当时对这几篇作品持严峻的批评态度的人，"批"的劲头儿也是热烘烘的。

  20 世纪五六十年代，同样不乏这样的盛事。1960 年困难时期，《红岩》出书，新华书店前排的队绝不比糕点铺前的队短。《青春之歌》《林海雪原》《红旗谱》《创业史》以及一些引起过争议的作品都掀起过热浪，连作者得了多少稿费也被一些人津津乐道。

  记忆犹新而又恍如隔世。现在呢，作家们写什么，怎么写，似乎已经很难出现那种"轰动"效应。1984 年，出现了《百年孤

---

* 本文刊发于《人民日报》1988 年 2 月 9 日第 5 版，原载 1988 年 1 月 30 日《文艺报》，转载时作者作了增改。

独》热，并由此而出现了王安忆、郑万隆等人的一批作品；1985年，出现了"寻根"与"新方法论"热，并相应地出现了韩少功、冯骥才、郑义等人的一批作品；1986年，又出现了文化热，出现了许多"文化发展战略"和诸如"现代主义与东方审美传统的结合"之类的命题。据说现代派已经穿上了中国道袍，羽扇纶巾，扇子上画着八卦，阿城的小说便是代表。所有这些热，已经大体是文人、文学爱好者圈内的事了，吹得挺响，却很少涉及圈外人。于是有人干脆提倡起画圈子来了。

到了1987年，连圈内的热也不大出现了。不论您在小说里写到了某种人人都有的器官或大多数人不知所云的"耗散结构"，不论您的小说是充满了开拓型的救世主意识还是充满了市井小痞子的脏话，不论您摆出拯斯民于水火的唐吉诃德的英姿还是向亲娘龇牙齿的迫害狂，不论您写得比洋人还洋或是比沈从文先生还"沈"，您掀不起几个浪头来了。不是吗？

是不是作家与作品产生了退步现象呢？很难这么说。比较一下本文开始时提到的一些"热"过的作品（这些作品也是从大量平庸的一般的作品中筛选出来的）与当今的一些代表性的作品，还是当今的一些作品写得更活泼、更富有艺术个性因而从总体上更给人以多样与开放的感觉。但同样的事实是，20世纪80年代中期以后，突出的好作品似乎是逐年减少。到了1987年，值得称道的好作品就更少。富有激情和感染力的作品似乎确不如前。从外部条件找原因未必是符合实际情况的，因为写作周期要比外部条件发生变化的周期长得多。愈是好作品就愈不是某种条件或气候的产物。而不幸的是，条件愈好，厚积薄发的作品就愈容易比"薄积多发"的作品少。

怎么回事？试析如下：

首先，社会的安定化正常化及其对读者心态的影响。起码从20世纪30年代开始，革命、抗战、胜利、解放、改造、运动、动乱、反帝反修、"一举粉碎"、拨乱反正、改革开放……中国的这一段历史是充满了政治激动性的。本文开始时涉及的一些文学热浪，无不与政治热浪有关，无不体现出一种理想主义色彩相当浓重的政治激情。全民的热点是为中国找出路，为一次又一次找到了金光大道而激动，为不能走另一条和又一条路而激动，为从今走向繁荣富强走上金光大道通向天堂而激动，为一次又一次的非昨而是今而激动。

当然，这样的激情这样的理想如今也有，也许更深刻了。但毕竟今天的情况是空前的安定、稳定。现在的热点是改革，没有错。但改革的热点是经济，人们对改革的看法要务实得多，思想准备要长得多。1949年全国都唱"解放区的天是明朗的天"，1958年全国都唱"社会主义好"，1966年都唱"大海航行靠舵手"，现在却不会也不必要吸引组织大家唱"改革了的体制放红光"或者"改革就是好，敌人反不了"。如果说现在整个的社会都更加稳定，人们的心态，相对来说更缓和与宁静一些了，我们只能额手称庆。中国是个古老的大国，近百年由于屈辱困苦而变得相当易于冲动……不是吗？

人们变得日益务实以后，一个社会日益把注意力集中在经济建设、经济活动上而不是集中在政治动荡、政治变革和寻找新的救国救民的意识形态上的时候,对文学的热度会降温。很遗憾,但似乎事实如此。不知道这算不算什么"规律"。20世纪50年代或者更早,青年人希望通过文学作品来确立自己的人生道路、价值观与政治方向。有不少人看完了一本书就离家出走,就冲破婚姻罗网、背叛剥削阶级家庭投入革命队伍。70年代后期人们通过"得风气之先"的作品来体察一下社会的新的萌动。例如,远在中央做出正式决定以前,《于无声处》就上演了,能不轰动吗?以后还能常常是这样或者有必要这样吗?现在呢,未必有太多的人希望通过文学作品来帮助他们理解或者解决人们最关心的物价、浮动工资、职务提升与职称评定、购买商品房或者考"托福"出国的问题。包括翻两番与赶上中等发达国家的大目标也未必需要文学的诠释或"吹风"。

不能笼统地慨叹"世风日下,人心不古",不能笼统地埋怨读者的"素质低下"——不看自己的巨著却去看通俗武侠言情小说。甚至也不能笼统地责备作家没有去写改革写聘任制写横向联合写合营旅馆写中纪委正在处理的大案要案。现在写更大很多的贪污案也难以收到1977年的轰动效应,即使写得更深刻精彩。这里,笔者想冒说一句,如果一个社会动辄可以被一篇小说一篇特写一个文学口号所激动所"煽动"起来,只能说明这个社会的运行机制特别是言论与决策状况不大健全,不大顺畅。说明这个社会人心不稳,思想不稳,处于动荡之中或动荡前夕。反过来说,如果一个社会许多成员只是为了"解闷儿"而读文学作品,冷落了一些救世型思想家与惊世玩世型艺术家的巨作，也并非完全可悲。要求增加工资的人去找人事科财务处，要求民主参与的人去找市长区长政协委员人民代表，要求惩治坏人的人去找律师检察院，要求打发时间的人干脆去看《卞卡》，他们都没有必要一定去找作家找文学作品。

当然，这不是说作家与文学将会失业。文学的功能是各种社会机构所无法代替的。难以因非文学的"形势"而获得轰动式的成功，这只能要求严肃的作家拿出更加有独特的艺术成果与经得起历史考验的真实货色（包括思想的、政治的、经验的、学识的、技巧的）的作品来。这也必然会使本来就不严肃的作家去搞些噱头性的东西，他们也许会变得更不那么严肃。界限渐趋分明，也好。

其次，开放的结果会使人们见怪不怪。封闭的结果当然是少见多怪，大惊小怪。开放环境中的人比封闭环境中的人更不易激动，不知道这是不是也是"规律"。例如看惯了人体画的人不会因看画而产生邪念，而男女授受不亲的结果，只能是谁碰谁一下就会令人联想到性关系。回想20世纪70年代末80年代初，朦胧诗与所谓"意识流"小说居然能引起不小的波澜，能就"看得懂还是看不懂"而论辩一番。此后的一些年，一些文学作品如马原、残雪之作，在形式的怪异乃至内容的晦涩方面走得远多了。相比之下，看得懂与看不懂、赞赏与斥责的声浪却低得多。当今文坛上，走爆冷门的捷径去争取一鸣惊人、一举成名天下知的效应是愈来愈困难了。禁区愈少，闯禁区的诱惑力便愈降低。途径愈多样，走捷径的方便就愈减少，当然，这也不是坏事。

前些年出现了许多热，从"蛤蟆镜"热到"寻根"热，从邓丽君热到琼瑶热，从萨特热到拉美文学热，从办公司热到自费留学热。有的热得有理，有的热得没劲。易热的结果必然是易冷，而易热易冷反映了一种"初级"心态。

这说明我们的开放才刚刚开始，还不那么成熟那么善于消化选择，还不那么清醒稳重。降点温以后，会不会更好一些呢？当然，开放的幼稚性只有靠进一步开放来解决，靠边开放边消化选择来解决，而不是靠停止开放来解决。

在谈到"凉"的问题的时候，最后，我们还得考虑一下作家本身的状况。相当一批中青年作家，这几年写得很快很多。要说的话说了不少。他们需要的是某种新的调整、充实、积累、酝酿、蜕变。作家正像油井，不可能总是喷涌。即使有的作家如王蒙、刘绍棠每年仍是新作不已、持续旺盛，但也有一种实际上的危机或者"颓势"在等待着他们——他们的新作有可能只是旧作的平面上的延伸与篇数字数的递增，而平面延伸与数字递增并不值得任何作者与读者羡慕。

另外还有一批比较年轻的作家，有的是出手不凡，有的是迭出佳作，文坛上评评论论还是相当红火的，但也陆续露出了后力不支的样子。这方面王安忆讲得最为诚实。最近她在香港说："我在农村插队落户时，常有多种遭遇，因而产生各种心情；回城后当刊物编辑时，也有各种际遇，时有所感。写作的要求都是在这种场合产生的。现在则经常坐在家中写稿，既无谋生要求，又无当初各种苦闷的心情……"她又说:"不幸的是我过早成为专业作家。文学本来应该是人生的副产品……不料我先成为作家,生活倒成为我的次要东西了。因此,我感到困惑。"(见1988年1月3日《文汇报》3版)说得何等好啊,王安忆!你说出了我国"优越"的专业作家照拿工资制度的弊病。你有勇气说出真相,可敬!你有没有勇气甩掉这个"专业作家"的空架子去追求实实在在的人生,并从而出现真正的文学这个"副产品"呢?

再如阿城,"三王"写罢,海峡两岸一齐喝彩。但他早在两年前的《遍地风流》里,已经重复《棋王》里"喝得满屋喉咙响"之类的受到激赏的句子了,这不是吉兆。如果他相当长一个时期拿不出新的好作品来,对于他本人,完全不必苛求责备,倒是一些喝彩者值得想一想,文坛固然需要当场起立的叫好者,不也需要一慢二看三想过的评论家吗?

近年又有新作者涌现,某些作品向怪向粗野乃至向亵渎等方面发展。有的还自称什么第五代(?)作家。成绩如何?还需要再看看。这里要说的,是不论什么新观念新手法新流派新句式,都不妨试验,裤衩当手套领带裹脚,也可以试,但这都不能代替真货色。真货色是作家的真才实学,真情实感,是作家的全部才能学识,经历经验,灵魂人格。如果您和您的读者确是吃得过饱,当然也可以写一些撑出来的作品。如果您和您的读者确是太闲,当然也会写一些闲出来的作品。如果您和您的读者确实是才思如流星飞瀑如钱塘江潮,当然也会写出一些大破条框的作品。怕的是您刚够卡路里就超前打饱嗝,刚旷了一天工就炫耀无聊,二等的才华却具备头等的疯狂、颓废和痛苦。

文学当然会有新的高峰和新的突破，只是得来不会如此廉价。年轻人会成长起来，通过自己的坎坷的路。减少他们的曲折和坎坷的长者的愿望是可以理解的，该说的话总归该说，回避文坛现状的矛盾是不可以的。但谁也无法代替他们前进，代替他们突破或咋咋呼呼地自称突破。也不能代替他们跌跤和碰壁。

文学热确实在降温，无须着急也无须生气。我们的国家正在发生巨大的、历史的变化。社会心态也在变，这种变必然会反映到文学领域。从不同角度出发怀旧，不喜欢乃至大不以为然目前的种种文学现象是可以的，但谁也无法不让它变化。凉一凉以后也许会进入新的阶段，新的境界，出现新的人才或老人才焕发新的活力。也许凉一凉以后才会出现真正的杰作。但愿如此。但这种相对疲软的局面也许会延续乃至加重，谁能说准呢？连副食供应都那么难预测，何况虚无缥缈多了的文学？当然，从长远来说，前景仍然是乐观的。能不能预测一下今后一些年代文学发展的趋势呢？更难。但不妨试一试：

一、文学的进一步分化。尽管把通俗小说与"严肃小说"结合起来做到雅俗共赏、曲高和众是诱人的理想，但这二者的进一步分化、文学的双向发展与作者读者在这二者之间的摇摆恐怕是难以避免的事实。类似的双向发展还有洋与土，纪实与幻想，巨型与微型，道德与非道德，极端与综合，高尚与俗鄙，艰深与浅白等。包括一些长年以来没怎么发展起来的形式，如推理小说、自传小说、历史小说等，都会得到长足的发展。

二、深沉化，这是最重要的。一方面表现为思考的更加理性、更加深邃、更加全面多侧面；一方面表现为对人的灵魂的进一步关注。在描写一些重大历史事件一些典型人物的时候，不论是对战争、土改、"大跃进"、"文化大革命"，乃至于写今天的改革，不论是写什么样身份的人物——红卫兵也好、老干部也好，资本家也好、佃农也好，将愈来愈突破简单化程式化与脸谱化的模式，将不再是某个口号或理念的图解，而日益反映出我们的民族已经在变革与建设的道路上走了一大段路的成熟性与更深刻、更宽阔的概括力。另一方面，深沉在于写出人的灵魂，叫作"触及灵魂"，不过不是用"大批判"。文学将更深入生动地描写人的喜怒哀乐，描写人们的（当代的、现代的、古代的，特定的与普遍的，特定历史时期与永恒的）困扰与激动，写人的内心需要，写人的内心的痛苦与追求。这些，当然具有社会的与历史的内容，但这种社会的与历史的内容是通过或往往结合着人性的内容、生命的内容来展现的。这里要说的一句话是，无神论者也需要拯救（包括安慰、净化、超度、激励）自己的灵魂，当人们寄希望于文学家的时候，一篇又一篇小说不能仅仅用一些粗鄙的脏话或者梦呓式的咕哝来搪塞读者。也许一个时期以来作家努力显得比读者高明比读者先知先觉未必总是得计的，但也不可能走上在作品中显示作者比读者更白痴或者更提不起来乃至更流里流气的路子。从长远来说，在实现"全民皆小说家"之前，读者需要的仍然是亲切的、诚实的、精神上更多而不是更少有力量的作家。我们的文学界内外已经饱尝"假、大、空"的超级口号之苦，人们厌烦洋洋洒洒的空论，这是可以理解的。但反过来以为堂堂中华文学要走犬儒主义、玩世不恭的无理想无追求无道德的道路，也是荒谬的。这种赶时髦也很可笑可悲。

三、民族性与时代性的结合。经过一段初级开放的多方引进多方寻根以后，在一大堆洋玩意儿古玩意儿土玩意儿都不再新奇了以后，在创作上那种急于甩出去、争当第一或者相反，见到新玩意儿就痛心疾首义愤填膺的心态渐趋平稳以后，有可能出现新的更加民族也更加时代的作品。在一大批涌潮又退潮的作品沉淀下去以后，也许从这几年不那么"活跃"的老人或者这几年尚未露头的新人之中会出现几部真正能留在文学史上的巨著？谁知道呢？文学与生活一样，人们当然寄希望于未来。

文学的黄金时代确实是来了，黄金一样的作品却不会因时代的黄金而自动涌现。《红楼梦》的出现恰恰不是时代黄金的结果。我们需要观察，我们需要思考，我们需要探讨，我们更需要潜心全面努力。新时期的文学已经度过了它扬扬得意而又众说纷纭的十年，新的十年需要的是更扎实、更沉静、更清醒、更严格要求的专心致志的劳动。

珍视读者的"信息反馈"*

《小说月报》举办了"百花奖",通过读者投票的方式,直接决定获奖作品的篇目,这是一件有意义的创举。

现在,人们愈来愈懂得"信息反馈"的重要性了。从某种意义上说,不论搞什么,没有反馈,就没有调整、发展与提高,就无法摆脱幼稚性、主观性与盲目性。作家们写了小说,编辑们发表了小说,把信息输出给了读者。那么读者呢,我们将从读者那里获得什么样的反馈的信息呢?投票推选自己所认可的优秀作品,可以说是这种信息反馈的一种简单明了而又重要的形式。

近年来,各种文艺团体和文学刊物进行了各种形式的小说作品评奖。这些评奖对于促进文学创作的繁荣和文学新人的成长起了很好的作用,这是有目共睹的。这些评奖,基本上都是采取由作家、评论家、编辑家组成评委会,再由评委会参考读者反映予

---

* 本文刊发于《人民日报》1985年6月10日第7版,是作者为《〈小说月报〉百花奖作品集》一书所作的序,该书由百花文艺出版社出版。

以协商决定或投票决定的方式。这种方式当然是有相当的权威性的,因为文学正像别的"学"一样,是一门"学",需要倾听精通这门"学"的专门家的意见,力求做到分析精辟、评价公允、褒奖适当。

那么,能不能直接由读者发出决定性的声音,用选票来决定获奖作品的取舍呢?有的同志对这种做法持怀疑态度。他们顾虑一些读者可能仅仅从"可读性"出发,推选一些并无多大文学价值与思想意义的"畅销"之作,他们也顾虑一些很好的作品可能由于写得艰深了一些或形式奇特一些便受到读者的冷落。假如情况真的是这样的话,那么读者投票直接推选出来的作品,至多只能是通俗作品中的受欢迎者,它的价值就会是颇具局限性的了。

因此,《小说月报》举办这样的活动,带有试验的性质,夸张一点说,还有点冒险呢。

然而事实却令《小说月报》的同志和一些文艺界人士大为高兴。我们的读者对于严肃的文学作品是具有相当高的鉴赏能力和相当准确的评价能力的。首先,一些概括了巨大的历史内容和社会内容,体现了新的时代精神,反映了我国实现"四化"、改革的现实进程与个中矛盾冲突的作品,受到了最多的读者的举荐。与此同时,一些艺术上有特色、有追求,具有一定的审美价值的作品也受到读者的充分的(应该说是恰如其分的)注意。《小说月报》的编辑同志告诉我,他们认为投票的结果"十分理想"。

这就好了。这就说明,我们的读者的水平日益提高和已经提高。这就说明，群众性的投票常常可以弥补一个人或少数人的意见与好恶的偏颇。这也说明，刊物、作品、读者三方面是互相选择、互相作用的。一本追求思想性和艺术性而不是单纯追求销数和赢利的刊物，必然会团结住一批追求思想性与艺术性的作者和读者，如果你自己没有搞低级趣味、噱头主义，你就大可不必担心读者趣味低级、不懂文学艺术。这还说明，尽管读者或有可能有时为了消遣等目的阅读（甚至是津津有味地阅读）一些价值不高的通俗读物（决不是说一切通俗作品价值都不高），但"或可一读"并不意味着推崇赞赏，读者的眼睛仍是亮的，读者对文学、对小说作品的态度仍然是相当严肃的。

从作者来说呢？得到评论家、同行和有关领导部门的肯定固然是可喜的，直接得到读者的肯定，不也是十分十分重要的吗？不是也应该十分重视读者的意见、珍视读者的爱护吗？与其担心读者不理解自己，不是更应该考虑一下自己是否理解读者吗？不是完全可能从读者的反馈的信息中，得到一点启发吗？

谢谢读者！我们有多么好的读者！在今天的中国从事文学编辑和创作、评论等工作，确实是值得骄傲和欣慰的。

雨中的野葡萄园岛*

天上下着蒙蒙细雨,海和天呈现着难解难分的茫茫的灰色。汽车开上了拥挤的摆渡,中国作家小组的黄秋耘、乐黛云和我在美中关系委员会的南西女士陪同下下了车,先是想到上面的船台上去观赏大西洋的风光,雨并不大,又有帆布遮阳伞的保护,可惜所有的轻便塑料座椅都已经打湿了,没法坐,只好回到统舱。

我似乎微微有一点憋闷,没有吃原来带在身上的准备这时候吃的蛋糕。倒不是因为下雨。我喜欢雨,喜欢雨中的潮润的空气,清凉、柔和,喜欢带着光泽的街道、树叶和屋顶的洋铁皮,也喜欢听雨声,欣赏雨给大自然带来的一种动势。而且,下雨的时候我总是分享着大树和小草的畅饮生命甘露的欢欣。但是今天我并不那么高兴,因为大西洋使我觉得陌生而且阴郁,虽然,我这是第二次到美国东海岸来看大西洋,上一次是1980年11月,

---

* 本文刊发于《人民日报》1982年10月3日第7版。

这一次是1982年6月3日。

这次来美国是为了参加纽约圣约翰大学的一次国际性的关于中国当代文学的讨论。当然，有许多严肃的、态度客观的学者参加了讨论，提出了令人感兴趣的论文，但也确实有几个人利用文学讨论兜售他们的一厢情愿的反共反华滥调。叫人高兴的是这些人的挑衅都遭到了应有的有理有据的反击，到后来，出丑的恰恰是这些人自己。紧张的讨论和舌战结束以后，我们在美国的东北海岸参观访问几天，这本来是很惬意的事。然而，当"讨论"的弦松下来以后，我立即感到了与这里的土地、天空和大洋的隔膜。这连绵的阴雨里的灰茫茫的一切，叫人觉得遥远和捉摸不透。

这样想着，摆渡靠岸了，我们来到了旅游胜地维尼亚尔岛，或者，就意译作"野葡萄园岛"吧。

汽车刚刚从摆渡驶上了小岛。南西女士叫了一声，踩住了刹车。我们看到一位穿着湿淋淋的橘黄色雨衣雨裤的身材高大的男子伫立在路边。"就是他。"南西告诉我们说。

他就是作家约翰·赫西，头发已经灰白，宽前额，长脸，大嘴，目光里显现着一种东方式的谦逊和老人的温和与耐心。他身旁有一位中国留学生。他们来接我们了，这是不多见的，我知道美国人很注意节约时间，他们一般不肯把时间花在送往迎来上。

他把我们带到了旅馆，在他的关照下，每个房间里放着暖水瓶和茶叶筒。这在美国也是绝无仅有，一般美国人是不喝热开水的。

"我是出生在天津的，我曾在中国度过我的童年。"刚刚坐定下来，约翰·赫西便用这样一句话开始了他的自我介绍，接着，他缓慢地讲了几句汉语。

"天津？"我的眼睛发亮了。

他介绍说，在离开天津40多年以后，他于1981年重新访问了天津，到狗不理包子铺吃了包子。他找到他出生的那所房子，并在那个院子里碰到了一位上了年纪的老太太。当他向老太太自我介绍他曾在那里居住以后，那位中国老太太热情地邀请他："您搬回来住吧，我们给您腾几间房子……"中国人的激情，中国社会的变化，人们精神面貌的变化使他非常感动。回美国后，他把这一切感受写在一篇长文里，发表在一份很有地位、很有影响的刊物《纽约人》上面了。

这是一个对中国充满友好感情的人，而且，我好像明白了一点点，为什么他的举止和表情当中有一种东方式的谦和、宁静和克制。后来他带我们坐在他的汽车里游览这个小岛，雨下得愈来愈大了，我们下不得车来。而且不得不把车窗关严，雨丝已经透过窗缝袭击到我们的脸上了。

"太遗憾了，今天的天气这么不好。"约翰说。

"可是我喜欢雨，雨是美丽的。"我说。

"都赖王蒙，他老说他喜欢雨，结果，从离开纽约就下雨，已经下了4天了！"乐黛云抱怨着，南西笑了起来。

小岛很小，只有一条很短的以卖旅游纪念品为主的街，此外大多是一些豪华的别墅，涂染成各种颜色的两层楼房，有的把楼梯修在房外，楼梯扶手有精致的雕花，这些别墅只是在夏天才有人，其他时候大多空着。现在，这些各色各式的别墅，统统瑟缩着隐现在灰茫茫的云雨里，而四周是灰的海，灰白的浪花。我有点担心，再下上一夜雨，也许这些房子连同这个小岛，都会溶化消失在大洋里。不是吗，雨愈下愈大，除了我们这两辆车子，这几个人，小岛上似乎再也看不见车和人了。

当天晚上，我们在约翰·赫西家里做客。赫西夫人是一个同样平易近人的雅静的人，在约翰的客厅里，我们见到了大名鼎鼎的美国当代进步女戏剧家丽莲·海尔曼。她虽然高龄，显得瘦小枯干，老态龙钟，但非常健谈，不停地呷着加冰块的威士忌酒，不停地变换话题说这说那。她谈她的戏剧创作生涯，谈她的健康状况，谈她的近作，又回忆在两次世界大战当中她数次访问苏联的情形，许多为中国人民所熟悉的当时苏联的著名作家，都是她的朋友。后来不知怎么把话题转到了美国的黑社会，她说她用过一个厨师，是一个从加拿大游泳到美国非法入境的人，由于他是非法移民又要糊口，便投靠了黑手党，现在他的职业、收入、行动都要受黑社会的控制。

晚饭是中西合璧，有纯中国式的锅贴，也有西式汤、沙拉与赫西夫人亲自做的甜点。丽莲·海尔曼在席间表示，她为没有去过中国而深感遗憾，她希望我们给她起一个中文名字。黄秋耘同志告诉她，丽莲，这本身就是一个美好的中国女子的名字，可以当作美丽的莲花解。她睁大了眼睛听着，为"美丽的莲花"的解释而满意地大笑起来。告别的时候，我拥抱了这位高龄的、热情的老太太，她更高兴了。

匆匆的一夜，第二天上午我们又来到帆船林立的小码头，谁想得到，约翰·赫西已经等在那里为我们送行。他说，他一直在期待着与中国作家的会晤，今年9月，他还将去洛杉矶参加美国作家与中国作家的双边对话。他还笑着告诉我，丽莲·海尔曼回家后又给他打了一个电话，说是老人家几天来一直忧郁、不适，通过和中国作家的友好相处，她觉得她已经完全恢复了精神和健康。

我呢？我好像也快活多了，虽然雨还没有停，虽然还不能到船台上"极目西天舒"，虽然我们还要在这陌生的土地上行走几天。只要有对中国的友谊，对中国人的热情，只要到处能听见"中国"这两个字，这就让人觉得温暖和亲近了，即使远在地球的另一边。

故乡行*

——重访巴彦岱

我又来到了这块土地上。这块我生活过、用汗水浇灌过六七年的土地上。这块在我孤独的时候给我以温暖,迷茫的时候给我以依靠,苦恼的时候给我以希望,急躁的时候给我以安慰,并且给我以新的经验、新的乐趣、新的知识、新的更加朴素与更加健康的态度与观念的土地上。

高高的青杨树啊,你就是我们在1968年的时候栽下的小树苗吗?那时候你幼小、歪斜,长着孤零零的几片叶子,牛羊驴马,大车高轮,时时在威胁着你的生存。你今天已经是参天的了,你们一个紧靠着一个,从高处俯瞰着道路和田地,俯瞰着保护过你们、哺育过你们、至今仍在辛勤地管理着你们的矮小的人们。你知道谁是当年那年老的护林员吗?你知道谁将是你们的

---

* 本文刊发于《人民日报》1982年1月11日第7版。

精明强悍的新主人？你可知道今天夜晚，有一个戴眼镜的巴彦岱—北京人万里迢迢回到你的身边，向你问好，与你谈心？

　　赫里其汗老妈妈，今夜您可飘然来到这里，在这高高的青杨树边逡巡？您是1979年10月6日去世的，那时候我正住在北京的一个嘈杂的小招待所里奋笔疾书，倾吐我重新拿起笔来的欢欣，我不知道您病故的凶讯。原谅我，阿帕①，我没有能送您，没有能参加您的葬礼，您的乃孜尔②。那6年里，我差不多每天都喝着您亲手做的奶茶。茶水在搪瓷壶里沸腾，您坐在灶前与我笑语。茶水兑在了搪瓷锅里，您抓起一把盐放在一个整葫芦所做的瓢里，把瓢伸在锅里一转悠，然后把一碗加工过的浓缩的牛奶和奶皮子倒到锅里，然后用葫芦瓢舀出一点茶水把牛奶碗一涮，最后再在锅里一搅。您的奶茶做好了，第一碗总是端在我的面前，有时候您还会用生硬的汉语说："老王，泡！"我便兴致勃勃地把大馕或者小馕，把带着金黄的南瓜丝的苞谷馕掰成小小的碎块，泡在奶茶里。最初，我不太习惯这种我以为是幼儿园里所采用的掰碎食物泡着吃的方法，是您慢慢地把我教会。看到我吃得很地道，而且从来不浪费一粒馕渣儿的时候，您是多么满意地笑起来了啊！如今，这一切还都历历在目呢。可您在哪里，您在哪里呢？青杨树叶的喧哗声啊，让我细细地听一听，那里边就没有阿帕呼唤她的"老王"的声音吗？

　　笔直的道路和水渠，整齐的、成块的新居民点，有条有理，

---

① 阿帕，维语：妈妈。
② 乃孜尔，这里指人死之后举行的祭奠仪式。

方便漂亮。20世纪60年代中期自治区党委提出的好条田、好林带、好道路、好渠道、好居民点的"五好"的要求，关于建设社会主义新农村的号召，如今在巴彦岱不是已经实现了吗？根据规划建设的要求，我和阿卜都热合曼老爹、赫里其汗老妈妈住过的小小的土房子已经拆掉了，现在是居民区的一条通道。当年，我曾住在他们的一间放东西的不到6平方米大的小库房里，墙上挂着一个面箩、9把扫帚和一张没有鞣过的小牛皮。最初我来到这个语言不通的地方，陪伴我的只有梁上的两只燕子。我亲眼看见燕子做窝，孵卵，和后来它们怎样勤劳地哺喂着那些叽叽喳喳的小燕子。在小燕子学会飞翔的时候，我也已经向维吾尔农民的男、女、老、少（包括四五岁的孩子）学了不少的维吾尔语了。我们愈来愈熟悉、亲热了，同时，按照您们的古老而优美的说法，您们从燕子在我住下的小屋里筑巢这一点上，判定我是一个心地善良的人。于是，您们建议我搬到正屋里，和您们住在一起。我欣然接受了。从此，我们一起相聚许多年，我们的情感胜过了亲生父子。亲爱的燕子们哪，你们的后代可都平安？你们的子孙可仍在伊犁河谷的心地善良的农民家里筑巢繁衍？当曙色怡人的时候，你们可到这青杨树上款款飞翔？

阿卜都热合曼老爹啊，我们又重逢了。在那些年，我把我的遭遇告诉了您们。您那天沉默了许久，您思索着，思索着，然后，您断然说："老王，不会老是这样子的，请想一想，一个国家，怎么能够没有诗人呢？没有诗人，一个国家还能算是一个国家吗？元首、官员、诗人，这是任何一个国家都不能或缺的。老王，放心吧，政策不会老是这个样子的。"您没有文化，您不会写自己的名字，您不懂汉语，没看过任何书，然而，您是坚定的。您用您自己的语言，表达了您的信心，对于常识，对于真理，对于客观规律总比任何人的个人意志强的信心。如今，您的信心应验了：诗人、作家在我们的国家，受到了应有的关心和爱护。排斥诗人、废黜诗人的年代终于一去不复返了，而您，也已经老迈了……

还有二大队的支部书记阿西穆·玉素甫。1971年，我离开巴彦岱前去乌鲁木齐"听候安排"的前夕，阿西穆同志对我说："不要有什么顾虑，放心大胆地去吧！如果他们（指当时乌鲁木齐的有关部门）不需要你，我们需要你。如果他们不了解你，我们了解你。你随时可以带着全家回来，你需要户口准迁证，我这里时刻为你准备着。你需要房屋，我们可以立刻划出九分地，打好墙基。一切困难，我们解决。"这真是披肝沥胆，推心置腹！巴彦岱的父老兄弟呀，在我最困难的时候，您们给过我怎样巨大的支持和鼓励！古人说，"人生得一知己足矣"，而在巴彦岱，成百上千的贫下中农都是我的知己！在最困难的时候，最混乱的时候，我的心仍然是踏实的，我仍然比较乐观，我没有丧失生活的热情和勇气。至今有人称道我四十七八岁了还基本上没有白发，说我身体好。其实，我的青少年时期身体状况是很糟糕的，为什么经过了那么多动乱和考验以后，我反倒更结实也更精神了呢？那是因为你，你们——阿卜都热合曼、依斯哈克、阿西穆·玉素甫、阿卜都克里木、金国柱、艾姆杜拉、满素艾山……你们支持我，帮助我，知己知心，亲如兄弟，你们给了我多少温暖和勇气！不是吗？当我来到四队庄子上，看望依斯哈克老爹的时候，他激动得哭个不停。心连心，心换心啊！此意此情，夫复何求？

慢慢地在青杨掩映的乡村大路上前行吧，每一株树，每一个院落，每一扇木门，每一缕从馕坑里冒出来的柴烟，每一声狗叫和鸡鸣都会唤起我无限的怀念。清清的小渠啊，多少次我到你这里挑水？阿帕是贫寒的，她的水桶一个大一个小，她的扁担歪歪扭扭，严格说来那根本不能叫扁担，因为它一点也不扁，而是一根拧了麻花的细棍子。那东西压在肩膀上，才叫闹鬼呢，它好像随时要翻滚，要摆脱你的手心……就是这样，我用它挑了多少水啊。而当枯水季节，或者当小渠被不讲道德的个别户污染了的时候，我就要沿着田埂向北走上300多米，从另一处渠头挑水了。给房东大娘把水挑满，这也是党的传统，党的教育，党的胜利的源泉啊，我能够忘记吗？即使我住在冷热水龙头就在手边的地方，我能忘记这用麻花扁担挑着大小水桶走在巴彦岱的田野上的日子吗？

继续往前走，就是原来的大队部了。我不由得想起1965年和1966年，我们每天早晨天不亮就聚集在这里"天天读"的情景。我把"天天读"变成了学习维吾尔语的好机会，我认真地背诵着"老三篇"的维吾尔译文，并且背下了上百条语录译文。一方面做学生，一方面又担任教维吾尔新文字的"先生"，有许多个早上我在这里给大队干部教授拉丁化的维吾尔新文字。那A、B、C、D的齐声朗诵的声音,还在这里回响着吗?

当然,原来的大队部也使我想起"炮轰"以后的半瘫痪状态,"一打三反"时候的恐怖气氛……这些,已经成为往日的陈迹了。我会见了艾姆杜拉和司迪克,艾姆杜拉已经被落实了政策,担任巴彦岱中学的教员,一家11口,也转为吃商品粮的了。"你现在和队上没有什么关系了吗?"我问。"呵,如果我给队上缴一车肥料,队上就给我一车麦草。"他笑着说。而曾被捆绑和殴打过的司迪克呢,他骄傲地把他新盖的高台阶、宽前廊的房屋指给我看,端来了自己栽植收获的葡萄、梨……劳动者的心地是最宽阔也最厚道的,我们共同引用着维吾尔族的谚语:男子汉大丈夫总要经受各式各样的磨难的。沉重的回忆就这样被欢畅的笑声冲刷过去了……

巴彦岱的农民弟兄们,你们终于安定了轻松了,明显地富裕起来了。曾是穷苦的光棍儿,孤儿出身的阿卜都克里木啊,你现在也有三间正房,上千元的存款,自行车、手表、驴车,并且饲养着牛、鹿、驴了。你包了11亩菜地,和你的精明的妻子一起种植管理。当年多少次我曾经睡在你的独间土房里,睡在你那个只有架子,没有床板,用向日葵秆支持着我的身躯的歪歪扭扭的床上,共同诉说着生活的艰辛和期望啊!今天,我又睡到你这间房子里来了,你用伊犁大曲、爆牛肉、炒鸡蛋和煮饺子来招待我。曾经教会我扬场,自称是我的师傅的金国柱也来了,他拿起酒杯向我祝酒说:"如果不替我们说话,我们就把你拉下来!"善于经营理财的穆成昌也来了,问我:"农村的政策不会变吧?"为什么要变呢?符合人民心愿的,有利于生产发展的政策,要靠我们自己来贯彻啊!巴彦岱的各个大队,正在进一步落实责任制,把责任包到每户、每个劳动力身上,大家都说,真能这样搞下去,就会搞好了。难道可以不搞好吗?我们已经付出了那么多代价,那么多时间!

中秋刚过,明月出天山,天山上的月亮才是最亮、最无尘埃的啊!但愿我们的生活,我们每个人的心像天山上的明月一样光亮饱满。月光下的新居民点,房屋和庭园,属于社员个人的房前屋后的树木,堆积着的饲草饲料,还有不时发出哞哞声的牛吼马嘶,显示出多少希望!过去大队干部为购买一辆货运卡车绞尽了脑汁,现在,大队已经拥有两辆这样的汽车了。过去收割的时候靠马拉机具和人工,现在主要靠康拜因了。过去轧场的时候靠马拉石磙子,现在主要靠手扶拖拉机了。过去粮食加工靠水磨,现在在拥有更大的水磨的同时,电磨已经占据重要的位置了。过去送信时骑马,现在邮递员都备有崭新的挎斗摩托车了。过去谁家里有个半导体收音机就会引起轰动,现在,一些社员的家里已经有了收录两用机,有了沙发、大衣柜、五斗橱和捷克式写字台,还有的社员已经提前买下了电视机了(伊犁的电视台正在建设中)。不管有过多少挫折和失望,我们生活的洪流正像伊犁河水一样地滚滚向前!

我又来了。我又来到了这块美好的、边远的、亲切的和热气腾腾的土地上。愿已经与世长辞的赫里其汗妈妈、斯拉穆老爹、阿吉老爹、穆萨子大哥们安息！愿年老的阿卜都热合曼老爹、马穆提和泰外阔老爹们在公社的照料下安度晚年。愿还在工作岗位上的阿西穆、金国柱同志们实现自己的抱负，做出成绩！愿当年的小孩子，现在的青年人能过上远胜于上一代的更加富裕更加文明的生活！巴彦岱的一切，永远装在我的心里。

是的，我没有忘记巴彦岱，而巴彦岱的乡亲们也没有忘记我，当依斯麻尔见到我的时候，他不是立刻提醒我，当年，是我给他写的结婚请帖，我帮他上的房泥，而我也立刻回忆起，那时他的夏日茶棚不是在南面而是在北面，他曾经有过一头硕大的黄毛奶牛吗？当那时的小姑娘，现在的三个孩子的母亲塔西姑丽见到我的时候，不是立刻问候我的妻子和我的孩子们吗？当吐尔迪、穆成昌……许多人见到我的时候，不是还询问我的那辆因破烂而在巴彦岱有名的自行车和黄棉衣的下落吗？他们不是绘声绘形地回忆起我在哪块地上锄草，在哪块地上收割，怎样洒粪，怎样装车吗？无怪乎曾经担任大队会计、现在担任公社财会辅导员的小阿卜都热合曼库尔班对我说："我不知道王蒙哥是不是一位作家，我只知道你是巴彦岱的一个农民。"没有比这更好的褒奖了！好好地回忆一下那青春的年华，沉重的考验，农民的情谊，父老的教诲，辛勤的汗水和养育着我的天山脚下伊犁河谷的土地吧！有生有日，一息尚存，我不能辜负你们，我不能背叛你们，不管前面还有什么样的胜利或者失败的考验，我的心是踏实的。我将带着长逝者的坟墓上的青草的气息，杨树林的挺拔的身影与多情的絮语，汽车喇叭、马脖上的铜铃、拖拉机的发动机的混合音响，带着对于维吾尔老者的银须、姑娘的耳环、葡萄架下的红毡与剖开的西瓜的鲜丽的美好的记忆，带着相逢时候欣喜与慨叹交织的泪花，分手时的真诚的祝愿与"下次再来"的保证，带着巴彦岱人的盛情、慰勉和告诫，带着这知我爱我的巴彦岱的一切影形声气，这巴彦岱的心离去，不论走到天涯海角……

关于《组织部新来的青年人》*

最近一个时期,我写的小说《组织部新来的青年人》引起了争论,受到了不少批评;这些批评大多数都提出了正确的、有益的意见,教育了作者。我深深体会到批评与自我批评的重要:作品需要批评,就像花木需要阳光雨露似的;我体会到党和同志们对于创作的亲切关怀,严格要求,与热忱保护,我要向帮助自己免于走上歧路的前辈和朋友表示同志的谢意。

最初写《组织部新来的青年人》时,想到了两个目的:一是写几个有缺点的人物,揭露我们工作、生活中的一些消极现象,二是提出一个问题,像林震这样的积极反对官僚主义却又常在"斗争"中碰得焦头烂额的青年到何处去。

我写的几个人物和他们的纠葛,有一些地方虽然能够感受、传达,却不能清楚地分析、评价。写这篇小说时,我是抱着一种

---

* 本文刊发于《人民日报》1957 年 5 月 8 日第 7 版。

提出若干问题，同时惭愧地承认自己未能将这些问题很好地解决的心情的。

作者的主观态度是：在生活里，特别在这一麻袋厂事件中，责备刘世吾的"哲学"，支持林震的"基本精神"，更多的，我当时觉得是难以在作品中一一论证了。

我不想把林震写成娜斯嘉式的英雄。生活不止一次地提示给我热情向往娜斯嘉又与娜斯嘉有相当区别的林震式的人物，林震式的"斗争"，林震式的受挫。老实讲，我觉得娜斯嘉的性格似乎理想化了些，她的胜利也似乎容易了些。甚至于，我还想通过林震的经历显示一下：一个知识青年，把"娜斯嘉方式"照搬到自有其民族特点的中国，应用于解决党内矛盾，往往不会成功，生活斗争是比林震从《拖拉机站站长和总农艺师》里读到的更复杂的。从道理上，我多少知道林震是不值得效法的，当一个朋友看了小说表示要向林震学习时，我曾写信劝阻他。但是作品所引起的效果，却是对于林震以及赵慧文的无批判的美化、爱抚和同情。同样地，作品给人的不是对于林震所了解的"娜斯嘉方式"的保留、质疑，而是盲目鼓吹。

这是怎么搞的？人物一经作者写在纸上，就成为不以作者的主观的意志为转移的"客观存在"，否则，人物就"活"不起来。当林震这样的人物"活"在作者的面前时，就是对于作者的思想的一个考验：能不能清醒地、全面地、恰如其分地理解、评价与表现自己的人物？能不能通过对于这一人物的处理，宣扬正确的、无产阶级的思想？

作者没有经得起这一考验。由于作者的心灵深处还存在着一些与林震"相通"的东西——它们是对于生活的"单纯透明"的幻想,对于小资产阶级知识分子的孤芳自赏与狂热心理的玩味,不喜欢"伤感"却又以伤感点缀自己的"精神世界"等等,又由于作者放弃了自觉地评价自己人物的努力——于是,违背了作者的初衷,作者钻到林、赵的心里,一味去体验他们的喜怒哀乐,渲染地表现他们的情绪,替他们诉苦……掌握不住他们,反而,成为他们的思想感情的俘虏。

作者没有站得比自己的人物更高,却降得(我说降得,因为在工作、生活里作者与林、赵式的人物还是有界限的)和自己的人物一般低。

这样,就发生了不好的影响。

在与林震对立的一方,刘世吾是主要人物,我着重写的不是他工作中怎样"官僚主义"(有些描写也不见得宜于简单地列入官僚主义的概念之下),而是他的"就那么回事"的精神状态。形成刘世吾的原因许多同志已经作了分析,除了同意他们的一些看法以外,我觉得刘世吾所以成为刘世吾,还在于他脱离了群众、脱离了生活。当他——一个知识分子出身的、精明强干的共产党员,还没有在群众斗争中受到足够的锻炼,还没有与群众建立血肉联系,还没有成为群众中、阶级中一个优秀分子的时候,就跑到群众"上面",变成领导群众、教育阶级、"缔造"生活的干部了。其实,干部也不是光教育人家的,他更需要从群众中、生活中吸取营养和力量,刘世吾所不懂的正是这一点。这样的刘世吾,怎么会不"热情衰退"呢?

刘世吾不无歪曲地讲到的职业病,所以被我写到,就是试图说明这一点。但是由于当时想得不太清楚,写得也不清楚。而林震的对照,赵慧文的衬托,更使这一段描写的意思含混不清,甚至会给人一种荒唐的印象。

至于刘世吾在工作上,不少地方是正确的、可敬的,我一点也不"憎恶"他。可惜,他运用自己对于工作规律的掌握来保护、掩盖自己的冷漠,他的优点和缺点是联系着的。林震是不可能了解和分析清楚刘世吾的,林震对刘世吾初而尊敬,继而惶惑,后来就要笼统反对了,反对当中却又没有把握,常常陷于思想混乱之中。像前面提到的,作者既然在某种意义上做了林震的尾巴,作品对于刘世吾的批判既然主要是通过林、赵的嘴巴,这种批判就不能不是有些含混的、说服力不够的。

林震、赵慧文与刘世吾、韩常新的纠葛是由好几个因素组成的。其中有最初走向生活的青年人的不尽切合实际的、不无可爱的幻想;有青年人的认真的生活态度、娜斯嘉的影响,有青年的幼稚性、片面性和小资产阶级知识分子对自己的幼稚性、片面性的珍视和保卫,有小资产阶级的洁癖、自命清高与脱离集体,有不健康的多愁善感;有做了一些领导工作的同志的成熟、老练,有在这种老练掩护下的冷漠、衰退,有新的市侩主义,有把可以避免的缺点说成不可避免的苟且松懈,也有对于某些不可避免的缺点(甚至不是缺点)的神经质的慨叹……多么复杂的生活!多么复杂的各不相同的观点、思想与"情绪波流"!作者没有努力依靠马克思列宁主义的思想光辉照亮自己的航路，却在这观点、思想、情绪波流组成的大海中淹没了。在写到这一切的时候，作者曾经感到头绪多么纷乱，多么难以驾驭呀！甚至，他无法给自己的小说安排一个结尾呢……

许许多多的因素都写到了，为什么不写出足以给人鼓舞，给人方向的积极因素呢，除了某些气氛的无力的描写以外？

是不是由于作者看不见，不相信我们生活中的强大的、振奋人心的积极力量呢？否。

作者根本没有用心想一想写出积极因素的问题，他觉得小说篇幅有限，各有分工，这一篇就分工写缺点吧，写令作者感到头痛的纠葛吧！至于这样会产生什么效果，没有考虑。作者还隐约感到，如果一写积极因素，由于通过积极因素的描写，就必须反衬出对于种种消极因素的正确的、清醒的、有力的分析和批判，那任务就会艰巨得多，作者隐约感到自己的"力不胜任"，于是就把积极因素绕开了。

在写这一篇小说的时候，作者对于生活真实，有一种孤立的、片面的看法，有一种"迷信"。

作者过分地相信自己的艺术感觉，他以为，靠这种艺术感觉，忠实地、大胆地再现生活当中的形形色色的人物和矛盾，就是为读者做了最好的事情。他以为，既然生活比理论更丰富，更生动，既然生活当中的一切矛盾未必都经过马克思主义经典作家和党中央的分析，那么作者就更未必分析得清楚，还是大胆地去写真实吧，把真实写出来，让读者去做结论吧。也许，话说到这里还有一些道理，但是作者却由此引伸了一些错误的想法：作者以为有了生活真实就一定有了社会主义精神，其实是不去自觉地追求社会主义精神；以为有了现实的艺术感受就可以替代无产阶级的立场、观点、方法，似乎那只是写政策论文的时候才需要，写小说的时候用不上；以为反映了生活就一定能教育读者，其实是不去自觉地评论生活，教育群众。作者是坚决反对把社会主义精神与生活真实割裂开来的，反对作品中外加的"教育意义"的。但因此作者陷于另一种片面性中，只要"生活真实"，不要社会主义精神，其实，这也正是把社会主义精神与生活真实割裂开，把"生活真实"孤立地"圣化"起来。

离开了马克思主义的自觉，解除了思想武器，能够更"没有拘束"地再现出生活真实吗？不，痛切的教训给了我一百个不！任何作家，都不是冷冰冰地镜子般地反映生活真实的，不管自觉与否，作家总是在作品中评判着生活、流露着爱憎，而且，即使作者一再声明自己并无"主观态度"，读者仍然可以敏锐地感到你或鲜明、或模糊的思想倾向。半悬空中的生活真实是没有的，有的只是被社会的一定的阶级或集团的思想情绪所理解、感受的"生活真实"。（当然，对于生活的理解和感受，还取决于个人的心理、性格、趣味方面的因素。）当自觉的、强有力的马列主义的思想武器被解除了之后，自发的、隐藏着的小资产阶级（或其他错误的）思想情绪就要起作用了，这种作用，恰恰可悲地损害了生活的真实。

列宁在 1915 年写道："人的认识不是直线（也不是沿着直线

进行的），而是无限地近似于一串圆圈、近似于螺旋的曲线。这一曲线的任何一个片段、碎片、小段都能被变成（被片面地变成）独立的完整的直线，而这条直线能把人们（如果只见树木不见森林的话）引到泥坑里去，……（在那里统治阶级的阶级利益就会把它巩固起来。）"①

　　文学创作不就是这样吗？在形象思维的曲折道路上，任何一个岔道都可以把你引入迷途，把整个作品的倾向引入迷途。我必须好好地学习理论，学习客观地、全面地、深刻地认识生活；必须克服小资产阶级的思想情绪，不仅"统治阶级的利益"，一切非无产阶级的思想情绪，都会对错误的、片面的认识起"巩固"作用呢。

---

① 列宁：《哲学笔记》，人民出版社1955年版，第365页。

如果没有中国，这世界太寂寞*

作为"中华文化讲堂"主讲人，我2018年5月18日至28日飞到遥远的拉丁美洲，开始我的中国文化宣讲之旅。这是我在耄耋之年首次到达南美洲，10天的行程每一刻都难以忘记。

我们一行先到了卡斯特罗与切·格瓦拉革命的古巴，在革命广场留影，与古巴同行亲切忆旧。在巴西利亚大学的演讲与互动又是如此缩短了我们的距离。此行所到之处都让人感觉到拉美人民对于中国的关注与兴趣。在智利的圣地亚哥市中心，一群小学生听到我们是中国客人时，表现得那么热烈，这让我想到亲情，中国与南美洲的各个国家从来都是朋友、兄弟。

古巴、巴西、智利，亲切的远方，远方的亲切，都令人难忘。哈瓦那的朗姆酒式的活泼，巴西利亚高塔的个性，圣地亚哥的铜山与宝石的绚丽，都令人眷恋不已。我也尽我的力量与他们

* 本文刊发于《人民日报海外版》2018年6月7日第11版。

讲述中国，讲述中华文化。

中华文化是西方世界文化的重要补充，如果没有中国，世界太寂寞。但中国同时也在向世界别的国家，包括向巴西学习。我到巴西访问，看到巴西利亚的城市规划和设计，十分感慨。

中国的建筑除了请法国和德国的设计师，还要请巴西的建筑大师。很有趣的是，巴西设计师在中国，也会逐渐增强中国味、本土化，这就是中国的魅力所在。例如可口可乐，在中国大陆可以泡姜加热解表治感冒，被家常中药化，而在中国台湾可口可乐早已是名菜"三杯鸡"的佐料，中国文化的包容性和想象力由此可见。

世界文化在交流中进步，中华文明5000多年未曾中断，它在语言文字、诗书礼乐、价值观念、思想方法、历法习俗、生活方式等很多方面，对周边国家乃至全世界都有着很大影响。

中华传统文化强调人性是善良的、美好的。这是认知、是对价值的强调，更是一种信仰。例如性善论，认为善良与生俱来，是上苍给的，人性就是天性、天良、良知、良能；天人合一是自然的天地、人类的本性与超自然的、形而上的上苍、天道、天命的合一。这其实就是中华优秀传统文化的魅力所在。中国古人聪明的地方在于，不想把力量与心思用在设想彼岸、来世、天堂与地狱上。中国古圣先贤强调的是立足今世，积极进取，优化今生。此岸性和积极性是中华文化传统的特点，也是优点。

同时中华文化认为，天生的性善，如果不教化弘扬，也是靠不住的。中国圣人要求好好培养这些德行。孔子引用《诗经》的诗句说:"美丽的花你多么好看!我怎能不想念你呢?可你离我太远!"("唐棣之华,偏其反而。岂不尔思,室是远而。")然后孔子责备说,"美好的东西有什么遥远的呢?你根本就没有去想念美好嘛。如果你好好地想念这朵美丽的花,它的美好就在你身上嘛。"(子曰:"未之思也,夫何远之有?")在这里,孔子将一首爱情民歌提升为对于美德美思的向往,对美好社会美好天下的向往,认为世道人心好了,一切自然向美好发展。

此岸性也带来了务实。黑格尔对孔子评价有些偏颇,认为孔子只讲了些常识,语言也太简单。可是孔子并不想仅仅坐在屋里做学问,他不是学者专家,他是圣贤,他想当帝王的老师,拯救礼崩乐坏的当时社会。他与君王对话,哪能长篇大论?说得必须简单。当然西方哲人中也有为孔子叫好的,例如伏尔泰就认为孔子言简意赅,"己所不欲,勿施于人"运用人间的逻辑将此岸性分析得如此简明精彩,不用借助上帝,了不起。

中华优秀传统文化是和谐的、包容的。鸦片战争以后,受西方文明的冲击,一度陷入焦虑与危机。五四运动以来,知识分子对传统文化进行了建设性的批判,引进了民主、科学等新的观念,激活了传统文化中的积极因素、革新因素。其实中华优秀传统文化也鼓励变化革新,特别是对传统文化的创造性转化、创新性发展。穷则变,变则通,通则久。庄子的说法是,世界上任何事物都是与时俱化的。《礼记》还提出:苟日新,日日新,又日新。五四运动以来,马克思主义传播到中国,中国共产党将马克思主义与中国具体革命和建设相结合,同改革开放相结合,同新时代中国具体实际相结合。每一次结合,都在中国思想界产生巨大的震动。

2018年是中国改革开放40周年,40年来,中国经济增长迅速,社会发展动力强劲,证明改革开放是决定中国命运的关键抉择,中国人以敢闯敢干的勇气、自我革新的担当,走出了一条好路、新路,我们愿与全世界分享我们的经验。这不仅在中国,在世界也是奇迹。中国传统的此岸性、积极性,见贤思齐、闻过则喜的自我调整能力发挥了作用。

谈到传统和现代化,我认为在中国,传统一直在起作用。脱离了传统,就脱离了群众,脱离了脚下的土地。而不走向发展与现代化,就会落后挨打。只有把传统和现代化结合起来,才能既保证社会稳定,又促进社会发展。中国创造了开新局的伟大变革,我们既要不忘初心,又要奋勇前进!

"红学"是门大学问

《红楼梦》最与众不同的地方,就是它成了中国的一门学问。而且用大学者钱锺书等人的说法,它成了一门显学。显学是什么意思呢?就是这门学问挺受人注意,常常出头露面,常常曝光,常常被人提起,这就是红学。大半本书就形成了红学专科,而且红学里学问大发了,你研究不完。

首先是作者,一般说是曹雪芹著。但是经过胡适、俞平伯等人的考证,现在大部分人也接受了后四十回是高鹗著。高鹗(1758年—约1815年),字云士,号秋甫,别号兰墅、行一,清代官员、作家、红学家。这个高鹗呢,每次我想到他都很较劲。因为我也写小说,我认为续书是不可能的,尤其是这种生活化的书。你要是一部完全靠一股截、一股截的情节写的书可以续,比如《福尔摩斯探案集》。

---

* 本文刊发于《人民日报海外版》2017年6月2日第7版。

可是《红楼梦》怎么能续呢？我认为不但别人不能续，作者本人也不能续。比如我从20世纪50年代就写书了，现在有人说，你给某个旧作再续上3章，只需要1万字。你打死我，一个字儿我也续不上。所以现在更多的说法就是高鹗、程伟元他们俩，找着了一些断简残篇，编辑完成了后四十回。

现在又有一种看法，说是高续极糟，甚至于编电视剧的时候要废掉高鹗的这个续作，另搞续作。另搞续作就更闹心。为什么呢？你高鹗不管怎么样他是那个时代的人，他说话啊，用的词啊，里边用的什么东西啊，还接近那个时代。可是你要找另外的人来续呢，连语言都跟那个时代不像。

还有个说法，说《红楼梦》是冒辟疆写的。冒襄（1611年—1693年），字辟疆，号巢民，一号朴庵，又号朴巢，明末清初文学家，也是清朝的蒙古族的一个大官、大贵族。他的家乡在浙江。在浙江，他有一个园子，那园子特别漂亮。而且还有人写了论文，就论证《红楼梦》的作者是冒辟疆。

更早一点，还有说《红楼梦》是取材纳兰性德而写的。纳兰性德（1655年—1685年），字容若，号楞伽山人，清词三大家之一。说里边的故事，或是其中哪个人物的特点，特别像纳兰性德。

还有专门考证大观园的。周汝昌先生说大观园就是现在北京后海的恭王府，是和珅当年的府第。而且他还测量出来说里边写吃螃蟹那一节，从哪儿到哪儿是现在的什么地方，特别具体。

还有一位蒙古族红学家，说大观园位于杭州西溪湿地。

对曹雪芹本身也争了个一塌糊涂。说曹雪芹是河北丰润人的有，说曹家是辽宁辽阳人的也有。讨论不清楚。

然后是版本研究。

比较早的版本，有一个叫戚蓼生的版本。戚蓼生（1730年—1792年），字念功，号晓堂、晓塘。蓼这个字儿咱们容易把它念成liào，实际应该念liǎo。戚蓼生本只有八十回，而且题目是《石头记》。戚蓼生有个说法很好玩儿。他说他是比曹雪芹小15岁的一个官员，又是一个文人，他为《石头记》叫绝。他的说法是，这部作品就好比一个人同时用嗓子唱歌儿，又用鼻子哼着歌儿；就好比一个人同时用左手写着楷书，用右手写着草书。这在通常是根本不可能做到的，但是《红楼梦》做到了。他这说法很生动，很天才也极有趣。这可以说是苏联学者巴赫金"复调小说"论的前身。可惜戚氏的这个理论没有得到认真对待、挖掘和整理。

后来出版的程甲本、程乙本，就是正式印刷的版本了。另外，在原苏联的列宁格勒还有一个被冯其庸老师称为列藏本的版本，是苏联科学院东方学研究所列宁格勒分所收藏的《石头记》抄本，而且是手抄的。冯老师没说它是手抄的，这是2004年我去圣彼得堡那个分所亲眼看到了这些书，那些俄罗斯的汉学家坚持，其中有一本或者两本是曹雪芹的笔迹。他也讲了很多理论，这个理论由于我不熟悉，我就不多说了。

研究上呢，那就更可乐了。为什么我说可乐呢？因为除了刚才的那种文学性的研究以外，还有考据的研究和索隐的研究。考据的研究就是对作者、版本、有关文献等的考据,其中一个特殊现象就是脂砚斋评点。早期《红楼梦》以手抄本形式流传时,有一个评点者自称脂砚斋,他的评点以知情人的权威口气指手画脚,被历代红学家重视并且认同,但脂砚斋到底是谁,众说纷纭。有的说是曹雪芹本人,有的说是他的亲属,甚至说是曹最后的妻子即史湘云,还有的说脂砚斋只是传播时的商业性炒作。脂评的特点之一是一切都让史实说话,听信脂评逻辑,《红楼梦》就不是小说而是亲历亲见亲闻的家史。同时脂评后来也成为否定高鹗续作的重要根据。

红学考据的特点是史料史证很少,猜测想象甚多。有一些比较严格认真的考据,但也有离历史离文学评论相当远,离茶余酒后的八卦闲谈、离趣味比较近的闲说妄说。曹雪芹称自己的作品是"满纸荒唐言,一把辛酸泪"。某一类的考据,"满纸臆测言,一笔胡涂账",却仍然牵动着众人的心。

索隐派那就更有意思了。比如说蔡元培先生也不是一般人,也不是瞎忽悠的人,他对索隐《红楼梦》入迷。他认为《红楼梦》是一堆密码,里边写的贾宝玉实际上写的是顺治,因为如果不是皇上,他怎么可能和那么多美女打交道呢。他认为袭人写的是李自成。因为袭人是龙衣人,她本身却不是龙种。他有很多这一类的说法。

我体会到,因为语言文字本来就是符号,符号不可能就是原生态的真迹,而是有解释的余地的。所以顺着这一组符号去挖掘另一组符号,对于人类是不可抗拒的诱惑,何况像《红楼梦》这样生活内容、情节发展又丰富又有所遮蔽、有所隐瞒，留下了许多空白和疑点的书，索隐起来更是迷人。索隐派到现在也有的，还有类似这种对《红楼梦》的趣味研究，比如说刘心武先生就是这种趣味研究和索隐研究的代表人物之一。

守望老北京的文化记忆*

文化、文史都是一个积累和记忆的过程,没有记忆就没有文化。有时候从市政建设、发展经济、改善民生或外事活动等角度来看完全没有问题的事情,从我们文史研究角度来说,可能就会出现一些不太受欢迎的意见。

比如北京现在把东城区和崇文区合并后改名东城区,我觉得非常好,非常方便与易于理解。但也有海外华人认为:成立了新的大东城区,为什么不能称之为崇文区呢?成立了大西城区,同样可以叫作宣武区。崇文、宣武,是非常有文化的说法,它比一个东城一个西城的命名高雅优美、泱泱大度,而且内涵丰富不知多少倍,它反映了北京的精神,中华文化的精神。这才是古老与有文化的北京的城区的最美好的命名啊!

再如原来西城区西四一带的地名极有文化内涵,如报子胡

---

* 本文刊发于《人民日报海外版》2013年10月1日第5版。

同、帅府胡同、太安侯胡同、武王侯胡同,"文革"中将之与东四一带的地名统一,就是说只剩下了一条二条三条等,文化记忆便这样湮没了。

在北京的城市建设中还有许多这样类似的例子。原来位于西城区绒线胡同的四川饭店曾是一处多进的四合院,充满北京特色,现在四川饭店被搬到恭王府内,绒线胡同这里变成了中国会馆,这感觉一下子就变了,现在恭王府的四川饭店已经倒闭。原来位于东城区王府井附近一条胡同里的康乐餐厅,是见于典籍的京城名餐馆,后来搬到安定门去了,也不再是以前的康乐餐厅了,苦撑了几年,康乐餐厅已经倒闭,一个老字号就此完结,多么可惜啊。还有把同和居从西四搬到月坛,从四合院变成了楼房,变化也很大,也是从此走向没落。这些情况简单通俗地讲就是一挪地方就没了原来的风水。风水的说法包含着迷信,也包含着对人文与经济与环境的种种关系的研究,万万不可粗枝大叶地对待啊。

其实,很多风俗习惯、文化传统都不是说改就能改的。从人文地理、经济地理、商业地理的角度来看,任何一家老餐馆的选址、菜系,乃至食客,都是有自己的文化特色蕴含其中的。简单的一个行政命令或决策,就将这家餐馆从天安门搬到西单,或者搬到海淀、搬到门头沟,基本上搬一个"死"一个,就是这个道理。

有关北京城市变迁、文化传承的话题一直是引人关注的话题,尤其是受到知识分子的关注。

我们遗憾地看到许多有关北京文化的记忆正在一步步消失。在北京进行市政规划时，希望在北京市各级领导、老百姓的心中多留下一根文化的弦，因为有些东西有些事，是不能乱动的。

这里还有一个观念必须弄清楚。在剧烈的革命过程中，我们的认识是破旧立新，是弃旧图新，是新永远比旧好。但是文史的价值，文物的价值，文化传统的价值却并非如此。一个古老的文化传统延续下来，一个久远的文化记忆保持下来，一批古代的文物仍然在闪闪发光，一批地名、街名、老字号、老产品、老的风俗习惯延续下来，这是非常可贵的事，这是文化爱国主义与文化软实力的体现。我们要尊重我们的历史，我们要爱惜与保存我们的文化遗产，现在是时候了，应该明确这一点。

关心精神追求的高度与深度*

先是广播电视的发展,然后是电脑、网络、手机的发展使人们获取信息变得越来越便捷与舒适了,工具的性能与科学技术含量日新月异地膨胀着。同时,对于使用这些工具的主体的要求却越来越降低了。工具越先进操作就越简单,你只消敲几个键,要什么就有什么了。它比以往不知简便了多少。

在我国,网络的发展还带来了群众的民主参与及监督的便捷,一些坏人坏事就是网民们首先发现并群起而攻之的。国家领导人也开始应用网络与网民直接对话,很好。

网络的发展还带来巨大的经济效益,一个点击率高的微博写手,他的效益远远高于一个专门家的专门学术著述。

同时,纸质的媒体开始受到挤压,读书的风气一再被上网浏览所削弱。有人预言网络时代的到来。有人预言文学与书籍的式

---

* 本文刊发于《人民日报海外版》2012年10月29日第1版。

微。有人嘲笑学术与艺术大家的冷落。市场更加欢迎的是能便捷与舒适地获取信息的手段及相关产品。

便捷与舒适使受众获得的信息百倍千倍地增长,于是以秒计算浏览时间的微博与博客代替了花费数小时才能读完的论文,成为受众的宠儿。有时,粗野与狰狞成为吸引眼球的"风格"。碎片化的"思想",耍笑化的"段子",俏皮话的"自得",八卦式的"渊博",不文明的"争论",歪曲变形的"流行新词",千奇百怪的化名与潮起潮落式的以与人为恶为特色的声讨与人肉搜索,已经相当程度地代替了传统传媒与言论文明,成为所谓"P民"与"屌丝"(指草民)们饕餮的精神食粮。同时它们与传统传媒特别是主流传媒分割成了两重天地,而对真正高端的文化精品,越来越少人问津了。

全世界已经有越来越多的有识之士提出来,网络化的结果,除了各种方便与推进以外,也可能带来精神生活浅薄化、快餐化、碎片化与单一化的危机;有可能培养出一大批什么都知道一点点,什么都是人云亦云,半真半假,而没有自己的感悟、没有自己的查证、没有自己的任何创见的"聪明的白痴"式的网络信息小贩;有可能让手段先进的媒介,操控我们的头脑与灵魂。说得严重一点,就是便捷化与舒适化有可能制造浅薄化与白痴化。

当然不是说先进的智能工具不好。而是说,作为一个伟大的古老的文明国家的中华儿女,至少其中的一部分比较优秀的人士,完全可以做到在任何情况下不放弃苦读与苦学的传统,不放弃书山有路勤为径,学海无涯苦作舟的理念,不满足于聪明的白痴随时卖弄白痴的聪明,以真正的经典的学者、发明家、思想家、科学家、文学家为榜样,不仅是开拓市场与凑热闹,不仅仅是混个点击率,而是做出无愧于祖先与后人的对于精神瑰宝的贡献。

我们一定知道,学习、实践或实验、研究、思考、创造,是不可能便捷化与舒适化的。便捷与舒适的浏览所得,至多是浅浅的一层表皮,它不能代替长久的专注,精益求精的刻苦,永不停息的探索,反复地查证与纠错,系统地阅读与钻研,既能登高望远,又能见微知著的独特发现。

取法乎上,仅得其中,我们不能忘记高端的文化追求与文化献身,我们要善待科学技术与各种时尚产品,我们更要善待自身的头脑与古往今来的治学传统与经验。

精神需要与文化引领*

我们的文化事业,十分重视以满足人民精神文化需求为出发点和落脚点。我们还提出,要用先进文化引领前进的方向。

什么是人民的精神文化需要呢?可以大致分析一下。

文化消费的需要。如旅行、观看演出或音像节目、时装、艺术品的摆设与收藏、家居设计、茶馆酒吧等。这些东西,做好了,照样可以有很好的文化内涵与艺术品位。做不好,也有浅薄空洞、低俗不堪乃至愚昧、乖戾、倾向不好的东西出现。无文化与反文化的东西也完全可能以某种潜流的"文化"形式出现。目前大行其道的浅薄的东西就不少,它们的特点是热热闹闹、咋咋呼呼、刺激感官、空无一物。

人们还会有文化积累与发展的需要,尤其是教化的需要。包括各种生活技能、专业知识与技能、礼仪与教养的培养、待人接

---

* 本文刊发于《人民日报海外版》2012 年 4 月 6 日第 1 版。

物的学习、训练,直到对于宪法、法律、法规的掌握等。没有这些,就难以作为一个文明的、受欢迎的公民而出现,难以升学、就业、生存与发展。人们稍微有了一点知识与教养,就会不满足于单纯消费,而希望文化能带来某种教益和资源。毫不期待教益的所谓精神需要,是不值得太当真对待的浅俗需要。

文化参与、文化生产与创造的需要,有所贡献与有所裨益的需要。一个有觉悟、有知识、有志向的人,不会只满足于享用与践行已有的文化成果与文化习俗,而会有自己的发明、发现、创造、贡献、改革、发展的精神驱动。这样的高层次的文化追求是:不仅享受已有的文化的教养与方便,而且献上自己的创新的一点一滴。这样的人有多少,是一个民族的文化素质够不够高的重要标志。

对于智慧与真理的光照的追求,则是一切有识之士、仁人志士、学问巨擘、对自己有期许有头脑的人的强烈精神需求。他们以体悟、验证、扩展、弘扬直到推动民族的乃至世界的文化财富、文化果实、文化体系为使命,他们以真理为依归,以人民的福祉为目的,以先进的科学的知识与理论体系为成果。像当年的孔子、老子,与现代的马克思、牛顿、爱因斯坦一样,他们是人民当中的文化巨子、是文化的创造者与推手。他们的精神文化需要不但是自身的需要,更是人类的文化创造与发展伟业的需要,是人民的精神文化需要的高峰。

尤其是中华文化所提倡的对于自己的心胸、境界、格局的提升、升华与终极关怀;对于世界观、人生观、价值观、终极观,特别是对于人生理念的讲究与领悟；对于精神品质的高标准与锤炼铸造——成仁取义、先天下之忧而忧、后天下之乐而乐、使命感、坚忍不拔与艰苦奋斗、忍辱负重、顾全大局、宠辱无惊的品质等，这正是令人倾心赞颂的精神文化需要。有这样的需要，才有高端的文化成果。缺少这样的精神文化期许，则会是闹哄一时，而终无大用的精神文化泡沫。

就是说，人民的精神文化需要是有区别有层次的，文化产品是有区别有层次的。当然，这种层次与差别并不是绝对的，好的文化成果如中国的四大奇书，可以满足上述不只一个层次的精神文化需求且雅俗共赏，寓教于乐，古今咸宜。我们面向全国的文化生活与文化事业，不但要注意量，更要注意质地与层次。

当然，也只有最先进、最高尚、最智慧、最有内涵和最优秀的文化果实才能对引领我们的前进方向起积极的作用。

文化之强离不开文化高端成果*

在我国，社会主义基本制度的建立，社会主义思潮的主导地位，生产力与信息技术的发展，从温饱到小康的成功进展，产生的一个重要的成果是文化产品与文化权利的大众化。文化来自人民生活，反哺大众的精神需要。人民大众参与文化生活，主导文化生活，评价文化生活，同时接受着文化生活的熏陶与影响。这在中华民族文化史上具有划时代的意义。

文化市场是文化成品的大众化程度的重要标志。只有大众喜闻乐见的文化产品，才有好的市场，好的效益，也极大地有利于起到好的社会作用。改革开放前被忌讳的关于票房、发行量、收视率等的讲究，现在已经成了文化生活中被关注的热点。

但毕竟文化与经济、与物质产品的状况并非全同。文化产品有长远性，几千年前的产品如《诗经》与先秦诸子的著作，至今

---

* 本文刊发于《人民日报海外版》2012年3月1日第1版。

还在市场上活跃着。原因是它们仍然在中国人民的精神智慧与人文性格里、在中国知识分子的书房里保持着伟大的活力。文化评价也绝不等同于市场统计,而是有它的专业性与高端性。古今中外,都有一批成就非凡的文化巨人:堪称伟大的哲学家、思想家、科学家、文艺家、发明家、著作家、工程家、探险家……他们的精神品质与精神能力大大地超出凡庸,他们创造的新观念新理论新发现发明大大地领先于大众,他们是一个国家一个民族乃至一个时代的文化标杆,文化巅峰。有时他们的精神成果并非立马得到喝彩,更不可能立即获得市场,它需要一个接受的过程,有时是曲折的过程。

  我们提出了构建文化强国的目标,什么是文化强国?人民群众的文化需要能够得到极大的满足,人民群众的文化素质得到普遍的提升,文化建设文化交流盛况空前,这当然是重要的。同时,拥有阵容强大的文化高端人才,拥有无愧于伟大时代的我们今天的诸子百家、发现发明、经典著述、高端成果、高端贡献,同样是重要的,也许是更重要的。与这样的高端人才与高端成果相比,票房也罢,版税也罢,奖项与荣誉称号也罢,就不那么醉人了。

  归根结底,文化强国的"强"字应该是指人强,智慧强,学问知识强、想象力创造力强、成果强、著作强、发明发现强,强了才能够长久地矗立于人类的生活与精神领域中,不但现在强、不但现在大繁荣大发展,而且经得住历史的考验、时间的考验。

  反过来就是说,发展建设文化不能急于求成,不能做表面文章，不能大呼隆，不能变成政绩工程，更不能吹吹打打图个声势。

抓文化很费事，很考验人。应该关心我们的文化阵容，关心我们的文化专家，关心我们的文化高端态势，关心我们的著述的含金量，准确地评价我们的文化商品的创意品质，关心我们的知识分子的专业水准，关心我们的文化评估的公信力与可靠性，关心我们的文化成果的真实的与恒久的文化价值。这当然不是易事。

我们的目标是让文化成为辉煌的文化，让我们的文化成就成为中华民族的也是人类智慧与精神的光荣与骄傲。我们任重而道远，我们的眼界与努力都还有待进一步的推进。

中华传统文化与软实力*

中华传统文化是一个古老的文化,是一个覆盖面、影响面巨大的文化,是一个独树一帜并拥有巨大的影响与声誉的东方文化。它历经曲折,回应了严峻的挑战,走出了落后于世界潮流的阴影,如今日益呈现出勃勃生机,它更是一个能够与世界主流文化与现代文化、先进文化相交流、相对话、互补互通、与时俱进的活的文化。

更重要的是,它提供了一种有效的生活方式,提供了一种独具特点的世界观与哲学观,一种人文价值与思路,一种独特的与精致的语言文字、工艺与文学艺术,一种乐生的、务实的、注重此岸性的生活态度与生活质量,提供了一种有参考意义的克服现代性的某些负面弊端的思路。

中华文化,首先是汉字文化。它重整合,重大概念,重万事

---

* 本文刊发于《人民日报海外版》2011年11月2日第1版。

万物间的关联，重书写与万事万物的统一。它不是着力于塑造人格神，而是追求终极概念——理念之"神"，如道、通、大、一、仁、义、天、易。追求自高而低、自低而高、自大而小、自小而大的思维秩序与社会秩序。

中华文化是一个泛道德主义的文化。它强调人伦关系，强调和谐与秩序的理想，主张克制无限竞争与不断膨胀的欲望，强调人生而有之的伦理义务，强调敬天与天人合一。这虽然有它的不足，影响了数千年来中国的科学技术的发展与文化创新，但同时，它维护了中华大国的延续与统一，帮助中华民族渡过重重难关，以充满活力的姿态进入了21世纪。同时，今天看来，它对于回应恶性竞争、欲望的恶性膨胀、生存压力的畸形增重与飞速发展中的浮躁心理这种种"现代病"，是有积极意义的。

同时，中国文化又具有一种"天行健，君子以自强不息"的积极进取取向。它较易与迅猛发展的现代性接轨，它接受发展是硬道理的思路，较少那种仇视现代性、敌视科学技术的心理与不求上进、消极懒惰的人生态度。

地球不能垄断，文化不可单一，中华文化，是现代世界主流文化、以欧洲为中心的基督教文明的最重要的参照系统之一。

文化的软实力，关键在于它的有效性，我所说的有效其含义是：

第一，它能提供越来越好的生活质量与生活乐趣，提供受这种文化熏陶的人众以幸福、满足、欣悦与尊严，它扎根于人民群众之中，使人们喜爱与尊敬这种文化。简单地说，它是以人为本的文化而不是以人为敌为奴的文化。

第二，它有足够的凝聚力与亲和力，能够使受这种文化的覆盖与影响的人和善起来，聚拢起来，而不是恶斗不已，极端、恐怖、分裂。

第三，它能坚持自身的特色，自己的性格，独树一帜而又友好立身，正确地处理与异质文化的关系，能够与外来影响切磋交通，也能撞出火花，取长补短，互利互补。既不会动辄失去自信，屈服于强势的文化压力，自我瓦解；也不会盲目排斥异端；更不会在急剧的全球化现代化进程中陷入认同危机，即失去自身的身份认定，陷入绝望与仇恨。

第四，它有足够的想象力与创造性，有足够的自我调整、自我更新与抗逆能力，它能够与时俱进，苟日新，日日新，又日新，自强不息。同时又有足够的对于自身的传统的珍爱与信心——文化自觉与文化自信。

我们已经并正在克服面临急剧走向现代化、全球化的世界所产生的紧张、困惑、焦虑与进退失据，我们一定能够做到文化兴国，创造历史，并为全人类作出更大的贡献。

真知与共识　不是套话*

我们的国家几十年来经历了艰难的历程,积累了丰富的经验,获得了许多真知灼见,构建了许多共识,这是国家稳定、和谐、效率、兴旺发达、办得成事的前提。

同时,不能不承认,也有一种不那么正面的现象,就是真知成了共识,你我他不假思索地不断重复这些本来是表现真知与共识的精辟言语,结果变成了不走脑筋、不动思想、不考虑其含义的套话,说的人照本宣科、念念有词,听的人心不在焉、昏昏欲睡。

怎么办呢?

一、真知与共识的伟大意义在于它是生活实践经验的结晶与升华,它们的魅力在于实践性、生活性、动感与活性。真知与共识是活泼的、是充满了发现与新鲜感的,而绝对不是套话,不是

---

* 本文刊发于《人民日报海外版》2011年4月4日第1版。

韩愈时代已经提出"务去"的不受欢迎的"陈言"（陈词滥调）。是套话陈言就没有了真知与共识，是真知与共识就拒绝了套话化。每个意欲拥戴与践行这些真知与共识的人，都有权利也有义务，将此种真知共识与自己本岗位本部门本地区本人的生活实践结合起来，有所延伸，有所落实，有所发展与有所贡献，即给真知共识加上自身的深切体会的血脉与体温。有所践行、有所体悟、有所发现，才是真知与共识。对于真知与共识，不能只会重复，还要有自己的话。

二、真知共识，这是一个认识论的概念，不能只将它们看成行政管理的概念，不能只看到它们的权威性而忽略了它们的真理性与实践性。不能仅仅是被真知、被共识。领导应该有真知共识，人民群众也完全会有自己的体悟与创造。如果说这里也有服从与照办，可以理解，但更重要的是学习、讨论、研究、动脑筋，更重要的是通过实践对真知共识有所切实体会。如果我们只会照抄照转，连标点符号也是千人一面，那就太对不起来之不易的真知与共识了。

三、大的真知共识，表现出来的是结论，适用的是全国全民，但具体的理解与角度，必然各有特色，各有千秋，各有过程。每个人、每个部门、每个地区的真知共识，来自中央，也来自自身。彼此应该是一致的又绝非是简单重复的。任何真知共识，只有有了自身的、有时可以说是独到的过程性经验与体悟，才是深刻的与动人的，才是有说服力的。你想说服别人吗？请先反躬自问，你是怎样接受与理解这些真知共识的？你经过什么样的绝非短期的学习与实践、体悟与思考？没有自己的现身说法，没有自己的认识过程，你对真知共识的了解只是皮毛而已，你怎么去给别人讲解发挥呢？

四、有了真知灼见了，有了全民共识了，人们的认识真理与发展前进的过程远远没有完结，人们还要再实践、再思考、再学习、再读书、再总结。就是说还要与时俱进，还是苟日新，日日新，又日新。真知共识不是僵硬的教条，而是不断发展不断产生新意的一个过程。我们已经有充分的经验去取得真知共识了。我们还要善待这些真知与共识，珍惜它、践行它、体悟它、发展它、创新它。

文风与话风*

工农兵学商，人人都要写文说话。尤其是领导干部，要说更多的话。

这么多人说话，为什么有时会千篇一律、了无新意？装腔作势、缺少公信力？照本宣科，打动不了人？空洞抽象，与实际不沾边？乃至出现文理不通、名词生硬、浮夸张扬、叫人反感、令人昏昏欲睡的情况？

第一，文与话，怕的是只会照本宣科。我们说话著文，一定要从实际出发，要务实，要唯实。文与话的力量在于针对实际情况，解决实际问题。文与话的价值在于从中得到对于实际事物的认识、体会、对策。

第二，我们的文与话应该有新意。是的，真理是稳定的，你不能老是搞花样翻新。但同样一个真理，对于不同时间地点条件

---

* 本文刊发于《人民日报海外版》2011年1月6日第1版。

下的不同实际状况，必然会作出不同的挑战因应与侧重点的强调，引发出不同的对待与思路。有同，有不同；有变，有不变。我们不可能只是照抄照转就把事情办好。

第三，在发表大量的文字与话语的同时，我们更需要的是倾听，不但倾听我们喜欢听的东西，我们认为是正确的东西，还要倾听我们不那么喜欢的东西，或我们很容易地判断为不正确的东西。不正确，不爱听，为什么还会屡屡浮出水面？这里头会有深层次的问题，包括实际问题与思想理论问题。我们的一切说法，只能面对、只能接触这些深层次的问题，而不是回避、躲闪这种深层次的、不无尖锐性的问题。我们各行各业有许多好的骨干、精英、领军人物，他们勤奋踏实、忠诚可靠、敬业钻研，这太好了；但仅仅这样可能还不够，他们能不能敢不敢面对挑战、迎接风浪、回应干扰、头脑清醒、坚强屹立？只有能够面对与解决难题的有思想有头脑的人，才能成为真正的骨干。

第四，话语与文字要有个性，要联系自身，要现身说法，要出现你的"真身"。共性是寓于个性之中的。不论什么样的共识、大道理、全民族的与全体人民的共同目标，都离不开一时再一时、一地再一地、一事又一事、一人又一人的具体情况，修辞立其诚，我们所以要修辞，要讲究文风话风，不是为了形式上的漂亮与红火，而是为了最真诚准确地表达我们的思想观念。话语文字有了个性，才有了最真诚、最动人的共性，才能发挥凝聚人心、推动事业的作用。

顺便说一下，一些重要的场合，认真准备文稿，做到一丝不苟、一字一标点无差错是必要的也是可能的，这是我们的责任心的表现。但在另一些联欢活动、学术活动、团聚活动乃至学生活动、少年儿童活动中，也都把讲话稿、把主持词写出来，到处是秘书腔调、公文风格，或不伦不类的媒体腔调、推销腔调、港台腔调……实在不是好办法。让我们提倡一种更亲切、更纯朴、更简练、更活泼也更真实的会风、文风、话风吧。这对于构建创新型社会创新型政党也是颇有意义的。

平常心看待当代文学*

文学是我们最生动、最刻骨铭心的记忆,是我们的"心灵史"。《班主任》《于无声处》《天云山传奇》《芙蓉镇》《哥德巴赫猜想》《周总理,你在哪里?》……这些耳熟能详的篇目,仍然使我们激动不已。我们陡然回到了那个过往的年代,涕泪交流,却又美梦如霞,仍然不乏天真与一厢情愿。

有了文学,历史就难于被抹杀,激情与思考将成为永远,怀念与记取充实着我们的灵魂。

过去30年的中国文学,比历史上许多阶段的文学,都更热闹、更活跃、更多姿多彩,但也更难以概括,形不成"文学运动",缺少公认的优秀高峰。所以,至今许多人对于文学创作,仍然怀念从《保卫延安》《林海雪原》到"三红两闯"(《红旗谱》《红日》《红岩》《创业史》《李自成》)的年代。

---

* 本文刊发于《人民日报海外版》2009年8月17日第1版。

我们的文学生态鱼龙混杂，泥沙俱下。下三烂与纨绔牛皮同在；装腔作势，装时尚、装白领、装洋化与装冬烘传统同在；迎合与无定向横炮同在；口水表演与假冒伪劣同在。同时，大骂文坛的声浪也在涌动，貌似合乎时宜，其实无知而廉价。

尽管如此，你又不能不承认，在今天，人们写得更深沉也更多样，更风格也更个性，更耐读也更艺术，更人性也更动情，更富有想象力与幽默感。

从更广阔的角度来看，我们的文学是日益正常了。好的和差的，深刻的与浅薄的，独到的和迎合的，真诚的与虚伪的——正常的年代总是有好有坏，有真有伪，有毒素也有营养。当然，同样正常的，有对于假冒伪劣毒的揭露、批评与义愤。

有趣的是，20世纪后几年的作品，越来越平常化、平淡化了。平常心，三个带有佛心禅意的汉字，现在变得大为流行。

国家不幸诗家幸。文学的非凡高潮，往往和社会的郁积与历史的风暴联系在一起。而相对平稳的文学积累与拓展，则更富于渐进性与细无声的润物性。

沉迷于昨天高潮的同道，难以掩饰自己的失望，甚而痛骂世人的庸俗市侩侏儒化。假定这种批评是适当的提醒，我们也还需以平常心，去面对渐渐非高潮化的社会，非高潮化的文学。你有时要懂得天道有常，与时俱化，经济建设、民生、市场等，有可能在某种意义上积极促成了自高潮化到正常化的移动。

我们也感谢时间对真正的文学的帮助。时间是文学的慈母。时间的法官会有差池，但是更长时间的回旋与淘洗，常常能自行纠正过失。时间的因素同样能制造假象，但是更长的时间的反复与不舍昼夜的思量，定能使文学自行显露真容。

事实证明，经过30余年的洗礼，时间仍然偏爱已经被认真阅读过，并且仍然值得重读或新读的许多作品。同时，某些红极一时、人为地被哄抬的，现今已经难以卒读；某些悄无声息、长期被忽视的，如今显得光彩照人。

毕竟，耐心与静谧的阅读，终会取代急功近利及一时的喧嚣。

为什么中国人那样爱国*

人们注意到了抗震救灾中焕发出来的伟大的民族精神,人们为之而感动,而鼓舞,而骄傲。

从可歌可泣的无数事实中,我们看到了中华文化已经深入我们人民灵魂中的一些稳定的、珍贵的、有意义的方面。

我这里首先要强调的是我们的抗逆能力与抗逆风格。家贫出孝子,国乱显忠臣。天将降大任于斯人也,必先苦其心志,劳其筋骨,饿其体肤,空乏其身,行拂乱其所为,所以动心忍性,曾益其所不能。艰难困苦,玉汝于成。祸兮福所倚,福兮祸所伏。吃得苦中苦,方为人上人(我们不应将"人上人"理解为权势地位财产,而应该理解为品格与成就)……无数这样的命题与信念已经深入我们民族的精魂。这些是我们的辩证法哲学,更是我们民族的性格文化力量。正是日本军国主义的侵略,唤起了中国人

---

* 本文刊发于《人民日报海外版》2008年7月15日第1版。

民空前的爱国主义；正是我们严峻的生产与生活条件，培育了我们的艰苦奋斗、自力更生、勤劳与坚强。那么，天塌地陷的汶川大地震，显现了我们民族的坚强不屈与艰难奋斗，就是必然的了。改革开放以来，有过不少关于人们精神面貌的负面说法，而地震的发生令人们对于我们人民的精神状态刮目相看，这是意味深长的。

其次我要谈中华民族的凝聚力。我们是一个大国，一个古国，一个文化上极有特点、极有独特魅力的民族。我们的文化爱国主义是无与伦比的。许多年前，我在国外讲学的时候一位朋友问我：为什么中国人那样爱国？我戏言道：中国有唐诗和中华料理。为了我的这个说法，复旦大学附中还特别命题令学生作文。一位移民欧美的华裔学人曾经对我说，他们在欧美生活的最大遗憾是文化共鸣的缺失，例如"露从今夜白，月是故乡明"的杜甫诗句就难以与当地友人共享。近代以后，我们的传统文化受到了太多的考验、挑战、怨怼与侮辱，我们也的确应该对之进行深刻的反思与更新完善。我们终于看到了民族复兴、优良传统弘扬、优秀文明成果的汲取，以及自立于世界民族之林的希望与现实，我们怎么能不珍爱自己的唐诗宋词与粤菜鲁肴、珍惜我们的生活乐趣与内心表达？不论是内地大陆，不论是港澳台，面对地震，表现出来的凝聚力向心力，即众志成城的团结精神、团队精神，使人们增加了对于这样一个人口众多的古老民族的不可分割、不可泯灭的信心。

再次我要强调我们的仁爱之心。仁者爱人，我们的文化强调和谐，强调仁爱、忠恕、礼义，强调民胞物与、将心比心、感同身受。我们的理想是老吾老以及人之老，幼吾幼以及人之幼，四海之内皆兄弟。太多的民族矛盾、阶级矛盾与社会矛盾，严峻的现实与艰难的历史使命，使我们相当长期以来不能不更多地强调无情斗争的一面。近年来强调和谐、爱的奉献才刚刚开始，已经显露了成效。抗震救灾中有多少这方面的动人事迹啊。

  我们的民族精神同时是与人类先进文明的价值观念互通互动的，我们同样感念世界各国人民与各国政府对于中国抗震救灾的支持。然而毕竟中国是太大了，振兴中华的任务是太艰巨了，中国的国情与文化传统是太有特色了，我们首先得依靠自身，依靠中华民族的伟大精神，没有其他选择。

让中华文化发扬光大*

中华文化是目前世界上唯一没有断裂的古老文化。加强文化史的开拓、保护、弘扬,对于我们的文化事业事关重大。

在重大的转折与急剧的发展之中,我们的文化史或文化沿革的某些局部存在着被轻慢、被遗忘的危险。例如在弘扬传统文化的热潮中,同样需要认真研究与继承以鲁迅为代表的五四新文化运动的革命批判的传统。批判与自我批判精神,与善于学习、汲取、继承一起,是古老文化历久弥新的保证。

对于文化事业上有过的曲折,同样要正视总结,理直气壮地视为我们的宝贵经验资源,人类的经验资源,而不能使之空白化。

中华文化的特色之一是对于道德、修身(思想修养)的重视,是以德治国——仁政与王道的理想。我们需要加强对于社会公德的传习与深化研讨。

---

* 本文刊发于《人民日报海外版》2007年8月16日第1版。

对于民族民间的作为生活方式的文化积累,要在不同层次上加以保护。有的要继承充实发展,例如民族节日,民间文化活动形式。有的要抢救保护,防止失传。有的要多轨并用,例如地方方言与普通话,老式酒缸与西式酒吧,老式新式茶寮茶馆与西式星巴克及各种咖啡间。

文化的生态规律告诉我们,一种富有生命力的文化,一般欢迎异质形式的加入、丰富、挑战和引进,并有能力化异为己,古为今用,洋为中用。

对于中华特有的艺术品类给予适当的政策倾斜扶植,但是要防止急躁与虚夸(例如以商业方式到某外国剧院演出然后大吹大擂)。对某些含有明显糟粕的文化现象,如风水、占卜、巫术也聊备一格,保留下做民俗学的资料与风景,同时防止它们的恶性膨胀。

对于源自西洋东洋的文化样式,一般抱兼收并蓄、为我所用、汲取学习的基础上力求出新创新、存优汰劣、存利去害的态度。

对于我们的传统文化中比较缺乏的部分,例如科学实验与实证、数学演证的论证方式与严密的逻辑推理、法律与契约体系、效率与企业管理、权力制约与转移……要积极引进,予以中国化的改造,使之起到化中国即推动中国文化的发展丰富的作用。中国化是基础,化中国是效用。

对于大多数自然科学与产业技术,则是努力学习、迎头赶上,实事求是。

对于敌对型与公害型文化,采取遏制打击管理防范的必要措施。

  我们要宣示我们建设文化大国的目标与方针。编辑出版权威性的中华文化大观与中华文化史。根据我国对于有杰出贡献文化人士建立祠堂的传统，参考自称文化超级大国的法国巴黎的先贤祠的做法，建立中华文化纪念馆。制定国家级的人文学者、社会科学学者，包括文学艺术家的荣誉称号体系与评奖体系，每年或每数年，由国家领导人向获得此类荣誉的人颁奖。

  与此同时，重视人民群众的文化娱乐、文化消费需求，发展积极健康、有益身心的娱乐、消闲、旅游、健身、收藏、交谊、展演活动和有关文化产业、文化市场。增加这些活动的文化含量。建设更多的收费俱乐部。用文明的美好的生活方式取代赌博、色情、吸毒、迷信等非法丑恶现象。文化精英们应该指点低俗，提高低俗，超越低俗，而不仅是进行情绪化的声讨。一个和谐的小康社会，从某种意义上说，自然是歌舞升平的社会。这并不是掩盖社会矛盾和冷漠弱势群体，也不是放弃知识分子的忧患与批判意识，这是两个问题，不能混为一谈。

从文化的层面多与世界交流*

世上任何一种有价值的文化,从来都不仅仅是国门内的货色。从来世界各地的文化就是我中有你,你中有我,而又各具特色。

我不赞成在文化交流的过程中讲什么"文化赤字""入超"之类。当然,作为商品的文化产品,这样的数字可以计算。物质商品多半是一次性的,使用完了,消费完了,需要再进口。而文化,引进了,就为你所用,为你所发展、创新、改变和本地化,丰富了你也武装了你,归属于你了。文化的特点在于它可以被吸收消化,古为今用,洋为中用。

文化能凝聚与动员自身,同时能赢得好感、友谊、理解、尊敬,直到热爱。然而文化首先不是实力不实力的问题,而是它的有效性、质地性、成果的丰富性与深刻性的问题。一个文化的品质,在于它能否帮助接受它的人群与个人提高自己的生活质量,

---

* 本文刊发于《人民日报海外版》2007年7月19日第1版。

能否开阔人们的精神视野与发展人们的精神能力，是否具有足够的创造性、吸纳能力、发展能力、应变能力……我们需要强调的：文化是花朵，是人类奋斗与经验的果实，是魅力、是精神、是瑰宝、是记忆也是预见、是民族的又是人类的骄傲与财富，如此这般，也许比较靠后再说它是软实力更好。说得愈后，可能软实力愈强。而动辄讲软实力的走出去，可能不是最好的用词与修辞。

文化毕竟比政治更宽泛与含蓄。我们希望从文化的层面多与世界各国进行交流和讨论。在这样的交流与合作方面，我们可以做到信心十足，大大方方。

我们重视文化交流上的政府行为，也许应该同样重视民间机构与文化人士之间的交流。版权局等单位掌控的购买我方版权数字，其实远远比不上作者个人与外国出版商订立的出版合同多。我们最好多一些出版经纪人、文化艺术基金会与外国有关团体与人士打交道。

我们的文化工作是马克思主义指导下的文化工作，是接受中国共产党领导的文化事业，我们的一切向世界推介中国文化的工作，都有利于我们的形象与我们建设中国特色社会主义的事业。但这并不意味着我们要在文化交流中推广我们的指导思想、意识形态与价值观。文化就是文化，不论它受意识形态的多少影响，它与意识形态不能互相取代。我们不避讳并向世界正确地解说我们的意识形态原则与我们的传统文化的密切关系，但是我们努力向世界介绍的是我们的被意识形态指导的文化果实、文化特色、文化思路，而不是意识形态本身。加强我们的文化交流工作，必定会有助于赢得理解与敬意，有助于让世界更加客观和公正地理解中国的真实情况与真实走向，抵制文化单边主义。同样，积极有效地吸收国外的一切好的文化，化为中华文化的一个有机组成部分，同样有助于消除西方人士对我们的偏见。

我们的对外文化推介工作要以受众能够理解的方式、熟悉的语言习惯操作，这并不能说是迎合西方，也无须为人家没有接受我们的主流意识形态而遗憾，或指责他们对待中国的少知猎奇心理。对中国感到好奇，我们欢迎，好奇比无视好，只有经过更多更有效的工作，才能尽快地超越好奇的阶段。

书要照读不误*

日前，我去了趟重庆的全国书市。给我的印象是，场地大，关注的人非常多，不仅是一个书市，而且还是一个读书节、文化节。这也说明，在网络时代，喜欢书的人还是不少。

网络时代的今天，中国还有多少人保留着读书的习惯？不久前，中国出版科学研究所做了第四次全国国民阅读调查，结果显示：我国国民读书阅读率已经连续6年持续走低，并且已经低于50%，仅仅为42.2%。

网络上的浏览，从广义上说也算是阅读的一种。但是，它跟阅读印刷品的书籍还是不一样的。因为一本书在你手里，它有一种相对的安定感和归属感，你读起来会相对比较认真，思考也会比较多。

当你拿着一本书看的时候，你会把它当作一种道理，一种经

---

* 本文刊发于《人民日报海外版》2007年5月15日第1版。

验,一种智慧,需要更多唤起你去消化,用我的语言说就是"互证",是一种跟它掰扯的愿望,这个是网络上所没有的。

书的作用特别多,但我最喜欢用的一个词是"互证"。互证就是互相证明,另外又是互相矫正。就是说用你的人生经验去补充那个书,来说明那个书,同时用那个书上的叙述和描写来比照你的人生经验,加深你对人生的理解。在我看来,在书里边发现人生,在人生里发现书,是最快乐的事,读书使人充实,也使人变得美丽。比如说在我最艰难的时候,特别爱读狄更斯和雨果的小说。其实狄更斯和雨果的小说没有什么可以和社会主义的中国相联系的,但是像狄更斯的《双城记》,描写了法国大革命时期人们所受到的考验,雨果的一些小说里也描写了人在社会的沉浮和动荡之中,应有的精神上的品质,这些都给我非常大的帮助,起码让我知道人生不是一帆风顺的。

尽管网络提供强大的查找、搜索功能是书没法比拟的,但是我所说的阅读、体味、思考、互证,这个要捧着书才行。

一个真正喜欢读书的人,网络上看一看是为了接触一下,一看这个书确实值得看,他就去买。相反,一看是"臭大粪",他就不去买了。因此,网络阅读和纸质图书阅读并不存在想象中的尖锐矛盾,也并不能互相代替。一个爱读书的人不会因为有网络就不去买书,不去读书,同样一个爱浏览网络的人,如果他有一定的思维深度和知识的基础,他也照样会去买书。

当然,现在的书也是越来越多样了,各种畅销书、排行榜层出不穷。但是,如果只盯住这些书,就好比是光吃冰棍,或者光喝甜水，虽然很舒服，但营养不够。还有一些书，东拼西凑，连蒙带唬，错误百出，甚至于宣扬迷信、危害青少年的心理健康。比如说，有过一些关于气功的书，说得特别玄，最后证明作者是骗子。还有一些所谓职场生存手册、人际关系诀窍之类的书，如果他们说的都是真的，那个作者就不需要写这个书了，他早就成功得没法再成功了。

在这个书丛如海、信息爆炸的时代，需要提高对书的辨别与鉴赏能力。要相信常识，抵制谎言，要有所选择，我们的书香才会更浓郁，飘得更久远。

科学·人文·未来*

我常常怀念那些精通文学、文艺与自然科学的文化巨人：达·芬奇，罗蒙诺索夫，莱布尼兹等等。

中国古代有著名文人兼通医道与军事的，但少有对自然科学的研究。

鲁迅与郭沫若都学过医，郭老还长期担任科学院院长与文联主席，但他们的主要治学与活动领域还是在文史方面。

有一些当代中国科学家表现了对于文艺的浓厚兴趣，如李四光、华罗庚、钱学森等。我以为，这与他们对于国家民族、世道人心、国民素质与国人精神面貌的关切有关。但除王小波外，少有文学家受过自然科学、数学与逻辑学的良好教育，甚至，我以为，大多数作家和我差不多，基本上是科盲。这是中国文人常常激愤、失落、大言与现实脱节的原因之一，哪怕是最不重要的原

---

* 本文刊发于《人民日报海外版》2004年10月23日第7版。

因之一。

还有的作家干脆鼓吹蒙昧主义、信仰主义，在什么特异功能、气功、命相学、人体科学、易学、国学、禅宗的幌子下把伪科学的东西宣扬了一个够。

我想这与中国的重文主义传统有关。中国人对于道与器、义与利的辨识，对于修齐治平的推崇，对于辅佐明君的理想，使人们倾向于认为齐家治国之道才是大道，而科学（技术）制造出来的不过是西洋小把戏（梁漱溟语）。

中国的传统文化有极大的独特性和存在价值。但是相当一段历史时期中华文化缺少自然科学的长足发展，缺少一套实证的方法，又缺少严整的逻辑规则，乃是不争的事实。不论是中医理论的妙解，老子的极高明的超凡拔俗的命题，《大学》上关于从正心诚意可以达到治国平天下的理想的著名推论，都不符合形式逻辑的起码规则，更谈不上实验的或者统计上的证据，而更多地接近于文学作品。它们富有灵气，充满想象，整体把握，文气酣畅，高屋建瓴，势如破竹，有时候有很高的参考价值，有时候则更富有审美价值，就是不怎么科学，不怎么经得住实验、计量、辩驳，有点想当然。

当然，事物也有另一面，新中国成立以来，在对于工业现代化的热烈追求中，优秀的青年都趋向于学理工，高级领导干部更多地出自理工院系的毕业生。哲学、社会科学、人文科学的治学与教学受到意识形态领域斗争频仍、动荡不已的影响，长期以来，也积累了许多瓶颈式的难题。如果说新中国成立以来的历史当中，存在着某种实际上的重理（工）主义的倾向，大概也是事实。而在意识形态上的激进主义得到了相当程度的克制之后，商业上的急功近利，恶性与违规炒作，又大大地威胁着正常的人文学术的面貌与发展。

即使如此，在这种情况下我有时仍然担忧我们把西方发达国家后现代时期的批评科学主义的理论搬到中国来是否合适。对于中国来说，更加迫切的难道不是批判蒙昧主义和反科学主义吗？中国至今到底有多少科学？更不要说一味科学的"主义"了。新中国成立后的许多流行一时、带有党八股或者洋八股气味的说法，究竟有多少经历了科学的分析检验？

所以我非常欣赏任继愈教授的一个提法，即中国的历史性的任务是要脱贫，同时还要脱愚。贫而愚，会落后挨打，倒行逆施；富而愚，也许其危险性不低于贫而愚。

文学的方式与科学的方式有很大的不同。文学重直觉，重联想，重想象，重神思，重虚构，重情感，重整体，重根本；而往往忽视了实验、逻辑论证、计算、分科分类、定量定性。科学的一个"罪过"就是摧毁了许多信仰主义、浪漫主义、一厢情愿的幻梦。例如，登月的结果远不如中外神话中诸多与月亮有关的故事动人，而弗洛伊德的心理学对于爱情至上论来说，是无法容忍的。

但是文学的方法与科学的方法又有很大的一致性：珍惜精神能量，热爱知识热爱生活，对世界包括人的主观世界的点点滴滴敏锐捕捉，追求创意，不满足于已有的成绩，力图对国家民族人类作出新的哪怕是点点滴滴的贡献。

我希望文学界的同行们能以极大的热情学习科学，普及科学，领会科学的庄严、丰富、阔大、缜密；领会用科学的眼光看待，将得到一个怎样美丽、神妙和精微的世界，领会科学已经怎样使人变成了巨人，科学将为人类创造怎样崭新的未来。同时，用科学的实证、理性、计算来取代偏见和唯意志论，取代文学的自恋与自我膨胀，取代那些想当然的咄咄逼人与大言欺世，更不要以文学的手段传播愚昧和迷信。同时我希望全民的人文素质会有所提高，珍视公认的价值体认，而这与科学知识的普及，科学方法的提倡，科学精神科学态度的认同，不应该是矛盾的。人文精神当然应该是一种科学精神，即一种实事求是的精神，而不是造神的精神，不是盲目的自我作古的精神，不是诈唬吓人的态度。

（自然）科学与人文，只能双赢，不能零和。为了发展中国的人文教育，为了科教兴国，为了国人与全人类的福祉，为了最终地去除我们这块土地上的迷信与愚昧，让科学家与文学家携起手来，互相学习取长补短，创造一个更加文明、更加有知识有教养的中国吧。

安 详[*]

一

我很喜欢、很向往的一种状态,叫作——安详。

活着是件麻烦的事情,焦灼、急躁、愤愤不平的时候多,而安宁、平静、沉着稳定的时候少。

常常抱怨旁人不理解自己的人糊涂了。人人都渴望理解,这正说明理解并不容易,被理解就更难,用无休无止的抱怨、解释、辩论、大喊大叫去求得理解,更是只会把人吓跑了。

不理解本身应该是可以理解的。理解"不理解",这是理解的初步,也是寻求理解的前提。你连别人为什么不理解你都理解不了,你又怎么能理解别人?一个不理解别人的人,又怎么要求旁人的理解呢?

---

[*] 本文刊发于《人民日报海外版》2001年3月9日第7版,摘自《海峡姐妹》。

不要过分地依赖语言。不要总是企图在语言上占上风。语言解不开的事实可以解开，语言解开了而事实没解开的话，语言就会失去价值，甚至于只能添乱。

不要以为有了这个就会有那个。不要以为有名声就有了信誉。不要以为有了成就就有了幸福。不要以为有了权力就有了威望。不要以为这件事做好了下件事也一定做得好。

安详属于强者，骄躁流露幼稚。安详属于智者，气急败坏显得可笑。安详属于信心，大吵大闹暴露了其实没有多少底气。

安详也有被破坏的时候，喜怒哀乐都是人之常情。问题是，喜完了怒完了哀完了乐完了能不能及时回到安详状态上来。

安详方能静观。观察方能判断方能行动，有条有理，不慌不乱，如烹小鲜，庶几可以谈学问矣。

二

为了安详，我的经验是：

1. 多接触、注意、欣赏、流连大自然。高山流水、大漠云天、海潮汹涌、湖光如镜、花开花落、有亏有盈、四季消长、三星在天，万物静观皆自得，世事"动观"亦相宜。到了对大自然无动于衷，只知道"斗！斗！斗！"的时候，您的细胞就要出麻烦了。

2. 多欣赏艺术，特别是音乐。能不能听得进音乐？这大体上是您需要不需要请心理医生咨询的一个标志。

3. 遇事多想自己的缺点，多想旁人的好处。不要钻到一个牛角尖里不出来，不要越分析自己越对，旁人越错。不要老是觉得旁人对不起自己，不要像一个钻头一样地钻了一个眼就以为打通了世界，更不要把风钻的所有的螺丝钉焊得死死的。那样的话，您能不碰壁吗？

4. 不管您是不是有一点点"伟大"，您一定要弄清楚，其实您百分之九十几与常人无异，您的生理构造和功能与常人无异，您的吃、喝、拉、撒、睡与常人无异（如果不是更差的话），您的语言文字与国人无异，您的喜怒好恶大部分与旁人无异。您发火的时候也不怎么潇洒，您饿极了也不算绅士……人们把您当成普通人看，是您的福气。您把别人看成与您一样的人，是您的成熟。越装模作样就越显出小儿科，人家就越不理你。再别这样了，亲爱的！

5. 注意劳逸结合，注意大脑皮层兴奋作用与抑制作用的调剂，该玩就玩玩，该放就放放，该赶就赶赶，该等就等等……永不气急败坏，永不声嘶力竭。

6. 幽默一点，要允许旁人开自己的玩笑，要懂得自嘲解嘲。有许多事情一时觉得心急火燎，事后想起来不无幽默。幽默了才能放松，放松了才可以从容，从容了才好选择。

7. 小事情上傻一点，该健忘的就健忘，该粗心的就粗心，该弄不清楚的就弄不清楚。过去了的事就过去了。如果只会记不会忘，只会计算不会估算，只会精明强悍不会丢三落四……您的心理功能不全——比二尖瓣不全还会麻烦，您得吃药了。

8.也是最重要的,要多有几个"世界",多有几分兴趣,可以为文,可以做事,可以读书,可以打牌,可以逻辑,可以形象,可以创造,可以翻译,可以小品,可以巨著,可以清雅,可以不避俗,可以洋一点,可以土一点,可以惜光阴如金,可以闲适如土,可轻可重,可出可入,可庄可谐,尊重客观规律,要求自己奋斗,失之东隅,收之桑榆。您还要怎么样呢?

我们怎样选择*

什么是文艺？干脆说，文艺就是人，就是文化，就是人心人志人生人设，是人的情怀、人的个性与社会属性、人的渴望与期盼、人的追求与向往、人的纪念与祝福，是人的灵魂与内外宇宙的激情撞击。

文艺与人一样，有高远与低劣、充实与空虚、文明与粗鄙、深邃与浅俗、君子与小人、志向与苟且、善良与恶毒、悲悯与冷酷、美好与丑陋、阔大与狭隘、清醒与昏乱、智慧与愚蠢、坦荡与阴损、公正与偏执等等的区别。有上三流、中三流、下三流的差异。孔子说："不学诗，无以言。"从《诗经》开始，我们就有着升华致美的追求，"巧笑倩兮，美目盼兮"的诗句，高于如今的"颜值"说十万八千里。从荀子的"修其行，正其乐，而天下顺焉"的提出，到《礼记》"乐者，天地之和也"的定义，从古

---

* 本文刊发于《光明日报》2021年9月1日第2版。

代的诗教到近代王国维"有境界则自成高格"之论，都表现了我们的文艺传统贯穿着追求真善美的日月经天、江河行地。

我们需要判断，我们需要区分，我们需要选择。我们期待的是在对文艺作品文艺生活的接受、欣赏、享受与愉悦中，发展成长我们的精神品质、学问知识、智慧能力、眼界心胸、审美格调，丰富充实我们的世界观、人生观、价值观与精神境界，更深刻地认识人类社会和人类历史，增强我们的精神创造力与克难意志力。

有些说法如卖点、泪点，尤其是可厌的"颜值"之说，低俗化虚伪化小贩化了一批观众尤其是青少年的文艺认知与文化审美的品位。一批空心作品、造星运动、传媒炒作，以低充高、以假乱真、以劣当好，颠倒了文艺作品与文艺生活的高下成败。进一步，追星的行为变成小圈子小团体，什么圈粉，什么饭圈，什么群架，乌烟瘴气、装模作样、颠覆常识、颠覆秩序，制造伪明星伪偶像伪粉丝伪捧角儿伪流量的歇斯底里，就更不堪了。

反过来说，如果我们不追求知识与修养，不追求高端与深刻，没有格调与品位，没有热爱与担当，没有深情与宏愿，而是把文艺生活降低到欲望、奇葩、偷窥、炫富、炫狂、炫蠢、造势、起哄乃至发泄、捣蛋、麻醉的百无聊赖的寄生虫式的精神状态底线上下，这些只能算是假冒伪劣的反文化现象。它们不仅只是非礼非乐非诗非文艺的一时发烧，它们的存在，还会导致堕落性与破坏性的病态丑态恶态，会造成劣币淘汰良币、下流排挤上品、白痴藐视大匠的文化自戕。

中国是文化大国，是诗经之国，是产生屈原与李杜之国，是成就《红楼梦》之国，是涌现"鲁郭茅巴老曹"的文学大家之国。中国有足以令世界倾倒的文学戏曲国画书法园林艺术，也接受了荷马、但丁、莎士比亚、巴尔扎克与托尔斯泰，接受了贝多芬、帕瓦罗蒂、邓肯与乌兰诺娃。我们提倡大众化、普及化，同时提倡经典化、杰出化。无论过去现在未来，中华儿女都会以祖国的文艺大师与文艺珍品的阵容而骄傲。我们的年轻一代，不应该也不会忘记我们中华文化史册、文艺经典与文艺纪念碑上那些沉甸甸的名字。我们一定会维护文艺的尊严与品格，唾弃并驱逐那种愚蠢浅薄低俗的伪文艺！

所有的日子都来吧*

感谢时代赐给我的幸运，11岁，初中一年级，结识了本校垒球明星、地下党员何平，他的家就是我的培训图书馆，后来14岁差5天我被破例吸收加入中国共产党。1949年3月，在解放了的北京，我成为新民主主义青年团即后来的共青团干部。破落、空虚、肮脏、摇摇欲坠的北平变成了健康、自信、勤奋、日新月异的候任首都。旧中国，北平整个都是恶臭扑鼻的垃圾堆，解放军一来，几天就清理得干干净净。三天两头停电的北平，供电一下子全然康复。虽然有敌特放火焚烧公交电车，全市公共交通仍然是前所未有地顺畅了。新街口、交道口修电影院，什刹海建设体育馆与游泳场，所有的日子，所有的日子都变了样，都在跳舞，都在唱歌，都在招展，都在发光。是共和国最初的日子，是高屋建瓴也是脚踏实地的日子；是心愿纷纷、成绩桩桩的日子；是几

---

* 本文刊发于《光明日报》2019年8月2日第15版。

千年中华历史上没有见过，没有说过，甚至没有想到过的日行千里的日子。是转眼过去了的，也是充满遐想的日子，是历史的豪迈，青春的热烈，是眼泪、欢笑、深思，都前所未有的日子。

世上有几个十几岁的少年有这样的福气，有这样百世不遇的机缘，能在这个多感多梦的年华看到这样的天翻地覆，凯歌行进，山呼海啸，日月重光！能在这样的年纪整天组织青年人演讲、读书、合唱、联欢，宣扬革命理论，抒发奋斗胸怀！我们唱的是"五星红旗，迎风飘扬""年青人，火热的心"；我们听的是周恩来、彭真、艾思奇、胡绳、田家英、丁玲还有苏联专家的报告；我们跳的是秧歌舞与腰鼓舞；我们读的是《把一切献给党》与《钢铁是怎样炼成的》；我们看的影剧是《白毛女》与《刘胡兰》。我们高举的是红旗与彩旗，我们白天劳动，下班后是团的组织生活——"团日"，团日后是为在朝鲜的志愿军战士炒面，抽出时间还给苏联青年写信。

同时，我们勇敢淋漓地荡涤着旧中国的污泥浊水，枪毙天桥恶霸，解救火坑中的妓女，取缔害人的"一贯道"，关闭吸食鸦片的"土膏店"，干脆利索地解决了由一个日本人与一个意大利人策划的炮打天安门城楼的大案。再没有颓废麻醉，再没有龌龊下流，再没有寄生剥削，再没有蹂躏掠夺……也再听不见《夫妻相骂》与《我的心里两大块》的哼哼唧唧的鬼哭狼嚎。

作为青年团区委中学工作部的负责人，我在参加几个中学的联合团日活动的时候，喊出了"生活万岁，青春万岁"。作为文学创作者，我写出了"所有的日子，所有的日子都来吧"的诗句。日子燃烧着我与我的同代人的青春，日子的光明与火热，催促着我把这样的日子写在纸上，我知道它们的珍贵，也知道它们需要的是时时重温，铭记不忘。这就是我们这一代人的初心、初情、试笔。是革命的激情，也是建设的期待；是青春的觉醒，也是奋斗的决心；是对梦魇似的旧中国的告别，也是对共和国愿景的畅想；是从来没有写过小说的孩子气的冲锋，也是一个已经入党5年的少年布尔什维克的壮志雄心。1953年刚刚过完19岁生日，我购买了几个16开的大笔记本，开始写下了一页页的潦草的小说草稿。为此，我重新一遍又一遍地读起鲁迅与丁玲，巴金与茅盾，《钢铁是怎样炼成的》与《青年近卫军》，也包括巴尔扎克、托尔斯泰与契诃夫。尤其是一次又一次地听交响乐，听陕北的"信天游"，听苏联歌曲。我要写日子，我要写革命，我要写青春，我要献身文学，我要镌刻我们的时代，我要温习与演奏历史上从未出现的共和国序曲。越写就越知道共和国的伟大、艰难、崭新、开天辟地。

　　写作一部长篇小说谈何容易？要安排人物，要结构他们的各种关系，要设计他们的生活场景，要出现不但让作者自己如醉如痴而且要让读者也能被吸引住的起伏与动静。要有男女老少，要有阴晴寒暑，要有激情澎湃，要有低吟婉转，千头万绪，像星月一样满天，像江海一样汹涌，像日子一样亲和，像历史一样郑重，这样的写作足以要19岁王蒙的命！但是再困难，再吃力，我必须写出来！我当时就很明确，我是青年更是少年，我是作者更是历史证人，你不会再找到这样的小老革命，这样的新旧中国的全见证全实感,连日本军队占领下的生活我都了如指掌,你不会再找到将自身的青少年内心与革命的胜利、与共和国的百废俱兴结合为一的文学心境!使命在我,岂可大意!

于是,1954年开始得到中国青年出版社审读,1955年得到中国作协青年委员会萧殷恩师的鼓励与指点,1956年得到创作假并完成修改。1956年底,刘白羽在《人民日报》上预告了此书。1957年《文汇报》连载了小说的相当一部分章节。1979年《光明日报》发表了我为此书终将出版而写的"后记"。然后是小说出版。从小说开始写作至今已经66年,从小说正式出版至今已经40年整,一版又一版的新书一直不间断地出现在新华书店的书架上,捧在购书朋友的手中,摆放在青年的书桌上或书包里。它获得了人民文学出版社与《语文报》的奖项,被评为全国中学生最喜爱的书籍之一,被翻译成了阿拉伯文在埃及出版,译成了朝鲜文和蒙古文在边疆地区出版。尤其是序诗,不知道有多少青年、演员、主持人,多少次在大学、在舞台、在集会、在广播电视上朗诵。至今,它还是那么朝气扑面,意气涌动!青春与共和国永远同在!"我想念你们,招呼你们,并且怀着骄傲,注视你们!"感谢时代赐我幸运,我萌生了,写作了,记住了,所有的日子,共和国的日子!

文艺社科工作者的"四个坚持"*

习近平总书记强调,新时代呼唤着杰出的文学家、艺术家、理论家,文艺创作、学术创新拥有无比广阔的空间,要坚定文化自信、把握时代脉搏、聆听时代声音,坚持与时代同步伐、以人民为中心、以精品奉献人民、用明德引领风尚。这"四个坚持",意义重大。

坚持与时代同步伐。文艺与社会科学涉猎的范围极广,天上地下,古往今来,东西南北,虚实真幻,都可能成为文艺社科活动的对象与题材。但这一切对象与题材,都离不开今天的中国,现代的世界。我们不是为传统而传统,为开放而开放,不是舍本逐末,不是拷贝往昔,也不是照搬西方。我们要构建的是人类命运共同体,要实现的是马克思主义先进文化的本土化与人民化,是面向世界、面向未来、面向现代化,是中华民族伟大复兴的中

---

* 本文刊发于《光明日报》2019 年 5 月 30 日第 5 版。

国梦，我们的任务是继承弘扬祖宗，是汲取消化世界，更是缔造21世纪的中华文化振兴与中华文艺社科经典。我们的着眼点，是世界，是中国的今天与明天。与时代同步，就是强调当代性与创新性。

坚持以人民为中心。如老子所说，"圣人无常心，以百姓之心为心"，如孟子所说，"民为贵""得民心者得天下"。我们的文艺与社科创造，只能从人民的命运，人民的好恶，人民的疾苦与人民的愿望出发，而不是从本本、从奖项、从个人名利出发。我们要以人民的利益与追求，人民的精神需要与面临的各种问题是否得到了应有的回应与研究，应有的勾画与镌刻来衡量我们的文艺社科成果。我们的坚持以人民为中心，也包含了提高与引领人民、优化世道人心、优化精神品质、优化益智审美，这样一个提高中华民族与中国人民全面素质的艰苦宏大的历史使命。以人民为中心，就是人民性与本土性。

坚持以精品奉献人民。这说明了我们的文艺社科事业的建设性与进步性，丰富性与深刻性，实践性与高端性，深厚积淀性与求新求变的创造性。我们的人民性不是市场导向，不是利润导向，不是民粹导向，不是迎合取巧，而是文化品质导向，思想与艺术导向，精神价值导向，智慧成果导向。这尤其体现了一种文艺社科事业上的务实精神，说一千道一万，人民需要的是精品，是真正精彩的，能够比肩中华历史高度与世界文化成果的诗歌、小说、戏剧、电影、理论进展、历史回顾、发现发明，是能够经得起人民的检验与历史的淘洗的当代经典。精品，就是经典性与高峰性。

坚持用明德引领风尚。就是坚持文艺与社科的教化作用、提升作用，坚持明德、亲民、至善的一致性与递进性，坚持社会主义的核心价值体系，坚持中国特色社会主义文化的鲜明性与包容性。在文艺社科的作品中，我们对于社会现实的正视，不是停留在认识与臧否世界上，更是要推进到优化与改进世界上，不是停留在洞见与感叹生活上，更是要推进到生活与价值的靠拢上，推进到历史行为历史活动的价值驱动上。明德是现实，也是理想；是生活，也是愿望。明德引领是提纲挈领，也是日常践行。要明德引领，首先是文艺与社科工作者自身需要明德化，需要丰富与充实、发展、开拓塑造自身的高大上同时俯首甘为孺子牛的精神世界。明德引领，就是教化性与理想性。

习近平总书记强调，一个国家、一个民族不能没有灵魂。文化文艺工作、哲学社会科学工作就属于培根铸魂的工作，在党和国家全局工作中居于十分重要的地位，在新时代坚持和发展中国特色社会主义中具有十分重要的作用。今后，我们更要紧紧围绕举旗帜、聚民心、育新人、兴文化、展形象的使命任务，明方向、正导向、转作风、树新风、出精品、育人才，在正本清源上展现新担当，在守正创新上实现新作为。

寄希望于文化*

我们的中国梦里包含着文化梦,那就是我们中华民族应该在文化上有更多更高更出彩的文化人才与文化成果。在中国特色社会主义建设迅猛发展的过程中,我们应该有与时俱进的哲学、社会学、历史学、政治学、经济学新论点新贡献,我们应该有更多的科学家、工程家、企业家、文学家、艺术家,我们应该有更高端、更富有文化含量和学术含量的出版物,而不是一大堆鄙陋的八卦与破碎的段子。

文化的凝聚力与影响力:
中国梦是个人的,也是民族和国家的

最近有不少朋友问我:你怎样理解中国梦?

---

* 本文刊发于《光明日报》2013 年 8 月 19 日第 5 版。

我告诉他们：中国人要有自己的追求与理念，要有自己的前瞻与预见——这是我最初听到"中国梦"这个提法时的第一反应。

改革开放以来，中国取得了举世瞩目的成就与变化，我们的政治化、理想化、战斗化的思想方法与生活方式，渐渐走向务实，走向富有建设性的脚踏实地的道路。建设小康社会的提法，与过去的许多浪漫激越的说法相比较，已经实际得多了。小平同志强调马克思主义中国化理论成果的精髓是实事求是。与此同时，我们仍然要"欲穷千里目，更上一层楼"。中国梦的提出当然不是偶然的。

中国梦可以是个人的，也可以是民族的、国家的，可以是近期的，也可以是较长期的。中国梦应该是更加公平的，不是"拼爹"的。人人都可以有自己的中国梦，人人都可以实现自己的中国梦。

那为什么会在今天提出中国梦的目标呢？我想，经过30多年的改革开放，集聚精力的和平建设，我们在物质上已经大为丰富、大为强劲了，同时，思想活跃，利益与见解的多元性日益明显，而我们在精神上，包括理论建设、精神文明建设、文化建设上，有滞后的困扰。与延安时期、井冈山时期、新中国早些时期的革命理想主义相比，有人说中国人没有理想信念了，只相信金钱了。此时提出中国梦，会起到一个令全社会重视理想教育、前瞻教育的作用。就是说在经济迅速发展、务实精神占据优势的同时，人们看到了精神层面的涣散、鄙俗、恶化的危险。在这个时候提出要树立一种追求与梦想，是有它的针对性的。

琢磨"中国梦"三个字，你会发现，这个说法非常朴实明快、易于普及。向全社会提出一个口号，既要鲜明，又要易于接受、推广与记忆。我们曾有许多好的说法，因表达得过于繁复，记起来费劲，从接受学的原理来说，有一些令人惋惜。中国梦的提法，具有开放性、世界性、前瞻性，可以说，这是一个更加积极、更加现代的说法。中国梦的提法让人们看到前景，有助于激发动员正能量。这个梦，不能空想，需要我们既要有改革开放发展的胆略，还要脚踏实地、求真务实地工作。

实际上，今天的中国梦和中国人过去的梦想是紧密相连的。任何民族的文化中，都包含着人们的追求、理念、向往、愿景，直到信仰。而正是这些东西，构成了这个民族的精神支柱、精神能量和精神生活的范式。拿我们中华民族来说，早在先秦时期就形成了对于大同世界的向往，《礼记·礼运·大同》中所讲的"大道之行也，天下为公。选贤与能，讲信修睦。故人不独亲其亲，不独子其子……"，奠定了我们的中国梦的渊源与基础。20世纪的中国有识之士选择了社会主义理想，是与我们的大同梦有密切关系的。孔子对于仁政的鼓吹，孟子对于"老吾老以及人之老，幼吾幼以及人之幼"的推崇，老子的"无为而治"……这些都对于中华民族成员的文化心理与价值观念产生了巨大的影响。至今，我们仍然延伸着过往的传统，对于以德治国，对于古道热肠的行事方式与价值追求，有相当的认同，而对于纵欲贪腐、强梁霸道与绝对化的恶性竞争，普遍会深恶痛绝。当我们谈论中国梦的时候，当然不能忽略我们的已经深入人心的文化传统，同时不可将这些理念停留在旧时原始命题的阶段。

现在，很多人都在思考，在网络时代，如何让更多的人聚集在中国梦的旗帜下？我认为，这是一门艺术，也是当务之急。

早在党的十七大上，中央已经提出了加强社会主义意识形态的吸引力的问题，这个问题提得非常重要、非常及时，一些年过去了，我们这方面的工作应该说还有大大改善的空间。一是要敢于善于解疑释惑。面对各种挑战，面对各种不同的说法，面对情况复杂的现实纷争歧义，面对曲折丰富的历史经验教训，要回应挑战，正视难点，探讨争论，而不是忌讳捂严，避之唯恐不及。回避的办法，绕开的办法，只能奏效于一时，却会贻害长久。二是要集思广益，开诚布公，百家争鸣，鼓励创见，营造人文科学、社会科学的繁荣昌盛局面。要提高人文社科方面的自信与理论创新的自觉，反对照抄照转、空泛号召、呆板僵化、空头理论、畏首畏尾。三是要生动活泼，联系实际，提倡想象力与立体思维，即从多方面多角度探讨我们面临的所谓敏感理论课题。要知道，理论问题的特点是越回避越敏感，越敏感就越复杂难办。四是要充分认识文化的人民性与长期性。文化如水，润物无声，让一种文化为广大人民群众所接受，或者要消除一种年头久远的文化陋习，都不是轻而易举之事，更不是靠行政力量能够办到之事。我们过去文化上提出的一些口号，有时偏高偏急偏大，工作得不到所期盼的效果。我们在这方面要更加重视人民群众的创造与心意，汲取人民的智慧与表达方式，让各种声音都在中国梦的领唱下聚集起来。五是要把中国梦所代表的主流意识形态，与中华优秀传统文化及世界的一切先进文化资源结合起来，要扩展与深化我们的文化精神的传播力。

在某种意义上，文化决定生活的质量与族群的命运。一个有实事求是的科学之心、无哗众取宠虚矫之意的民族，一个面对现实、诚信刚正而不自欺欺人藏头露尾的民族，一个善意理性、重在建设，而不是动辄搞文化爆破、夸张吹牛、谩骂诅咒的族群，是有希望的，是前途光明的，是永远不会被开除球籍的。

文化工作，是一件人心工程，人心的向背决定社会是否稳定和谐，人心的稳定才是一切和谐稳定的基础。这方面毛泽东同志早就说过，只有代表群众才能教育群众，只有做群众的学生才能做群众的先生。如果在我们的文化生活当中看不到群众利益、群众需要也包括群众的艰难困苦的一切真实反映，就难以取得群众的认同与我们希望得到的效果。无关群众痛痒的文化活动与文化产品，只想着搞笑搞乐，只想着恶搞解构，只想着利润的最大化，这样的文化，弄不好是文化的萎靡甚至堕落。虽然某些搞笑的、平庸的文化艺术作品也可以有它存在的位置，但是不能听任它们爆炸膨胀，充斥我们的生活。任何民族都更需要有承载教化深意、富有文化含量的较高层次的艺术作品。请比较一下我国的电影与伊朗的影片《小鞋子》《一次别离》吧，观众自会得出结论。

文化环境与国民心态：我们的国民不仅要能买得起高级奢侈品，更要有足以与中国文化相匹配的气质

说文化的中国梦，就绕不开文化软实力。软实力不软，它蕴含着巨大力量。

文化道德是一种品质，它是无形的、轻柔的，然而是有效的，这就是一种力量。它的品质与有效性是指：一种文化，必须能够为接受这种文化的族群与个人带来更高的生活质量，它应该是通向真理，通向科学、艺术、道德、智慧、健康、和谐与幸福的桥梁而不是相反，即不能是通向迷信、愚蠢、偏执、仇恨、霸权、排他、剥削与压迫的。它是以人为本的，给人以希望与幸福的。毛泽东同志说，我们中华民族有自立于世界民族之林的能力。确实，我们现在国力强了，经济科技发达了，我们还会更加强大。但是我还希望，我们的国民不仅仅能买得起LV箱包等高级奢侈品，更要有诚信的品质、良好的举止、文明的修养，有足以与中华文化相匹配的气质，我们的青年应该热爱、珍重至少是知道中国的与世界的文化珍品，而不是说什么"经典让他们死活读不下去"。如果能有这样的文明程度，中国人就更受人尊敬了。

因此，在追求中国梦的过程中，中国人在文化修养、道德品位等诸方面也应该有更大的提高。

文化环境与人的精神状态有极其重要的关系。一个被愚昧陋习充斥的国家是实现不了中国梦的。中华民族的传统文化中，对于读书学习的提倡不遗余力。我们提倡的读书学习带有一种对

于知识与知识的拥有者——圣贤的崇敬，所谓焚香沐浴，明窗净几，腹有诗书气自华，读书深处意气平。这样虔敬与刻苦的读书学习，自然会消除许多令当代国人深为忧虑的浮躁、乖戾、鄙俗、凶恶之气。当然，我们所期待的这种阅读与学习，与触屏时代的网上浏览也就拉开距离了。

说到这里，我还想谈谈文化的认同与对民族国家的认同的关系。文化的认同是基础。中华文化的基本理念是对于道德的追求，对于礼（行为举止规范）义（义理，人际道理原则）的追求，对于道或仁的追求，这些是一通百通的根本概念，这种追求就是我们说的理想，也可以说是整体的文化走向。它所主张的自强不息与厚德载物，它所敬重的古道热肠、敬天积善、崇文尚礼、忠厚仁义、中庸和谐、勤俭重农、乐生进取等等，正是古代的"中国梦"。它更看重美善，而不是分辨真伪，它更看重和谐，而不是竞争。（顺便说一下，现在有人将"礼义之邦"，写成"礼仪之邦"，这是完全错误的。礼义指的是规范与道理，而礼仪偏于形式。）这样的文化环境有利于族群的凝聚、社会的秩序、生活的合理、文化的传承，但也有不利于生产力与科技发展的问题。对于人际关系的偏于理想的说法，也常常因说与做的脱节而显出颓势。不必多说，只读读《红楼梦》，就知道中华旧文化已经面临的危机，而五四运动的发生绝非偶然，绝对有其历史的必然性。

问题在于发展、创新、平衡与整合：与时俱进一定要与继承与发展中华传统文化结合起来；自强不息，投身于全球化的发展与竞争，要与在人民中积淀久远的仁义忠厚之梦结合起来；在当今时代，一个确定的目标的追求，要与多样性的认知、对于多元世界的理解与开拓进取、多谋善断、胜任愉快结合起来；要让每个人的中国梦与全体中国人共同的中国梦结合起来。要让中国梦面向世界、面向未来、面向现代化。

中国梦与文化梦：我们应该有高端文化成果而不是一大堆破碎的段子

我们的"中国梦"里包含着文化梦，那就是我们中华民族应该在文化上有更多更高更出彩的文化人才与文化成果。在中国特色社会主义建设迅猛发展的过程中，我们应该有与时俱进的哲学、社会学、历史学、政治学、经济学新论点新贡献，我们应该有更多的科学家、工程家、企业家、文学家、艺术家，我们应该有更高端、更富有文化含量和学术含量的出版物，而不是一大堆鄙陋的八卦与破碎的段子。

人民是文化的主体，而文化的高端部分，则是从广大人民创造的文化沃土中生长出来的参天大树与奇花异草。人民中的精英，人民中的文化巨人与人才所体现所贡献的精彩果实，代表了文化的追求与走向，文化的思想、理论、创造力、想象力，精神活动的广度深度与精微程度，以至于整个社会生活的质量与品味，抗逆性、适应性、开放性与自我更新的能力。衡量一个国家的文化，是"看高不看低"，例如，谈到中国的诗歌，李白与杜甫二人的重要性胜过了一千个二三流诗人。而一部《红楼梦》，其重要性胜过了我国数千年来二三流小说的总和。当然这些精英文化不是凭空产生的，它深植于大众文化的土壤中。

所以英谚云：宁可失去英伦三岛，不可失去莎士比亚。原因在于，莎士比亚代表的英国文化，是英国的人心，英国的品性与风格，英国人的骄傲与向心力，这正是理由与根基。反过来说，一个国家、民族、地域的文化完了，有之不多，无之不少，这个国家就陷入万劫不复的境地了。

最近有记者采访问道："作为一个文化人，你对实现中国梦过程中文化事业有什么期待？"

对于这个问题，我想先举个例子。您到巴黎的先贤祠看看，伏尔泰、卢梭、雨果、左拉、贝托洛、饶勒斯、柏辽兹、马尔罗、居里夫妇、大仲马等。先贤祠展示的72位法兰西人物中，除了11人是政治家，其他都是作家、哲学家、科学家、经济学家等，这样的阵容当然让人肃然起敬。我们的伟大祖国，文明古国，当然也有自己光耀千古的先贤，同时，中华人民共和国建立快要65周年了，应该拿出怎样的阵容展示给世界呢？我们能不深思吗？我们喜欢讲科技兴国、人才兴国。现在，从人口数量上来说，中国是世界第一，从人才质地与阵容上来说，我们不敢夸口。

我希望，我国不但要有科学与工程学方面的院士，而且要有，更要有人文科学、社会科学以及文学艺术方面的院士。有一种说法，后者的政治性时效性太强，无法评选，这就等于承认我们这里的人文科学、社会科学、文学艺术方面没有专业性学术性，没有学理的与艺术创造的水准与尊严。我们一定要敢于面对这个问题，否则等于自己失去了信心，你又怎么去凝聚人心，实现中国梦呢？

我还希望，在文化生成与发展上，摒弃一切急功近利的说法做法。我们能做的是文化政策、文化投入、文化硬件建设、文化事业规划与文化口号的提出，我们也可以做到发展文化产业与文化市场，兴办与提供文化服务，但政策、口号、事业、产业都不过是文化的平台，并不就等于文化的全部。文化是骨子里的东西。一切文化倡导与建设，都要经过人民群众与历史的筛选，一切文化口号与目标，都要经受人类学文化学与文化史本身的客观规律的检验。一些东西存留下来了，发扬光大了，传之千古了，另一些虽然一时搞得动静很大，气势很盛，却可能被历史的河流冲刷得无影无迹。

真正的文化繁荣发展前进，深植于人民心中，深植于人民的日常活动中，深植于人心所向中。但它们更是表现在高端，看你有没有代表民族文化的制高点，有没有大创作、大发明，有没有不光票房高而且质地好的文化思想与文学艺术成品，有没有真正高端的教育科研成果，有没有不光能挣码洋而且可引以为自豪的出版物。要达到这个境界，我们还有很长的路要走，这正像实现我们的中国梦一样，还需要不懈努力。

思想的享受*

思想在人的一生当中占的时间太多了，那么思想是干什么的呢？简单地说思想是为了"了解情况，解决实际问题"。把思想和实用结合起来，是非常必要的。思想的生命力在于它能反映实际，能认识世界和改造世界。但是我们要想一想，所谓解决实际的问题，也包含着解决自己的精神世界的问题。思想的意义，在一个国家的政治生活、经济生活相对稳定的情况下，也可以不是直接地去解决一个社会问题、一个经济问题、一个政治问题，思想可以成为一种精神的享受，是一种精神的自我愉悦和充实，甚至于再说得过一点，思想也可以成为一种精神的游戏。

下面从六个方面简单地说一下思想的享受，即生命的享受、智慧的享受、道德理想主义的享受、感情与激情的享受、自由想象的享受和语言的享受。

---

* 本文刊发于《光明日报》2009 年 7 月 23 日第 10 版，整理自王蒙先生在上海图书馆的讲座。

生命的享受

生命的享受，就像法国的哲学家笛卡尔说"我思故我在"。思想是你存在的证明，一个人在开始有自我意识后，他最感兴趣的问题是"我是什么？为什么我是我？"。当你提出这个问题的时候，你就已经有了思想，按照西方人的说法是认识你自己。西方的哲学家，最喜欢举的例子就是斯芬克斯之谜。开罗郊区金字塔边上有一座斯芬克斯像，斯芬克斯见到每一个来的人都要提一个问题："有一种动物，早晨是四条腿，白天的时候是两条腿，晚上的时候是三条腿，这个动物是什么？"答案是人。因为人小的时候是爬，所以是四条腿，现在是两条腿，再年纪大一点，拄个拐杖是三条腿。西方的哲学家，喜欢通过思想寻找生命的真理，寻找对于生命的认识。

中国古代的学者，侧重的并不是"真理"这两个字，大家看古圣先贤并不是讲真理也不特别讲求真，他们更注重的是修身。修身追求的是通过思想的切磋、修养、精进、端正，来追求一种道德上的上乘，追求一种生命的境界。中国人的思想也很有意思，是一重道德，二重境界，或者是一重境界，二重道德，境界和道德是分不开的，但是又不完全一样。"思无邪"指的是一种道德的品质，相反的，"天人合一""三省吾身"本身就是一种境界。按孔子的说法"十五而志于学；三十而立；四十而不惑；五十而知天命；六十而耳顺；七十而从心欲不逾矩"，达到这样一种既是道德修养的高度，也是一种精神的境界。我们可以试着分析一下，按照中国人的理解，我们对自己生命的思想反过来说，是能够使我们的生命进入什么样的境界？能够得到一些什么样的充实？笛卡尔说"我思故我在"，从另一方面我们也可以视之为"我在我必思"，我只要还活着，就总在思想一些事，总在考虑一些事，其中也会思想、考虑自己的生命。

现在国外在争论所谓的心脏死亡和脑死亡。心脏死亡是把脉搏、心跳作为生命的主要体征，脑死亡就是把思想作为生命的主要体征。你的生命什么时候不存在了呢？当你的脑子已经彻底坏死了，你其实就已经不存在了，没有思想，没有感觉，你变成了一个植物人。这时，虽然还有呼吸，还能够饮水，但是你已经没有了自我的意识。所以，思想既是人存在的证明，又是存在的第一要务，人活着就有思想，有想法。

有时候我想，人在一生当中，如果从生命和思想的关系上，我们会看到这样的一个途径。他可以是阶段的，也可以是并存的，我称之为第一是在游戏与生长中的生命。一个人的童年，婴儿时代，我不知道应该怎么来讨论他的思想，我也缺乏这方面的知识。儿童时代是在游戏和生长当中度过的，这个时候一个人还没有特别严肃的思想，他的思想往往离不开游戏和生长。但到了学龄阶段，我称之为是学习与成长的阶段（这和生长不一样，生长是生理上的），这个时候他的很多思想是模仿性的、吸收性的、学习性的。到了青年时代，很多情况下，他的思想处在浪漫和伤感的阶段，他既对自己的生命开始有了充分的爱惜，就是对自己的生命有了一种珍惜和拥抱；同时与生俱来地，他开始对生命的这种短促，对生命的意义不能完全找得到，而产生怀疑、悲哀和伤感。

我所说的思想的享受中，对于生命的享受并不仅仅包括你的乐观、你的阳光、你的信心、你的信念，这些都是一种享受。但反过来说，对人生许许多多遗憾的觉察，就是说生命的滋味是酸、甜、苦、咸、辣都有的，不可能只有一种滋味，只有甜味，只有大白兔奶糖的滋味。自古以来，中国、外国不知道有多少人，在感叹生命的短促。这个也是一种享受，你既享受了生命的光彩、生命的宝贵，同时享受了对生命短促的这种遗憾的心情，反过来这种遗憾的心情又促成了你对生命的拥抱和珍惜。如果生命不短促，每个人生命都是无限的，又何必去珍惜它呢？

同时在生命当中，如果更进一步，我说它会进入一种辛劳与责任的阶段。在这辛劳和责任当中，恰恰成为大多数人的一种安身立命的心思。就是说虽然有很多问题解决不了，许多全球性的问题解决不了，许多太空性的问题解决不了，许多历史性的问题解决不了，但是我作为一个人，总有自己要做的事。总有对家庭的责任，对父母的责任，对社区的责任，对国家的责任，对社会的责任，我总要做这些事情。每天分得清意义也好，分不清意义也好，都要从早忙到晚。意义想得很透彻，要从早忙到晚，意义想得不透彻，也要从早忙到晚，因为要吃饭，要工作，要养家，要完成对国家、对社会应尽的义务，同时我也享受国家和社会给我的关照和关爱。对大多数人来说，辛劳与责任本身就已经是一种对生命的安身立命，已经可以使人安心下来了。

辛劳与责任的问题,使我常常会想起上小学的时候学过的梁启超的一篇很有意思也很浅显的文章,当然现在的小学不一定会有,叫作《最苦与最乐》。梁启超说什么事情最苦?有一个事情没有做完就是最苦;什么叫作最乐呢?就是把一个事情做完了最乐。不管大事小事,人的一天有很多的事情,你该做完的事情没有做完,就会觉得很苦,思想有负担。比如本来今天应该去看望一个病人,结果最后搞得没有去成,明天还要去,你就会觉得很苦。他的说法很浅显,很简单,但是从另一方面看又很高尚,你把应做的事情做了就是最乐,应做的事没有做这就是最苦。

中国的哲人在生命的问题上还有一个更高的要求,那就是能够超越对自己个人生命的关切。起码在思想里面,把自己和世界,和天地,和宇宙,和空间,和时间能够结为一体,能够得到一种真正的自在。自由是近代以来新吸收的一个来自欧美的观念,自由更多地讲一个人在政治和社会上应该得到的保障,不受干扰,能够自己来决定自己的选择。中国人喜欢讲的是自在(zai,轻声),不能说自在(zài,第四声)。自在说的是一种内心的自由,就是我能够自得其乐,我能够不感受,我拒绝感受这种被动和痛苦,这是中国传统文化所追求的。

我刚才说的不是从价值判断,也不是从实用的意义上,而是从享受的意义上说的。但中国古圣先贤的思路有一种非常让人愉悦的地方,那就是你不完全这么做也没有关系。你该斗争还要斗争,该努力还要努力,该辩论还要辩论,该争论还要争论,但是同时你还要知道人对自己的生命可以有一种更从容、更和谐的掌握，这样你就会有一种享受感。我随便举一点古书上的说法，刚才讲到了"天人合一"，讲到了"道"，讲到了"三省吾身"，通过宗教或者由于自己的使命感，可以达到一种快乐、逍遥、无忧、无疚，享其天年或者是光辉、流芳百世、正气冲天。按道家的说法，他们特别强调享其天年。一个人应该活多长时间就活多长时间，活得自在，无忧无虑，不感其忧也不感其乐。或者从更有为的角度我也可以为正义的事业牺牲，那么我就可以光辉，可以流芳百世，可以正气冲天。

我们常常会在思想当中感受到生命的这种愉悦，比如"学而时习之，不亦说乎？"，一上来就先告诉了你学习最快乐。"有朋自远方来，不亦乐乎？人不知而不愠，不亦君子乎？"看起来非常随便的三句话，包含着学习、处世、待人、交友，它们把古人、读书人的一些最基本的生活内容都包括进去了，而且有一种天然的愉悦。或者说"仁者乐山，智者乐水"，不管怎么念，它是让你把生命和世界联系起来。山里面也有你的生命，水里面也有你的生命。

《庄子·齐物论》里面有一段讲："至人神矣，大泽焚而不能热，河汉冱而不能寒，疾雷破山、飘风振海而不能惊。若然者，乘云气，骑日月，而游乎四海之外，死生无变于己，而况利害之端乎？"庄子说至人就是说一个人修养到家了，得了道，这样的人简直就跟神仙一样。到处起火烧着你，你不会热，河流都冻成冰了，你不会冷，有雷，有龙卷风，有海啸，但是你不害怕，这样的人乘云气，骑日月，而游乎四海之外。对生死都不在乎，何况是利害得失呢！他讲的是一种精神境界，如果一个人对待自己的生命有了足够的认识和超越，就可以达到一种至少从心理上来说非常开阔，非常享受的境界。这样的一些话，你当文学作品来读，当哲学的玄思来读，都是很享受的。

智慧的享受

智慧是什么呢？就是通过思想，把复杂的东西弄得越来越清晰了，弄得越来越明白了，把混乱的东西整理出头绪来了，过去别人不知道的东西，你现在知道了，你有所发现、有所发明，这种智慧给人的享受，可以说也是无与伦比的。我说智慧的享受包括了命题的喜悦与激动，就是你对一个什么事情，能提出一个问题和一个看法是别人所没有的，这是很激动人心的。

我们想一想，牛顿怎么能从苹果落到地上来开始研究，最后研究出"万有引力"学说。而且被事实所证明，不光是被地球所证明，还被宇宙所证明，被我们神七航天所证明。物体到一定高度就可以失重，人体的重量实际上是地球对我们引力的结果。这个让人觉得不可理解，因为东西往下落，我们认为这是很自然的事情，是不需要考虑的问题。孟子说"人性向善，就好像水一定向下"，说明孟子那个时候不知道水向下并不是水性，而是地球的引力，但是牛顿就能够有这样一个严密的逻辑求证，无懈可击，有所认知的欣然与明晰，判断与发现的狂喜，论述的势如破竹，切磋、辩论的享受，服膺真理的虔敬，力排众议与一鸣惊人的骄傲，智力高扬的满足感。一个会思想的人，他能够用自己的智慧感受到那种满足，那种高扬，那种欣然，那种喜悦。

　　对于这种智慧的享受，我也有一些初步的不成熟的说法。我觉得它有这样几个不同的层次。第一个层次，我说是博闻强记性的智慧。就是一个人可以做到博闻强记，可以有很多的具体知识，而对于大部分人来说，自己的智力的开发，只是很微小的一部分。就像一个电脑一样，它的硬盘可能有20G，但是你也许只用了其中的不到1/20，但用得好的人，就会变得非常博闻强记，知识非常丰富。比如说钱锺书的知识就非常丰富！钱锺书在国际讨论会上，谈到一个意大利的古代诗人，他一开口就可以把这个诗人的许多作品背诵出来。据说，钱锺书上大学的时候，在图书馆里头和他的同学说这个书架上的全部书我都会背。他的同学于是就随意找出一本问第245页的第4行是什么，他立刻背了出来。

　　更早一点的辜鸿铭，那更是博闻强记，欧洲的一切主要语言他都会，没有他不会的。他岁数大，胡适是后辈，他第一次见胡适时问他干吗呢，胡适说在北大教书。他就说我们是同事，又问胡适是教什么的，胡适说教西洋哲学史。他就改用拉丁语和胡适说话，胡适说：对不起，我不会拉丁语。辜鸿铭就说：你不懂拉丁语，怎么敢教西洋哲学史！辜鸿铭在伦敦坐地铁的时候，拿着《泰晤士报》倒着看。旁边的几个英国年轻人就笑，说他是猪尾巴（pigtail），因为他留辫子，说这个pigtail不认字就不认了吧，还看什么报纸。辜鸿铭就用标准的牛津音告诉他们说：你们的英文太简单，正着看对我的智力是一个侮辱，你们这点事我两眼全看完了，倒着看还行。这种博闻强记性的智慧很了不起啊，他知识就是比别人多。现在我们已经没有这样的人了。北京大学的季羡林先生，起码我知道的他就会英语、德语、梵语，原来北大的金克木他也知道得比较多，但也已经去世好几年了。

第二个层次，我称之为融会贯通，特别是触类旁通的智慧。这种智慧就不是前边说的博闻强记了，但是问题在于他能通。"通"也是中国古代的话，庄子也写文讲过这个"通"。通是指你懂得自然科学的道理，也能用它来解决人文科学的一些问题，你懂了西方世界的许多事情，也可以通过它来更好地理解东方世界发生的事情，能够融会贯通于古今，中外，东西，文理之间，而且要触类旁通，有些道理有某些一致性。对我们一般的人来说，学外语非常的困难，但是苏曼殊就研究中文和英语里头发音或者语意很接近的东西，他研究出很多东西来。我们很多人在那儿学英语，天天学，也学习得很好，但是从来没有人想到它们的这个相像。有的当然很简单，很容易，比如说英语的"fell"和我们的"飞"是一样的，而且这个是英语里面原来的词，不像是"typhoon"，这个本来就是从中文去的，甚至于"china"瓷器都和中文原来的词有关系，"tea"福建话"te"，欧洲有的一种叫"cha"是广东话。他还研究出许许多多，我现在已经记不清了。

这种融会贯通和触类旁通的智慧，有时候会搞得牵强附会，但即使是牵强附会也让你自己高兴得不得了。就好像本来在这个房间里头，我没有开这个门，门是锁着的，但是我从墙缝里到了那边去了，这样一种快乐的感觉。我有一个朋友不知道是不是受苏曼殊的影响,他说英语很多地方和山东话接近,"I"就是"俺","I think"就是"俺寻思"。这个把它说成幽默的段子也可以,但是我也很佩服,我说这小子的脑子是怎么长的,从小道上,从山东话走到英语中来,这也不简单。

第三个层次,是了悟和选择的智慧。就是我们所说的悟性,同样和一个人说一样的话,有的时候很费劲,怎么说都不明白,而有的人就一点即透,而且能做出一个正确的选择。西洋人讲政治家的时候很喜欢讲他们的直觉。比如说有几个方案,哪个方案能做,哪个方案不能做,当然如果让学者研究起来,研究10年也不见得研究得清楚。各有各的好处,各有各的害处,各有各的道理,各有各的风险,但是政治家往往会有一种直觉,三个方案一听就知道了。他实际早就决定了,只能采取这个方案,但是他道理说不清楚,然后再弄个研究室,请一帮子人,一帮子秀才,一帮子幕僚帮助他研究,最后找出25个理由来,其实没有这25个理由,政治家也早就明确了这个方案。所以,了悟和选择也是一种智慧。

第四个层次,是一种多向思维和重组的智慧。所谓多向思维就是既有正向的考虑,也有逆向的思维。对于每一个对象,每一个事物,如果大家都从正面说,我也可以从反面说说,但也不光是从反面说。你看老庄的很多东西就是故意地从反面说。我是觉得名家往往是这样的,大都喜欢这种逆向思维。像老子说"天下皆知美之为美,斯恶已,皆知善之为善,斯不善已"。你们都知道美是美的,美好的东西是美好的,这个事可就糟了,你们都知道善是好的，这个事可就不好了，不善了。这个话他说得非常简单。一般都认为他就是一个相对主义者，有善就有不善，有了不善就有善，所以有了善必然就有不善，有了美就有了丑，没有美也就没有丑。钱锺书曾经特别提到，实际上，美人还是美，丑人还是丑，不能说有了丑了，所以美也不能称之为美了。我接触这一段话的时候很早，才二十几岁，那时候我做青年团工作，还没叫共青团呢，还是新民主主义青年团，我立刻就明白这个话了，虽然我的这个解释不一定是正解。

什么叫"世人皆知美之为美，斯恶矣"？很简单，比如大家听我的讲座的同时还进行一件事，在听众当中要评出一个美女和一个帅哥来，我们这个讲座就进行不下去了。这就是捣乱嘛，首先你分化了群众，本来大家都是来听讲座的，现在要评美女还要评帅哥，然后听完这个课后美女发 20 万元钱，帅哥发 10 万元钱。"斯恶矣"这个绝对就是恶意，第一是破坏了平等性，第二引起了竞争性，第三引起了虚荣心，第四引起了利害心，第五如果这个规矩以后有了，上海图书馆每次举行讲座都评一个美女，那么可能以后就有戴着面具来的，有做了假胸来的，有从美容医院来的，它必然引起竞争。我举这样一个例子是什么意思呢？就是有时候你从逆向思维也能有所发现，所以我主张既不是单向思维，也不是逆向思维，而是多向思维。多向思维以后你会发现，对于一个对象，一个命题，一个判断，可以有许多解释，当然一个时期会有一个重点。这种多向的思维往往会纠正一些错误，可以帮助你和别人进行一些辩论，可以让你享受到思想的快乐，只有具备这种多向的思维，才能够尽情享受自己的智慧。

第五个层次，也是最高级智慧的享受就是创造，就是创新，就是创意。通过思维，提出与众不同的、前所未有的、新的论点，或者写出与众不同的、前所未有的、带有开创性的作品，这样的定律，这样的公式，所谓创造的享受，可以说是人类智慧里最大的享受。创造的享受包括个性的享受，包括纠错，包括与众不同的立论等等。

道德理想主义的享受

人的思想当中必然会有道德理想主义，会有一种对于最高级的世界，最高级的人生，最高级的人格的享受。全世界都是这样的。早在几千年以前，《礼记·礼运》中就提出了对大同世界的理想："大道之行也，天下为公。选贤与能，讲信修睦。故人不独亲其亲，不独子其子……"这是一段非常漂亮的说法。这个说法对人的感染力非常强。我为什么从少年时代就接受了社会主义、共产主义这样的一些宣传，这样的一些书籍？我上初中的时候就已经开始偷着读《社会发展史》《论联合政府》等，这和我从小对大同世界的理想是分不开的。外国当然也有很多所谓对理想国的描述，如柏拉图讲的理想国，他推崇哲学家和诗人，把他们说成是理想国里面真正应该掌握国家命运的人。

也有比较消极的理想，像《桃花源记》，起码从消极的方面来说不会被乱世所残害。尽管我们今天读《礼运·大同》篇，知道这个世界并不会完全做到这一点,短期内不会做到,中期内也不会做到,长期内也还需要作出极大的努力,但我们读了以后,仍然感觉到人类的社会有一个盼头。我们读理想国,如培根的《新大西岛》,以至于读到这种消极理想《桃花源记》的时候,我们同样也会有一种精神的享受。在现实里没有这种世界,但是脑子里有,书上有,心里有,谈话中有,讨论中有。允许不允许呢?现实中没有的东西,难道谈话中也不许有吗?现实中没有的这种正义和公正,难道在文章中也不能够有吗?如果有,它当然是一种精神的享受。当然写这种理想国的也有反面乌托邦,就是设想一下一个社会可以反面到什么程度,可以坏到什么程度。世界有三本最著名的反面乌托邦,《我们》《一九八四》《美丽新世界》。就是讲当一个社会如果极权化,如果一个社会流水线化,就是从生产线出来以后,人都变成了具体的生产阶段的奴隶,丧失了人性。

感情与激情的享受

人需要享受什么?人除了要享受喜悦,享受自在,享受逍遥,享受主动,享受智慧以外,还需要享受大喜大悲。你说它是刺激也可以,因为人生当中有这种大喜大悲。大开大合,大喜大悲,是真正的一种强烈的激情,尤其是通过一些文学、艺术的作品,再加上你自己的想象,加上你自己的思想,你会痛感人生当中的这种仁爱和残忍,这种高尚和卑鄙,这种希望和失落。不知道什么叫希望,不知道什么叫失落,不知道什么是高尚,不知道什么是卑鄙,那就活得太冤枉了。我不想细说了,比如像霸王别姬,还有史记上的许多故事。我当然相信司马迁是做了非常认真的调查研究的,但同时他也是充分地文学化了的,有各种的动人故事,荆轲刺秦,范雎蔡泽,孙膑吴起。太多太多这种戏剧性的激情,在莎士比亚的戏剧里面,在雨果的小说里面。而如果一个人缺少思想,缺少头脑,他经历了这些东西后,就得不到感情的享受,激情的享受,包括生离死别这些享受。

自由想象的享受

思想有一个特点,就是它是来自实际的,但是它也有可能脱离实际。只要我们自己有足够的清醒,只要我们自己不至于把我们想象的东西看成是真实的存在,思想有时候脱离一下实际并不是罪过,而是思想的主动性,思想的超前性,是思想的自由性的一种表现。思想的空间永远大于行动与经验的空间,我们行动的空间非常有限。比如说我现在在上海,过两天我去南京,行动的空间是很有限的。而思想却可以想到神七,可以想到月亮,可以想到太阳,甚至可以想到周口店,想到半坡村,想到埃及的卡尔奈克神庙。人恰恰是在思想当中扩展了自己的心灵,使自己达到了超经验的程度。比如说永恒,谁能够看到永恒?只有死了以后,才能看到永恒,但是死了以后就没有办法思想了。比如说无限,比如说辽阔,当然在大海上,在沙漠里,也能感到一点辽阔,但是和真正的辽阔还是不一样。所以这种自由的想象,是对人生经验的一个宝贵的补充，是对人的行动的一个宝贵的补充。但是不要把你的这种还处在想象中的东西，当成实际要操作的东西。当然，有这种想象力的人，和没有这种想象力的人生命的质量是完全不同的。

语言的享受

人的思想不可能绝对地离开语言，当然对这个问题，语言学家、心理学家都有许许多多的争论。有所谓的"裸思想"，就是说他没有构成语言，但是一般的人，每天思想的过程，实际上是你自己脑子里，自己构成语言的过程。比如说我今天晚上想不吃饭想减肥，实际上这是几个字构成的，"今天""晚上""不吃饭""减肥"，这是一个语言的过程。但是语言本身由于有它的语音、逻辑、语意，文字也有自己的形状，尤其是汉字，有自己的很美的形状，所以语言本身也可以成为一种享受。

每个人都可以想象，每个人都有自己想听的话。我随便举一些例子，乐府诗"江南可采莲，莲叶何田田！鱼戏莲叶间。鱼戏莲叶东，鱼戏莲叶西，鱼戏莲叶南，鱼戏莲叶北"。这是最简单的话，而且它互相重复，简单得像幼儿园的话。但写出来以后，那种动感非常好，我每次看到这个鱼，比看一幅画还生动，画不会动，这个还会动，东、南、西、北、中，游来游去特别好。

沉默是金（Silence is golden），这句话我很喜欢，但我常常做不到。如果我要做得到的话，那么今天来到这里，落座以后，我应该说"朋友们，Silence is golden"，然后闭上我的嘴。但这个话我仍然反复地引用，我很喜欢"沉默是金"。

老子说"治大国如烹小鲜"，对此有各种解释，最具体的解释，说治大国如烹小鲜，不要挠，不要翻，把它变成一个烹调的原理，不用解释就看这几个字，你就会感到高兴得不得了：治大国感觉和烹小鱼一样。

李白的诗里有"天生我材必有用，千金散尽还复来"。其实不一定"天生我材必有用"，一个材最后没有用，没有机会可用，最后完蛋的情况也有。"千金散尽还复来"就更不一定了，你拿1000块钱出门，被人偷走了，你还复来，谁给你来？但是李白的这个诗太好了，如果你丢了钱，如果你碰到钉子，如果你对你的职业不满意，没关系，反正"天生我材必有用，千金散尽还复来"。我既然能丢钱就一定能挣钱。这是享受，我先享受一下，我挣不到钱我也享受了。你如果不知道这两句诗的美好，在那儿干生气，碰到一点挫折，就生气，那么你的细胞就会恶化、癌化。我碰到挫折时，就去看李白的这两句诗。

"无产者在这个革命中失去的只是锁链。他们获得的将是整个世界。"《共产党宣言》里这话也太漂亮、太棒了，失去的是锁链，得到的是全世界！

丘吉尔说：我到处讲民主，不要以为我认为民主很好。不，民主非常糟糕，但是没有民主更糟糕。丘吉尔太会说话了。

现在有这么一首歌，有很多女性很喜欢其中的一句话："我行我素"。这话很简单，非常简单，但是你听着很好听，"我行我素"。她不捣乱，但是她也不听你的，保持着自己的尊严和选择。"君子素其位而行，不愿乎其外。素富贵行乎富贵，素贫贱行乎贫贱。"这是《礼记·中庸》里的话。不用看它的原文，你就记住这四个字"我行我素"，就可以终生受用不尽。

有些完全无意义的语言也可以享受。比如说"吃葡萄不吐葡萄皮"，没有任何意义。但如果你了解了其中的含义，也可能成为一种享受。1996年，我在德国找出了一个根据，那是20世纪20年代德国一个老汉学家写的一本《北京俗话研究》，其中有一个绕口令的原文是："您吃葡萄，就吐葡萄皮。您不吃葡萄，就不吐葡萄皮。"原来是很合乎逻辑的，可是侯宝林先生用荒诞派的手法，把它改成了"吃葡萄不吐葡萄皮"。然而这一句倒不是很荒谬。我解释一下，只有中国的汉族吃葡萄才吐葡萄皮，我所接触的美国人，德国人，包括中国的少数民族，吃葡萄都不吐葡萄皮，葡萄皮的营养非常好。但是"不吃葡萄倒吐葡萄皮"，这个太荒谬了，你不吃葡萄你嘴里哪来的葡萄皮啊？我从德国查出这么一本书来，我觉得对北京口语研究上也有自己一点微小的发现。所以无意义的语言也可以享受。

当然也可以有自己很骄傲、很自得、很满足的语言。比如说波斯诗人的诗"我们是世界的精英和果实，我们是智慧之眼的黑眸子，如果把偌大的世界看作一个指环，无疑我们就是镶在上面的宝石"。我是在"文革"中看到的手抄本的乌兹别克语的这首诗，就是这个意思。啊呀，我觉得忽然之间我就偷偷地牛起来了，虽然是夹着尾巴已经夹了很多年了，但是一想你们都不知道这个诗，这是手抄本，也是乌兹别克语，这是我的翻译。一个人能够因语言享受，这样的人是不可战胜的。

　　语言，甚至于包括游戏的语言，荒谬的语言，重组的语言，都有极大的享受性。我说的意思就是思想和生活既有统一性，也有非统一性、非同步性，思想的魅力在于它对生活的发现，它的客观性和实践性。思想为什么有魅力？因为它是客观的，是能够指导实践的，它对生活有发现。但我斗胆说，同时思想的魅力还在于它的非实践性、超前性、不确定性、主观性、自主性、自由性，直到随意性。当然我说的是思想，但是你不能够把你的主观、随意的思想，任意地付诸实践。如果你任意地付诸实践，就会很麻烦。我讲的并不是思想的主要方面，如果讲主要方面，那么我们应该讲思想怎样来认识世界，怎样变成能够改造世界的力量，理论要掌握，要作出正确的判断，要作出正确的决策等等。我恰恰是从一个非主要的方面来讲一讲，我们可以发展自己的精神能力，拓展自己的精神空间。

对中国文化的信心与自豪*

对中国的文化，我们应该是非常有信心的，非常开朗的，非常开放的，向全世界学习优秀文化，同时向全世界传播我们的优秀文化。

关于全球化的背景，我要说明一个观点，一个命题，即全球化与现代化是一致的，现代化的结果必然导致全球化。根据马克思的观点，生产力是社会发展最积极、最活跃的因素，任何事物都挡不住它的发展，这个道理很浅显，却经得住考验，是颠扑不破的。尽管对全球化有那么多的批评、质疑、抗议，但是谁也挡不住。全球化给中国这样的一些发展中国家带来了机遇，但同时引起了文化焦虑。

如果不吸收现代技术，我们无法设想有一个现代化的、社会主义的，而且是不断向前发展的伟大祖国。

---

* 本文刊发于《中国文化报》2019年11月11日，整理自王蒙先生在《光明论坛》上的演讲。

讲到全球化与现代化的一致性，我们能看到，凡是有利于生产力发展的东西，很容易被不同的国家、不同的文化背景所吸收。比如说，飞机，相对来说是最迅捷也是相当安全的交通工具，可以被各个国家所吸收。一种技术，比如说电力、电脑，尤其是信息技术，会被不同语言、不同国家吸收，阻挡不住。中华民族有非常辉煌的历史、辉煌的文化，但有今天的生活，我们从全世界吸收了多少现代的科学技术？比如说，电灯是现代技术，电脑投影、幻灯片是现代技术，我的眼镜也是现代技术，等等。如果不吸收现代技术，我们就无法设想有一个现代化的、社会主义的，而且是不断向前发展的伟大祖国。

数码化、电脑的发明使全球化的进程大大加速了，所谓信息高速公路已经实现了。被数码化逼着学英语，是一件非常无奈的事情，但也提供了很大机遇。如果想使用电脑，不管中文软件做得多么好，仍然摆脱不了以英语形式出现的说明、菜单、可供选择的选项。这说明一个问题，目前，任何一个国家的发展都离不开世界。不论一个国家多伟大，都不能脱离开这个进程。全球化给中国带来了发展机遇，中国能有今天的发展，离不开全世界经济发展的势头。

全球化引起文化的焦虑，是指全球化使一些国家和地区的文化感到有一种被融化、被改变的危险。所谓认同危机，就是学来学去都是英美的东西，主要是美国的，可是学完了，又不是美国人。这种危机在许多国家，包括法国、中国等都存在。法国采取很多措施，限制英语的运用。我们在幻灯片上，在机场高速路牌上写上英语。我们还开办英语频道，有大量英语教学节目。现在国际上客观上使用的就是英语，这在理论上无法讲清楚，是不是英语就最好，就科学，那不见得。但是讲英语就能讲得通，参加国际讨论会、生意谈判，做外交辞令，用英语能让很多人听得好。按道理说，世界上各国语言文字都是平等的，但是英语有这么一个优势的地位。

但确实存在另一面，就是我们中文的水准，给人的感觉是现在有所降低，讲究不够。比如说，很受欢迎的电视剧《汉武大帝》喜欢用一个成语"守株待兔"：敌人来了，我们不能守株待兔，要进攻。它认为守株待兔，就是守，就是采取防御性的战略。电视剧老是这么讲，说得我也糊涂了，这"守株待兔"是防御的意思吗？不对呀，应该是企图、侥幸的意思，是等着天上掉馅饼的意思。

再比如说生活方式。一个圣诞节，一个情人节，市场上都有热度，相反，对元宵节、中秋节，开掘得就不够。在基本温饱没有解决的时候，春节吃饺子是一件大事，还有就是元宵节吃元宵，端午节吃粽子，中秋节吃月饼。现在我们很幸运，温饱问题解决了，我们的子女根本就不知道饥饿是什么，让他吃饺子，在生活中不算是太好的东西。有人还嘲笑月饼太硬，主要是送礼。要知道这是咱们很美好的节日啊。

在全球化的过程中，我们还有一个新的忧虑，就是文化越来越大众化、批量化。这种大众化、批量化有很大的好处，是一种文化的民主，有利于实现文化的共享、文化的平等——你看得懂,他也看得懂。比如,电视里某个笑星出来了,学问高的人可以看,文盲也可以看。大众化、批量化,可以实现大量生产。由此便产生一个问题,文化中高精尖的东西,并不是人人都有条件去生产、去创造、去制作的,甚至不是人人都能看得懂、看得明白的。就是那种有一点小众的、一些高雅的东西,感觉有被冲击的危险。

我有时候也自己跟自己闹别扭。春节联欢晚会,电视小品已经在担纲了,因为它的效果非常好,让人笑。这样的节目,我也喜欢看,但有时候会想,除了这种通俗的娱乐节目之外,我们是否还需要一些能提高文化品位、文化素质,满足智慧要求的作品。

写作也是一样。中国人过去对写字是非常敬仰的,写起字来,有一种精神贵族的感觉。他要明窗净几,沐浴焚香,书童研墨,红袖添香……因为字本身就非常优美,写的时候,吟哦再三:"天地者,万物之逆旅。光阴者,百代之过客。"写起来,又是对仗又是成语,又有出处。这有它不好的一点:大众读不懂,说你"戆"。本来明白的话,让你一写,人家不太明白了。但是也有好处,它非常优雅,有一种风度,有一种格调,有一种品位。相反,如果都是大白话,都用群众语言,在获得大量受众的同时,有没有影响它的智慧含量、文化含量的危险,影响它的深度和格调?

这种全球化的进程,从另一方面来说,使得精英文化越来越边缘化。不论是中国,还是法国、德国这样一些欧洲古老的国家，他们的交谈当中，常常对美国的文化抱有一种不屑的态度。

全球化带来的对文化的冲击和挑战，是一个新的时代命题，喜欢也好，不喜欢也好，它都会来。科学技术的迅猛发展，全球性的文化交流，也使很多传统的道德和精神生活遇到了新的挑战、新的问题。中国是一个非常重视道德的国家。我有时候看《东周列国志》，最感动我的是那时候人们的道德观念，重义轻生。荆轲刺秦王，找到逃到燕国的秦人樊於期说："我现在要刺秦王，秦王不信任我。"樊於期一听就明白了，说："你要提着我的头去见秦王，秦王就会接见你。"当时一剑把自己的脑袋割下来了。你们看，这就是古人为了完成他们认为正义的事业不惜牺牲一切的精神。

又比如《春秋笔》的故事：春秋时期，大臣崔杼谋害齐应公后自封为相国，史官写"某年某月，谁谁弑其君"，崔杼一听非常生气，就把他杀了。史官的弟弟来了，他还是写"谁谁弑其君"，又被杀了。然后又一个弟弟来了，还是写"某年某月，谁谁弑其君"。这种史官秉笔直书的精神，一看很惊人。因为在古代的时候，相当一段时期，道德观念是一种信仰，是形而上的，就是"义""忠"，这比一切都重要。

科学和技术的发达把很多东西解构了。许多伟大的事情，你用科学技术一衡量，并不是那么伟大。所以人的精神生活在受到挑战，人的道德观念、美德观念、侠义、崇高、诗情，都在受到挑战。比如说月亮，月亮在多少个民族的精神生活中，是一种幻想，一个永远的可望而不可即的幻想。可是美国人在20世纪60

年代上去了，发现月亮是一个死寂的星球，没有吴刚，没有嫦娥，没有兔儿爷，没有桂花树，人的这些幻想没有了。大量的科学和技术、透视的技术，把人解构了。不管多么美丽的人，给她做一个CT扫描，把扫描图拿出来，不会有太多的美感，不管她是王嫱、西施，还是貂蝉。

一个古老的民族而且是一个大国，对自己的文化持开放的态度，这在历史上是少见的，我们要充分肯定其进步意义。如果五四时期没有那些先知先觉，没有那些人发出振聋发聩、醍醐灌顶、春雷震响般的语言，没有那样的激情，哪有我们中国的后来？说不定现在我们还停留在"子曰""诗云"的阶段，因为中国这个古老的文化力量太大了。

现在越来越多的人认识到，中国文化很有价值，它消灭不了。中国文化有它灵活的、开放的，能够吸纳、适应、自我调节、获取新的生命力的一面。比如汉字，汉字稍微难学一点，但它有它的规律。拼音文字就那二三十个字母，每一个字母代表一个声音，这个声音没有任何意义。而汉字的形状就包含了声音，包含了形象，包含了逻辑关系，包含了一种美的画面。尤其是汉字输入电脑的问题解决以后，要求消灭汉字的声音几乎响不起来了。大量资料显示，现在的中国文化又重新活起来了，又重新热起来了。中国文化显示了自己的再生能力，显示自己完全能够与时俱进，完全能够跟得上现代化、全球化的步伐，同时又保持自己文化的性格、特色、身份、魅力。这让我们对中国文化充满了信心和自豪。

中国的传统文化，各种文物，各种经典，我们都不一一说了。传统文化还包括我们的饮食、生活、医药，很多是直观的，是感觉的，是混合的和深加工的。比如中医，中医里的很多东西是直观的，这和外国的方法确实是不太一样。

我们对待宗教问题往往采取一种非常灵活的态度，我们的思维和全世界哪儿的人都不一样。我们说"六合之外存而不论"。六合就是三维空间，三维空间的每一维是相对的两面，所以是六合。六合之外存而不论，就是属于终极性的东西我们不讨论，但是也不反对，叫作存而不论，它是一种以我为主的灵活的多神论。灶王爷你给我看灶，门神爷你替我看门，送子观音你替我解决生育问题，花娘娘替我出天花、出麻疹，财神爷帮助我赚钱，妈祖帮助我航行。鲁迅也说过："孔子敬神如神在。"智商太高了！"敬神如神在"，全世界没有一个虔诚的信徒能如此地说话，但是他又不宣传无神论。所以中国人的思维方式是很有意思的，我们的思维非常灵活。我们可以比较一下，过去亚洲那么多地方变成殖民地，而没有任何人能使中华民族屈服，因为中国有自己的文化，你想让中国屈服太困难了。反过来说，我们的文化能使我们渡过难关。

我们应该把国家建设成文化大国，而实际上我们国家已经是一个文化大国。

我们生活在一个伟大的国家，对人类有我们独特的贡献，因为我们有中华文化，我们的文化还要有新的发展。我们的文化是立国之本，是安身立命之本，是我们的骄傲，是我们的光荣。

现在中国特色社会主义在蓬勃发展,我们今天仍然很幸福地在这里讨论文化问题,讨论中国文化的根。中国的文化是有两下子的。这不光是我们的看法,许多外国政要和学者都有这样的说法,认为中国的文化太厉害了,能"逢凶化吉、遇难成祥"。该坚持的时候,比谁都能坚持,该灵活的时候,怎么都灵活,怎么都能找到出路,找到自己前进的方向,这就是中国文化的生命力。

中国的文化,我们不是关起门来搞。我们是一个开放的态度,而且学来以后,这个东西就是我们自己的。

我在参加某文化高峰论坛的时候,媒体乱炒,说王蒙提出要开展"汉语保卫战",我根本没说过那个话。汉语不是保卫战的问题,只要好好学习就可以了,保卫战干什么啊?而且我认为学习汉语和学习英语并不矛盾,汉语学好了,也就是母语学好了,才能学好其他的外语;外语学好了,也能反过来比较一下,认识自己语言的美好和特色。

我常常举这个例子:中国人外语最好的是辜鸿铭。他英文好到什么程度?有一次他在英国伦敦坐地铁,看《泰晤士报》的时候倒着看,还留着一个辫子,旁边的英国青年咯咯地笑了,说:"带着猪尾巴的这个中国人,他字倒着看。"结果辜鸿铭回过头来,用标准的牛津音英语告诉他们:"小伙子,你们的英文太简单啦,我要是正着看,对我的智力是一个侮辱。我倒着看还算是一个游戏。"他的中文好不好?他用中文讲学妙语连珠。还有就是钱锺书,他的外语好不好?他七八种语言都是过关的,英语、德语、西班牙语、法语、意大利语、葡萄牙语等他都懂,但是他的中文呢，他的旧体诗写得何等的美妙。林语堂的《京华烟云》和《苏东坡传》都是用英语写的，但是他的中文呢？他写的中文小品也很好。所以如果我们的中文不好，就是中文不好，不是由于学习了英文。反过来说，你的英文不好，也不是由于你的中文太好了，而是你没有好好地学习英文。既然中文那么好，你好好地再学些英文，岂不学得更好？

所以我们是一个开放的态度，而且学来以后，这个东西就是我们自己的。我们中国在这方面特别有能力。我们强调，中国的文化绝对不是要关门。

我们在文化上要有一种慎重，就是千万不要轻易否定什么东西，我们在文化上，要再珍重一点已有的东西。

再举个例子，我一直认为过去戏曲里面男扮女、女扮男，是一种不得已，因为旧社会男女授受不亲，一个戏班子里，仨男的俩女的，这是没法活的。新中国成立后，也有一种说法认为，这种落后的现象不必再搞下去了。可是我和法国的一个文化人谈话，他说，你们为什么不发展男旦艺术了？我说女性解放了，她们可以很方便地从事戏曲工作了。他说："男性模仿女性用假嗓，有一种很特殊的艺术感觉，这个不能够没有。"后来我觉得他讲的有点道理，有些东西你千万不要轻易否定。当我们看到男旦用非常美好的声音唱京剧时，仍然感觉到一种很好的艺术享受。当看到一个女花脸大喝一声再来一段铜锤的表演，我们也觉得很好，所以我们在文化上的事情要稍微慎重一点。同时我们应该有信心，我们的文化已经随着国家的发展，对全世界有越来越大的影响，虽然这些影响一开始是浅层次的。美国有一个太极大师成了电视连续剧《太极》的主角，还有外国人学唱京剧的，美国的很多大城市都有卖豆腐的……

对中国的文化，我们应该是非常有信心的，非常开朗的，非常开放的，向全世界学习优秀文化，同时向全世界传播我们的优秀文化。

焕发当代文学*

一

我们的旗帜,我们的理论基础,我们的理论使命是开辟马克思主义中国化时代化的新境界。

党的二十大报告全面、完整、深刻地提出了、奠定了中国特色社会主义的理论体系。这个体系,正是马克思主义中国化时代化,马克思主义基本原理同中国具体实际相结合、同中华优秀传统文化相结合的传承、发展、创造和总结实践经验的辉煌成果。党的百年历史告诉我们,党的近十年的里程碑式的经验告诉我们,中国化时代化的马克思主义,是我们守正创新的圭臬,是我们的旗帜,是我们的历史主动性与社会主义核心价值的源头。

---

* 本文刊发于《文艺报》2022 年 11 月 7 日第 1 版。

二

中国式现代化,这是最精练、最明确、最实事求是的归纳与阐明。鸦片战争以后的180余年,中国面临的是要不要、要什么样的和怎样实现从前现代的岌岌可危的大清帝国向现代中国发展转变乃至飞跃的历史课题。实现民族复兴的中国梦,也是中国的现代化,中国站起来、富起来、强起来之梦。现在,我们对于历史的课题给予了响亮自信的回答。

党领导的社会主义现代化,是人口规模巨大的现代化、全体人民共同富裕的现代化、物质文明和精神文明相协调的现代化、人与自然和谐共生的现代化、走和平发展道路的现代化。这是我们的理论纲领,是我们的当下实际,是我们的生活脉动,是我们的文艺源泉。

三

经过了近200年的艰苦奋斗与上下求索,我们确立了具有凝聚力引领力的社会主义意识形态,我们也营造了发展文化事业文化产业的完整的政策格局与文化环境。我们的文化创造与文化整合在于将悠久的深入人心的中华优秀传统文化与百年来激扬、生发,也包括引进的革命文化,社会主义先进文化以及现代化的一切科学技术与社会进步成果对接与互动起来,使人类命运共同体的一切创造发明利器与思路为我所用,使我们的文化生活、文化态势、文化成品，活跃起来、焕发起来、提升起来，实现整个中华民族的自信自强、矢志不渝、笃行不怠、从容有定、见贤思齐，从而创造新的历史伟业。

四

伟大的民族复兴也包含着中华的文艺复兴。文学作为语言即思维符号的艺术，是民族的与人民的精神面貌精神能力精神品质的重要表现。中国作家与中国作协，要焕发自己的历史主动性、思维深刻性、文化使命感、艺术才华与创新勇气，为时代立言，为历史作证，为民族添彩。要在党的领导下，出人才，出力作，出当代经典，展现新时代中华民族中国人民的主动性、创造力、想象力与万众一心的正道选择。这样，仰不愧于天，俯不怍于人，得天下英才而教育之，万里云烟挥翰墨，一天星斗焕文章，我们任重道远，一定要铸就社会主义文化的新辉煌！

写作的时空与文学的想象*

我爱生活胜过了爱我自己。生活本身有它的力量、它的格局、它的美好、它的花样翻新,你难道能不爱它吗?

——王蒙

我先从时间说起,文学和时间。第一,我已经是 88 岁半。第二,我写作已经 70 年。第三,我的《青春万岁》从写作到出版整整 25 年。我写新疆的小说《这边风景》从写作到出版 39 年,要从开始酝酿算起,那就是 40 多年。2022 年《人民文学》杂志上发表的《从前的初恋》,那是 1956 年创作的,稿子现在居然还完整。这个小说里的有些内容是我抄录写于 1951 年和 1952 年的真实日记。小说的这部分采用了日记体。从那时候算就是过 70 年。这一个人活着,看到自己的作品经过 70 年后发表,可能

---

* 本文刊发于《文汇报》2023 年 4 月 11 日第 6 版,整理自王蒙先生在中国作协"作家活动周"上的讲话。

也不多见。

我还有两篇小说,一篇是《纸海钩沉——尹薇薇》,1989年底在《十月》杂志上发表,那是我1957年写的。我当时就给了《北京日报》,后来因故没有发表。从完稿到发表,这已经相隔30多年。这篇我是有原稿的,还有一篇没有原稿,凭记忆又加上很多现在的描写,我写的就是《初春回旋曲》,是20世纪60年代写成的,80年代末发表。

爱生活胜过了爱我自己

我要说的是什么意思呢?第一,写作人有时候挺在乎作品到底能够活多长寿命。因为文学与科学技术不一样,技术出来新的就把旧的代替了,但文学并不存在以新抵旧的必要性。比如《诗经》,《诗经》有3000多年的历史了,因为孔子编辑它的时候是2500多年以前。这些诗篇是民歌,已经流传了数百年。我们平常所说的经典一大特点就是它们经得住时间的考验。

《青春万岁》经过25年,在1979年正式出版。从1979到现在,又过了40多年了,去年人文社加印,每次加印3000册,一年就加印好几次。它为什么能经得住时间的考验?就是因为我们这一代人经历了从旧中国到新中国的伟大转变。我们经历了经济的转变、社会的转变、人的精神面貌的大转变。我们还或深或浅、或长或短地参与了争取构建新中国的奋斗,参与了革命的斗争,看到了革命的凯歌行进。所以我们确实心怀一种激情,一种光明。

那个时候，你在别处看不到这样写中学生的。世界文学中写中学生的往往是儿童文学，但《青春万岁》不是。为什么呢？因为在特殊年代动荡的情况下，革命也年轻化了。这部作品蕴含着对日常生活、伟大斗争的体认，饱含着写作人的那种真诚和激情。

还有一个有趣的问题。《这边风景》是1973年开始写的，所以必然会受那个年代的某些意识形态、某些观念的影响。但最后还是写成了，反应也很好，翻译也非常多，又获得了茅盾文学奖。现在已经翻译有韩语、俄语、波兰语、哈萨克语、吉尔吉斯语、阿拉伯语，还有日语、土耳其语等正在翻译的过程中。小说里明明很多观念跟现在不一样了，但是还有丰富的生活，小说写的是生活，不是观念的衍生物，不是观念的图解。不论在什么观念下都有生活，都有老、少、男、女，有各民族的同胞，有活生生的人，有吃喝拉撒睡，有衣食住行，有美丑之分、善恶之分，有对人生的期待、对人生的追求。

生活有时候会修理错误的观念、荒谬的观念、错误的观念，到了生活那儿，它不但不可能百分之百地实现，它连百分之四十地实现都很困难。所以作家要真正忠于生活，小说创作要了解和表现人。

《这边风景》被央视定为2003年"十大好书"。有一个评论家就说："你看了《这边风景》，你看到了新疆的，尤其是伊犁一带的清明上河图。"因为小说里描写了各民族的，尤其是维吾尔族的生活，别人没写过。所以如果你有扎扎实实的生活，而且你对某种有特色的生活有兴趣，那么它能使你的作品产生一点儿对时间的免疫力。所以我觉得时间是对文学作品的生活根基的考验，是对作者对于生活的审美和消化能力的考验。简而言之，我们有对生活的丰富经验，我们有对生活的浓厚兴趣，你喜欢这个生活，你的作品也就经得住观念的折腾。

我在最近的一篇对谈里说过，我到了新疆，到了伊犁农村，看到了非常有魅力的生活样式，我非常有兴趣。我爱生活胜过了爱我自己。我并不娇气，我不需要在最舒服的地方过日子。生活本身有它的力量、它的格局、它的美好、它的花样翻新，你难道能不爱它吗？而且生活里有那么多可爱的人，那么多美好的人，还加激情和审美，变生活为美的因素的力量，这是我要说的一点体会。

心里有着人类命运共同体

第二，我再说说这空间。我写作，写了新疆，也写了北京，也有很多地方我故意没有写是什么地方，或者是既不是北京，也不是新疆。比如《春之声》，我写了坐闷罐子车的经验，那是我从西安到三原的感受。有很多伟大的作家都有自己的根据地，但是也有一些作家，你说不清他的根据地。比如托尔斯泰，你说不清他的根据地，他写彼得堡的城市，尤其是写那些大聚会，写了那些说法语的俄罗斯贵族。但是他也写了农村，写了火车还有没有开通的地方，甚至他还写了车臣。

陀思妥耶夫斯基、莎士比亚，他们写的不只是一个国，不只是一个民族,所以写作的地域空间不是固定的。写作没有固定的标准,比如说著述丰厚,可能好,也可能不好。曹雪芹写的就不多,至少咱们知道的不多。毛泽东同志当年在他的《论十大关系》中是这么讲的,中国对世界应该有大的贡献,这个中国无非是地方大一点、人口多一点、历史长一点,还有半部《红楼梦》。毛泽东同志说半部《红楼梦》,就是因为后四十回还不知道是谁写的,大部分人不认为是曹雪芹,还有不少人贬低这后四十回,但是没有写作者敢与曹雪芹比。毛泽东同志把《红楼梦》看成新中国立国之本的一部分。英国人的说法也牛,他们说,英国可以失去英伦三岛,但不可以失去莎士比亚。

我认为全中国、全世界,就一个曹雪芹,永远也看不完,永远也感动不完。这些年我也很喜欢在我的新作里,加上一些国外的、国际的因素,面向世界。比如我写的《笑的风》里,就写到了西柏林。

我有幸得到各种各样的机遇和方便,访问过境外70多个国家和地区,你出去看看,你可是真长见识。我们要面向全国,面向世界,要心里有着人类命运共同体。

我再简要说一点,关于文学的想象力。我们提倡现实主义,这是绝对正确的,想象也是从生活当中来的。塑造出孙悟空是靠想象力,我们看看天上有云彩,可以想到猴王一个跟头出去,驾着云彩跑到十万八千里之外,这仍然是有实际生活中的依据。我看《三体》,为什么我看不明白?我原来自以为我是很热爱科学的,是受了五四新文化运动的影响。但是我读《三体》够费劲的,发现我原有的知识远远不够，这给了我一个很大的启发，就是要敢想象，《三体》作者的想象也有现实的根据，有学理与技术的依据，又有胜过国外某些皮毛科幻作品的深刻性。近年还出了一本书《三体中的科学问题》，专门是从科学知识、从物理学上来解释三体。还有电影《流浪地球》，在国外也取得很大的成功。这部电影的叙事能够想象到别人难以想象的地步，但又不是胡扯，有一定的学问、逻辑，这部电影的思路，我觉得太厉害了。

我们的文学观念，可以有所开拓，守正创新。西方人更重视的是小说的虚构性。英语里，没有一个真正代表小说的词儿，shortstory 是短篇小说，novel 是长篇小说。法语中 roman，也是指长篇小说。整个小说叫什么呢？比较贴近小说的，英语是 fiction。fiction 有虚构的意思，谎话也是 fiction。如果你在外交谈判上说对方说的都是 fiction，那是表示自己根本不信对方的话。

中国的小说一词起始于庄子，庄子说"饰小说以干县令，其于大达亦远矣"。意为你修饰、制造一批小说，制造一批段子，不是大说不是大言，而是用小说来表达对那个大命题、大事业的意见，这是难以做到的。小说确实有一个特点，从小见大。小说不能用写论文的那套方法，鲁迅写的《阿Q正传》《孔乙己》都是从小见大。但是小说虚构的能力，我始终觉得可以发展。

第三，我再说说语言，语言是符号，是思维的符号，又是一个自己的世界，文学语言非常重要。孟子曰"心之官则思"。原因就是文学是语言的艺术，而语言是思维的工具。所以我认为文学是思维的艺术，一个热爱文学的人应该有相对比较强大和深邃的思维能力。要想发展自己的思维能力，不能离开文学，不能不看文学的书。

我感觉到语言本身是一个世界。尤其是中文，是综合性的文字，中文表音、表意、表达一种逻辑，而且有非常美好的形状，有无穷妙处的意义、声音与理念的结合。语言文字有一种自己的结构，有符号的音乐性、对比性、延伸性、暗示性与可塑性结构。

李商隐远在马尔克斯之前千年写下了"君问归期未有期，巴山夜雨涨秋池。何当共剪西窗烛，却话巴山夜雨时"。你问"我的归期"，这是现在时，而"归期"与"未有期"，这是未来时，在可预见的未来，我回不去。"巴山夜雨涨秋池"，这是现在进行时。"何当共剪西窗烛"是未来时。"却话巴山夜雨时"，是未来时中的回忆过去时。写作上的这些技法呀，中国文学中有的是。

我们一些年轻同行，读到《百年孤独》的开头，"多年以后，面对行刑队，奥雷里亚诺·布恩迪亚上校将会回想起父亲带他去见识冰块的那个遥远的下午"，他们佩服得五体投地，却不知道千年前的李商隐早就掌握了时间的多重性与可变性。所以我还希望与大家一起，活一天，学习一天，学习中国的传统，学习世界的各种新书、可爱的书，学习和体察生活中随时出现的新的想象、新的可能。

天地人生*

天地观是文化的重点

在中华传统文化中,最阔大而又直观的概念是天、天地,最高远的终极性概念是道或天道,最本原的概念是从天地万物的生生灭灭中得到启示的"无"与"有"。

无、无极、无而后有。因为后来有了"有",才感觉得到、谈得到原生的或将要变化成"有"或"万有"的无。你知道有人有了财富,或者你自己有过财富,你才能感受到没有财富的背兴。你原来没有什么财富,才可能感受得到获得财富的感受。一个过去、现在、未来都没有的东西,谈不到无、没有、无极,也谈不上有、非无与太极。一个过去现在未来都一定有的东西,你以为都有永远有的东西,一般你也不会专门讨论到它的有。而无

---

* 节选自王蒙先生著作《天地人生:中华传统文化十章》,江苏人民出版社2022年10月版。

会延伸与比较到有，有延伸为太极、四象、八卦，万有、万物。

无与有，有与无，万物万象之间的桥梁与管道字应该是"易"。

最根本的人文概念、道德概念是仁，仁义、仁政、仁心、仁人、仁者。仁者爱人。

仁就是爱，仁与爱则是受到天与地的生生不息的大德的启悟与感应。某种意义上，对于士人来说，天地的概念，有无的概念，仁义的概念，比生死的概念更重要，更伟大，更深刻，更高远。

天地无垠

在中文里，天地就是世界，就是宇宙，就是人对自己的大环境的感受，就是人心、人的精神所能感知、认知与想象的最大、最高、最远、最包含涵盖一切的空间与超空间，甚至还包含了时间的稳定、强大、冷峻与恒久。

天地是中华传统文化的一个最大的自然性、自在性、物质性概念与物质性认知；同时是人文概念，是伟大高尚、壮阔正道必须敬畏、信服、崇拜的类似西文"上帝"的同义语，是神性概念、终极概念，是至高无上、至大无外的概念。天地还是原生概念、先验概念、无可置疑概念、无可亵渎概念。它是中华文化的一个概念实体、存在客体、物质实存；又是人的一个笼统、大美大善大仁的概念，是人的概念延伸、概念聚合、概念升华、概念大神。

顺便说一下，中华文化的崇拜与信仰，不是民间的多神、人格神与神格人，而是那些伟大的概念：大道、天道、一、天、仁……这个问题后面还要专讲。

中华天地观

"天行健,君子以自强不息;地势坤,君子以厚德载物。"《周易》中的这两句话,可以说是中华文化传统天地观的总纲。首先,它是物质的,天象、天气、天文、季节、寒暑、昼夜时时在运动变化之中,而地上,承载着万物的重量,承载着各种地形地貌地质结构,承载山川、大漠、丘陵、盆地、城乡、道路、舟车、建筑……这是不言自明的。

自强不息,强调的是进取,是动态,是勇敢向上;厚德载物,强调的是容养,是静态,是沉稳担当。二者互通、互济、互补,又各有侧面。

从天地衍生的更大概念是阴阳,阴阳包括了天地与万有的一切,包括了实存的天地,与未必实存的神鬼、气数、命理、灵魂、符瑞、报应、吉凶,包括伟大的天地与一切对于天地、终极、"上帝"的质疑、反叛、突破的幻念与冲击。

将天地的特色与功效总结为自强不息与厚德载物,就赋予天地大自然的存在以美德符号、美德表率、美德源头性质,赋予天地以人文性、教化性、终极性,成为儒家仁义道德的标尺与根据,又赋予道德教化以先验性、崇高性、宏伟性、必然性乃至绝对性,是道德教化的范式与信仰崇拜的对象。天地自然、道德教化、神性崇拜,三位一体,循环论证,互相补充演绎。

天地是原有的、终有的、总有的存在，而中华文化特别注意去发现、去解读天地诸现象诸状态诸变化对于人的符号——哲学符号、道德符号、政治符号、命运符号乃至军事符号——的意义，意蕴深长，韵味醇厚。

观星象，可以预知王朝气数，战役胜败，人物吉凶。体四时百物，可以感苍天之辛苦周全、自强坚定、生生不息、刚强沉稳有力。观地貌，感动于大地之坚忍负重，沉静有定、负载承担、提供万物存活的必要支持与条件。

从天地的变化与不变，变去又变回，有因与无因，有果与无果中，体会感悟万事万物的逝者如斯、不舍昼夜、与时俱化、有常无常、大美不言、变而后返的道法道术道心。

天地少言

孔子说："天何言哉？四时行焉，百物生焉，天何言哉？"（《论语·阳货第十七》）第一是天生万物，一切生命的起源是天，更周到与完整地说是"天地"，一切变化运作来自天心天意。如果将天地作为大自然来理解，这话今天也是真理。加上"何言哉"，原来老天甚至还具备了埋头实干的美德，故而孔子不喜欢巧言令色，主张人应该"讷于言而敏于行"（《论语·里仁第四》）。

司马迁的父亲司马谈批评说"儒者博而寡要，劳而少功"（《论六家要旨》），老子的说法是"失道而后德，失德而后仁，失仁而后义，失义而后礼"（《道德经》第三十八章）。直至今日我们也都公认"空谈误国，实干兴邦"。

孔子其实也表达了对于少说多做的推崇。一方面向往不言之教、不言之功，另一方面不得不说许多话，不能不说太多的话，这是古今中外权威大人物的共同感慨、共同悖论。

老庄也一样，无为、不争、齐物、无用、虚静，说得极妙，无永远比有更深邃、更奥妙，而一切有都不可能绝对尽善尽美，都有可挑剔处，更有可非议、可抬杠、可攻击处。同时，老子庄子二人的文章神妙无穷，语出惊人、逆向思维，是语言大师、思想大师、文章与文学的大师。

人的修养也要讲究说与不说、做与不做。

天命

孔子讲"五十而知天命"（《论语·为政第二》）。古代典籍与荀子、屈原、陶渊明、欧阳修等大家的著述中多用此语，是指上天决定着、干预着与安排着人的命运。国人还喜欢说"尽人事，听天命"，说明人的努力还是要的，但"谋事在人，成事在天"，认为有一个不以人的意志为转移的天—天命—世界—大道，主宰着推动着一切。人为的努力，合乎天道天命则事半功倍、兴旺发达、功成事就、如有神助，违背天道天命，则事与愿违、八方碰壁、自取其辱。

天命云云，极接近现在的说法，叫作客观的与历史的规律，它们起着重要的关键的决定性作用。我们古人讲的"天命"或者天心、天意，在当年苏联的说法中，差不多就称为"时代的威严命令"，你必须听取、必须服从、必须把握，顺之则昌，逆之则亡，知之者慧明，不知者愚晦。人们在世界上立论与行事行文的主体，应该是天命，是历史规律，是时代的威严命令，所以牛气冲天，所以战无不胜。

天行健，地势坤，这个说法极高妙有创意，别具特色。它像是文学修辞，比兴想象、形象思维。从四时四季，万物生长，从承载众物、支撑万有，联系到厚道积德、忍辱负重的品性。这又像是数学的编码，从本来未必有序有定的变化与数量互动关系中，托出规律、法则、大数据来。

这还可以视为直观、灵感式判断，猜测式、猜谜式接受暗示、影射式判断，是绝妙的、有趣的、启发性开放性的，却又是非逻辑非唯一非必然的。四时行焉，是健康的阳刚之气，但也可以从水旱灾害里体会天怒的无常与冷酷，负重无言，是厚德沉稳，但也可以体会成无奈无觉无语无力无能。天何言哉？人何知乎？

性善论与天善论、地善论

这里需要的是与性善论一样的天善论、地善论，人、神、自然，大家俱善论。必须是你好我好天好地好个个都好，不然，底下的戏全部完蛋。老子最后也承认，"天道无亲，常与善人"（《道德经》第七十九章）。为了突出道，他把德、仁、义、礼都一通嘲笑，最后他除了道还必须承认善。而庄周，也赞叹说"天地有大美而不言"(《庄子·知北游第二十二》),比孔子说得还美好、文学。老庄爱否定,但终于也承认了道、善、美。老子说过:"天下皆知美之为美,斯恶已,皆知善之为善,斯不善已。"(《道德经》第二章)

与对于天地的说法一样高妙独特的是孔子的"知者乐水,仁者乐山","知者乐,仁者寿"(《论语·雍也第六》)。这也是独树一帜的比喻、联想、直观、编码,接受暗示、猜谜、想象思维。山高耸、稳定,以之形容仁与寿,靠谱。水灵动、更新、映射、清爽、柔润、适应,以之表现智慧,也很动人。天地山水,就这样把自然性、物质性、形象性、人文性、暗示性、道德性、文学性、语词性、原始性、终极性、启悟性、神性,都结合到一起了。这样的思想方法、描绘方法、论证方法与传播方法,也令后人叹为观止了。

天命至高,离不开人的努力

荀子的天命观就更积极、更富于人的主体性。他提倡的是"制天命而用之"(《荀子·天论》),令人想起的是俄国早期马克思主义理论家普列汉诺夫提出的"越是掌握客观的社会与历史发展规律,越能够充分发挥人的能动性",与荀子理念相近。天最伟大,天让人努力奋斗;天性善良,人更要仁义道德。天人合一,讲起来不费吹灰之力。

子在川上曰:"逝者如斯夫,不舍昼夜。"说的是地上的大河,这也是孔子对人、对于天地的观感。这里包含了面对时间的流逝，人们所产生的对于生命的珍惜与嗟叹，天地在催促圣贤、君臣、士大夫、君子，做好自己应该做的事情。这里有一种悲情的使命感，富有一种绝对的，不仅是自在，而且更重要的是自觉与自为的责任担当、对人生内涵的把握。

孔子又在说到颜渊死的时候长叹"噫！天丧予！天丧予！"（《论语·先进第十一》），他在悲天、怒天、怨天。当然，这只是一种民间化的情感表达方式，是抒发悲伤，或许并不代表什么不同的认知与见解。但孔子在此仍然流露着对于生者的督促与劝诫。那么好的颜回去世了，我们这些幸存者应该怎样地珍惜生命，多做修齐治平的好事情啊！

问天

天地同样是诗歌、文学、哲学伸延到社会与人文学科中的一系列疑问、究诘，敬畏与赞叹，悲哀与激情。

人生活在天地间，却说不清道不明天地间的那么多现象、问题、设想、说法与关切。这方面表现得淋漓尽致的是屈原的《天问》。《天问》是一首大体以四个字一句为基本格式的长诗，提出了100多个问题，其中问天文的近30个，问地理的40多个，问历史以及有关传说故事方面的90多个。当然，这些疑问中抒发着诗人政治上的失意与激愤不平之气，但也确实地表达着人类对自己生存的环境与境遇的难以理解、难以接受。

有趣的是屈原受到了误解冤枉、排斥打击。"屈原放逐,乃赋《离骚》"(《报任安书》),他没有在《离骚》中问政、问楚王、问排挤他的贵族,而是问天去了。如果他政躬康泰、日理万机呢?反而可能顾不上去找老天爷对话去。文章憎命达,果然。

从屈原的问天中,我们还得到一个启发,在中华传统文化当中,我们头上的青天、苍穹、日月星、风雨电、白云彩霞,它的高大上久远的各个方面,就是我们文化中的自然之"上帝","上帝"之形象,是总负责、总方向舵的代表,是总制作的神性法人。它可以接受祈求赞美皈依敬爱,也可以接受提问质询迷惑抱怨悲情与遗憾。它管着一切、看着一切、听着一切、做着一切、为着一切,与无为着、无视着、无可奈何着一切的一切。

我们的先人,我们的老祖宗,我们的文化,怎么这样地会观天、闻天、敬天、感天、飞天、学天、顺天、承天、冲天、翻天、哭天、怨天、靠天、倚天、惊天、破天、补天啊!一个天,在中华文化中激活了多少思想念头猜测启示情感呼唤与响应啊!没有对于天的各种感情思想、言语说法、神思幻想,哪里会有中华文化、中华哲学、中华圣贤、中华诗歌、中华美术、中华故事和中华儿女子孙呢?